Zur Schau gestellt

Marcus Hünnebeck

ZUR SCHAU GESTELLT

THRILLER

MARCUS HÜNNEBECK

Verlag:
Zeilenfluss
Implerstraße 24
81371 München
Deutschland

ISBN 978-3-96714-104-7

Texte: Marcus Hünnebeck
Covergestaltung: Buchcoverdesign.de / Chris Gilcher –
http://buchcoverdesign.de
Lektorat, Korrektorat und Satz: André Piotrowski

Teil 1

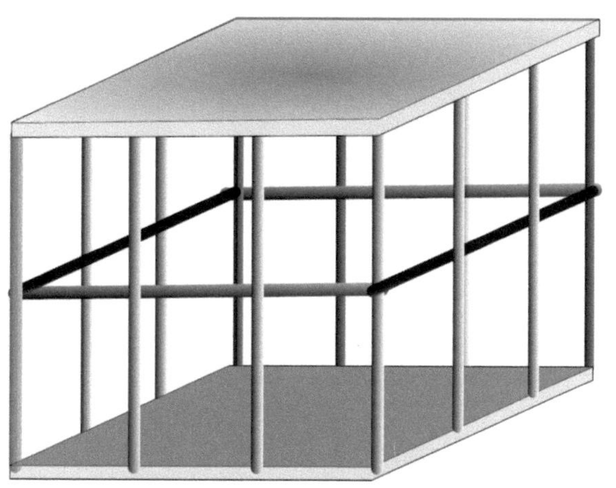

Der Künstler

Kapitel 1

Ruben stieg aus dem Taxi, das ihn bis zum Pier gebracht hatte. Er lächelte beim Anblick der *MS Goldenflower*. Wie sehr er sich auf die nächsten vierzehn Tage freute. Die *Goldenflower* war sein Lieblingsschiff. Sie bot Platz für fünfhundert Passagiere, die Luxus schätzten. Das Schiff gehörte in die Kategorie Fünfstern-Superior. Jede der Kabinen trug und verdiente die Bezeichnung Suite, keine war kleiner als fünfundzwanzig Quadratmeter und alle verfügten über einen Balkon.

Bedeutsamer für Ruben war allerdings das Entertainmentprogramm. Die *Goldenflower* besaß ein luxuriös ausgestattetes Theater, in das dreihundert Personen passten und in dem jeden Abend ein Showprogramm außerordentlicher Qualität stattfand. Die Reederei buchte ihn seit Jahren in regelmäßigen Abständen als Performancekünstler, der aus unterschiedlichen Büchern unterhaltsame Lesungen konzipierte. Das letzte Mal war er vor vier Monaten gebucht worden. Er hatte das Engagement kurzfristig wegen einer Erkrankung absagen müssen und befürchtet, zur Strafe längere Zeit auf die nächste Reise verzichten zu müssen. Doch der Anruf seines Agenten vor fünf Wochen hatte ihm diese Furcht genommen.

Der Taxifahrer holte sein Gepäck aus dem Kofferraum.

»Wohin geht's?«, fragte er zu Rubens Überraschung. Auf der Fahrt hatte der mürrisch wirkende Fahrer kein Wort gesprochen.

»Nach Skandinavien«, antwortete Ruben.

»Dann wünsche ich Ihnen einen tollen Urlaub!«

»Das ist für mich Arbeit, kein Urlaub«, erwiderte er. »Trotzdem danke ich Ihnen.«

Er nahm seinen Koffer und zog ihn zum Terminal. Auf halbem Weg kam ihm ein Mitarbeiter der Reederei entgegen.

»Herr Reus!«, begrüßte der ihn herzlich. »Schön, Sie wieder an Bord zu sehen.«

»Hallo, Marco! Wie geht's Ihnen?«

Die beiden plauderten eine Weile, während Marco gleichzeitig den Koffer mit einem Aufkleber versah, damit er in der richtigen Suite landete.

Lediglich mit seinem Handgepäck betrat Ruben schließlich das Terminal. Auf dem Weg durch die verschiedenen Stationen des Eincheck-Prozesses begrüßte er zahlreiche Mitarbeiter, die er von früheren Reisen kannte. Der Steward Tom führte ihn zur Unterkunft. Unterwegs erfuhr Ruben, dass Tom derzeit mitten in seiner zweiten Scheidung steckte und jetzt sechs Kreuzfahrten am Stück absolvieren würde, um den Kopf freizubekommen.

Dann erreichte Ruben seine Suite. Er verabschiedete sich von Tom und versprach, in den nächsten Tagen etwas mit ihm zu trinken. Der Koffer stand bereits in dem begehbaren Kleiderschrank. Ruben zog seine Jacke aus und hängte sie an einen Bügel. Auf dem Bett lag ein Umschlag. Darin vermutete Ruben das Unterhaltungsprogramm und seine Auftrittszeit. Außerdem Hinweise für teilnehmende Künstler, wann das erste Arbeitstreffen stattfand. Er öffnete den Brief und zog das Programm heraus.

Cool!

Die Programmverantwortlichen hatten seinen Auftritt bereits für den morgigen Abend eingeplant. Diese frühe Platzierung bot ihm viele Vorteile. Die Passagiere waren der vielfältigen Unterhaltungsmöglichkeiten noch nicht überdrüssig und er hätte seine Pflicht rasch absolviert. Danach begänne der bezahlte Arbeitsurlaub für ihn so richtig.

Ruben legte sich auf die Tagesdecke und streckte alle viere von sich, rundum zufrieden.

»Was für ein Leben!«

Nach einem schmackhaften Frühstück, bei dem er mit einigen Mitarbeitern geplaudert hatte, stand das erste Meeting an. Ruben machte sich auf den Weg zu der obligatorischen Besprechung aller an Bord befindlichen Künstler beziehungsweise Experten. Die fürs Unterhaltungsprogramm Verantwortlichen hatten zu diesem Zweck eine Bar reserviert. Durch eine Glastür betrat Ruben den geräumigen Bereich, in dem sich ein gutes Dutzend Mitreisende versammelt hatten.

»Tag zusammen!«, begrüßte er die Anwesenden.

Er schaute sich um. Von früheren Reisen erkannte er den Sportexperten, der den Gästen während der Kreuzfahrt Yoga- und Qigong-Kurse anbot, außerdem Mitglieder einer Bigband und einen Lektor, der dafür verantwortlich war, den Passagieren Wissenswertes über die Zwischenziele auf ihrer Reise näherzubringen. Hinter ihm öffnete sich die Tür. Ruben schaute über die Schulter. Vier weitere Personen betraten die Bar, unter ihnen Sophia und Andreas, die an Bord so etwas wie seine Vorgesetzten waren, denn sie verantworteten das Unterhaltungsprogramm.

Andreas kam direkt zu ihm und schüttelte ihm mit strahlendem Lächeln die Hand. »Ruben, als ich deinen Namen gelesen habe, hab ich mich richtig gefreut. Hast du alles auskuriert?«

Ruben nickte. »Bin vollständig wiederhergestellt. Das war eine verdammt hartnäckige Mandelentzündung. Ich hatte wochenlang keine Stimme. Du kannst dir ja vorstellen, welche Horrorszenarien mir durch den Kopf gingen.«

Zumindest war das seine offizielle Erklärung für die Absage gewesen. Das Ausmaß seiner psychischen Probleme zu jener Zeit verschwieg er lieber. Mehr als die Andeutung der Horrorszenarien würde ihm nicht über die Lippen kommen.

Auch Sophia trat zu ihm und begrüßte ihn mit Wangenküssen. »Deine Stimme klingt männlich und sexy wie eh und je«, sagte sie.

»Und du bist nach wie vor meine Lieblingschefin«, erwiderte Ruben.

Ein Kellner ging mit einem Tablett umher, auf dem Gläser mit Wasser, Orangensaft und Cola standen. Ruben schnappte sich einen Saft.

Fünf weitere Mitreisende traten kurz hintereinander ein. Andreas zählte die Anwesenden durch. »Jetzt sind alle da«, sagte er. »Willkommen auf unserer Skandinavien-Fahrt! Ich freue mich, jeden von euch zu sehen. Tatsächlich kann ich sogar von einem *Wiedersehen* sprechen, denn ihr wart ja alle schon einmal mit der *Goldenflower* unterwegs. Daher lassen sich die Formalitäten schnell klären.«

Ruben hörte nur mit halbem Ohr zu. Er wusste, welche Ansprache Andreas und Sophia nun halten würden. Als mitreisender Künstler oder Experte war es die oberste Pflicht, sich freundlich den Passagieren gegenüber zu verhalten. Ihnen ein Lächeln zu schenken und jederzeit für Gespräche zur Verfügung zu stehen. Außerdem sollte man es vermeiden, sich vorzudrängeln. In den Restaurants hatten die zahlenden Gäste genauso wie am Pool oder auch bei den Landausflügen stets Vortritt. Ruben erinnerte sich an die abgesagte Reise zurück. Zwar hatte ihn tatsächlich eine Mandelentzündung auf die Bretter geschickt, doch im Vergleich zu den daraus resultierenden psychischen Problemen war die Entzündung rasch abgeklungen. Die schwarzen Gedanken hatten sich erst verzogen, als er wichtige Entscheidungen getroffen hatte.

»Ruben, passt dir sechzehn Uhr als Zeit für deine Probe?«, erkundigte sich Sophia.

»Ja, klar«, antwortete er – froh darüber, dass sie ihn mit Namen angesprochen hatte. Niemand sollte ihm anmerken, wie geistesabwesend er manchmal war.

Pünktlich betrat Ruben das Theater. Auf der Bühne warteten vier Personen: drei Techniker, die sich um Licht, Ton und Effekte kümmern würden; außerdem Sophia, die ihn am Abend anmoderieren würde.

Ruben reichte dem Effekteverantwortlichen einen USB-Stick. »Ich habe einen Film für die LED-Leinwand zusammengestellt. Düstere Bilder, die zur Lesung passen.«

Der Techniker nickte. »Du hast an unsere Formatvorgaben gedacht?«

»Wie immer«, bestätigte Ruben. »Und der Stick ist neu gewesen, bevor ich ihn in meinen Mac geschoben habe.«

»Okay, ich prüfe das Ganze oben im Regieraum.«

Der Endzwanziger entfernte sich von ihnen.

»Du liest aus einem Thriller?«, fragte Sophia. »Eine Weltpremiere?«

»Ja. Mein Agent hat das organisiert. Das Buch erscheint erst in wenigen Tagen. Ihr müsstet im Bordshop signierte Verkaufsexemplare vorrätig haben.«

»Das prüfe ich lieber noch einmal. Hast du Informationen für mich, die dir bei der Moderation wichtig sind?«

»Nur das Übliche«, bat Ruben. »Du stellst mich vor, ich das Buch. Einverstanden?«

»Gerne. Dann lasse ich euch jetzt mal alleine«, sagte sie. »Ich freue mich auf die Lesung.«

»Nicht so sehr wie ich«, erwiderte Ruben.

»Headset oder Mikrofon?«, fragte der Tontechniker.

Hinter ihnen erwachte die LED-Leinwand zum Leben. Die ersten Sekunden des von Ruben erstellten Films zeigten ein abbruchreifes Haus, auf das die Kamera zoomte. Der Himmel war wolkenverhangen. Im Hintergrund blitzte es.

»Wird das eine düstere Lesung?«, fragte der Lichttechniker.

»Sehr düster«, bestätigte Ruben. »Ich nehme ein Headset. Außerdem brauche ich ein Lesepult am linken Rand der Bühne, einen Sessel rechts und in der Mitte einen Barhocker. Das wäre perfekt.«

»Überhaupt kein Problem.«

Auf der LED-Leinwand öffnete eine behandschuhte Hand die Haustür. Fledermäuse flogen aus dem Gebäude dem Zuschauer entgegen. Ruben lächelte. Er würde den Passagieren eine beeindruckende Show bieten.

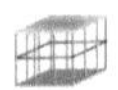

In seiner Suite überflog Ruben am frühen Abend das letzte Mal die Karteikarten, von denen er die Informationen über den Verfasser des Thrillers ablesen würde. Schließlich steckte er sie in das Buch, das ihm sein Agent zugeschickt hatte. Ruben hatte nur die ersten hundert Seiten gelesen. Seine Lesungen wurden umso besser, je weniger er vom Gesamtinhalt des Werks kannte. Ihm fiel es leichter, eine bestimmte Stimmung zu erzeugen, wenn er kaum Hintergrundwissen über den Fortgang der Geschichte besaß, da dieses ihn beeinflusst hätte.

Ruben wandte sich dem Spiegel zu. Er war stattliche einen Meter siebenundachtzig groß und für sein Alter von zweiundvierzig mit fünfundachtzig Kilo noch immer schlank. Wenn er nicht auf Reisen unterwegs war, joggte er dreimal wöchentlich und ging zusätzlich zweimal ins Fitnessstudio. Diese eiserne Disziplin zahlte sich aus. In seinem dunklen Haar zeigten sich seit dem letzten Jahr vermehrt graue Sprenkel – eine Veränderung, die ihm gefiel. Manche sagten, er hätte Ähnlichkeit mit dem Schauspieler Mark Ruffalo. Ein Kompliment, das ihm sehr schmeichelte.

Für die Veranstaltung hatte er sich ein schwarzes Outfit zurechtgelegt: halbhohe Stiefel, eine eng anliegende Jeans, außerdem ein entsprechend passendes Hemd. Die einzige farbliche Abweichung war die rote Weste, die er darüber trug.

Er lächelte seinem Spiegelbild zu. »Jetzt rockst du die Bühne!«

Mit dem Hardcoverbuch in der Hand verließ Ruben seine Suite und eilte auf kürzestem Weg zum Theater. Unterwegs kam er mehreren Passagieren entgegen, die entweder schon vom Essen zurückkehrten oder erst in die Restaurants gingen. Manchen von ihnen nickte er zu. Vor dem Zugang zum Theater stand eine junge Stewardess, die mit einem silbernen Klickgerät die Zuschauerzahlen messen würde.

»Hallo, Tamara!«, begrüßte er sie nach einem Blick auf ihr Namensschild.

»Herr Reus!«, antwortete sie. »Ich hoffe, ich bekomme hier draußen etwas von der Lesung mit. Das klingt sehr spannend.« Sie deutete zu einem Videobildschirm, auf dem die Veranstaltung angekündigt wurde. Diese Bildschirme waren an unterschiedlichen Stellen des Schiffs verteilt.

»Das wird es«, versprach er. »Ein unvergessliches Erlebnis.«

»Toi, toi, toi!«

Er lächelte ihr zu. Dann betrat er den Veranstaltungsort und eilte zur Bühne. Durch einen Seiteneingang erreichte er den Backstagebereich. Sophia und der Tontechniker warteten auf ihn.

»Gut siehst du aus«, sagte Sophia. »Ich bin im Laufe des Tages schon oft auf die heutige Veranstaltung angesprochen worden. Wahrscheinlich ist das Theater gleich restlos gefüllt.«

»Wundervoll.«

Der Tontechniker trat zu ihm und gab ihm das Headset. Um es vernünftig anlegen zu können, überließ er Sophia das Buch. Sein Herzschlag wurde schneller. Er litt zwar nie unter heftigem Lampenfieber, aber eine solche Lesung beschleunigte auch nach all den Jahren der Berufserfahrung noch immer seinen Puls.

Pünktlich um einundzwanzig Uhr ging Sophia auf die Bühne. Die Zuschauer spendeten ihr freundlich Applaus. Wenn sich Ruben nicht irrte, war der Saal wirklich gut gefüllt.

Sophia begrüßte zunächst die Gäste und bedankte sich für die Buchung der Reise, die mit zahlreichen Höhepunkten aufwarten würde. »Nicht nur, was unsere Reiseziele anbelangt, sondern auch hinsichtlich unseres abendlichen Veranstaltungsprogramms«, versprach sie den Passagieren. »Den Anfang macht ein hochgeschätzter Künstler, der uns schon häufig bei Reisen begleitet hat. Er ist etablierter Hörbuchsprecher, Schauspieler, viel gebuchter Performancekünstler und einfach ein sympathischer Zeitgenosse. Begrüßen Sie mit einem herzlichen Applaus Herrn Ruben Reus.«

Beifall schwoll an. Lächelnd trat Ruben auf die Bühne. Sofort erfasste ihn das Licht eines Scheinwerfers, das ihm die Sicht auf die Zuschauer nahm. Er verneigte sich.

»Hallo und herzlich willkommen! Schön, dass Sie da sind. Sophia, vielen Dank für deine warmen Worte. Ich hoffe, ich kann die Erwartungen, die du gerade geweckt hast, auch erfüllen.«

»Daran zweifle ich keine Sekunde«, sagte sie. »Verehrtes Publikum, viel Spaß!« Sie ging unter Applaus von der Bühne.

Ruben schaute ihr kurz hinterher. Dann seufzte er zufrieden. »Das ist meine mittlerweile vierzehnte Fahrt auf der *MS Goldenflower* und ich könnte mir vorstellen, mir ergeht es so wie Ihnen. Es gibt einfach kein besseres Schiff auf dieser Welt. Keine angenehmere Art zu verreisen. Vierzehnmal – und trotzdem ist das heute eine ganz besondere Premiere für mich.« Er hielt das Buch hoch. »Ich lese zum ersten Mal aus einem Roman, der noch gar nicht erschienen ist. Sie werden also Zeuge einer Weltpremiere. Der Thriller, aus dem ich Ihnen verschiedene Abschnitte vorlese, trägt den Titel *Lange Tage in seiner Gewalt*. Geschrieben wurde er von dem Star der deutschen Thriller-Riege: Florian Zauner. Sein Erstling schlug vor fünfeinhalb Jahren wie eine Bombe ein. Siebenstellige Verkaufszahlen, Übersetzungen in mehr als zwanzig Sprachen und eine Verfilmung katapultierten ihn von null an die Spitze. Er ließ seine Fans zweieinhalb Jahre warten, bevor er an den Riesenerfolg mit einem zweiten Buch anknöpfte. Und nun, drei Jahre später, erscheint nächste Woche zeitgleich in sieben Sprachen sein drittes Werk. *Lange Tage in seiner Gewalt* dreht sich um eine 35-jährige Frau und Mutter, die von einem ihr Unbekannten entführt wird. Anfangs ist sie dem Täter hilflos ausgeliefert, der sie zu makabren Dingen zwingt. Je länger die Gefangenschaft allerdings andauert, desto mehr entwickelt sich zwischen Entführer und Opfer ein Katz-und-Maus-Spiel. Obwohl die Frau von dem Täter in einem Käfig gefangen gehalten wird, gewinnt sie langsam die

Oberhand.« Ruben senkte seine Stimme um eine Nuance. »Seien Sie gespannt!«

Auf der LED-Leinwand startete der Film. Ruben trug die erste Szene vor. Er wechselte mehrfach seinen Standort und erzeugte mit seiner Stimme Spannung. Mal flüsterte er, mal schrie er. Manchmal schwieg er länger als nötig, um die Zuschauer auf die Folter zu spannen. Nach dem einleitenden Kapitel, das die Entführung beschrieb, sprang Ruben zwei Abschnitte nach vorn. Der Täter zwang sein Opfer, ein detailliertes Tagebuch von der Gefangenschaft zu führen.

Er las die verzweifelten Worte der entführten Mutter vor, die sie an ihren Mann und ihre Tochter richten musste.

»Oh mein Gott!«, ertönte es plötzlich aus dem Publikum. Ein Glas zerbrach klirrend. Kurz setzte Unruhe ein.

Da ihm das Scheinwerferlicht die Sicht auf die Zuschauer nahm, konnte er nicht einschätzen, was da vor sich ging. Mit leiser Stimme las er die nächste Passage vor. Er lieferte eine Meisterleistung ab – daran bestand kein Zweifel.

»Sie erhalten das Buch im Bordshop. Der Verlag hat einige vom Autoren signierte Ausgaben zum Preis von vierundzwanzig Euro zur Verfügung gestellt. Vielen Dank für Ihre Aufmerksamkeit. Ich wünsche Ihnen hoffentlich albtraumfreie Träume und eine angenehme Reise!«

Ruben verbeugte sich und genoss den lautstarken Applaus. Er hatte das Publikum fast eine Stunde lang in den Bann gezogen und ihnen eine perfekte Show abgeliefert.

Das Scheinwerferlicht erlosch. Endlich konnte er sich im Saal umsehen. Viele Zuhörer saßen noch auf ihren Plätzen und applaudierten ihm ausdauernd. Sophia und Andreas wären garantiert zufrieden.

Ruben hob die Hand und winkte den Passagieren zu. Dann wandte er sich ab und ging zum Backstagebereich. Dort wartete Sophia auf ihn.

»Wow«, sagte sie anerkennend, »was für eine Geschichte! Gruselig. Wie geht sie aus?«

»Ich habe zur Vorbereitung nur die ersten hundert Seiten gelesen«, erwiderte Ruben. »Den Rest hole ich auf der Reise nach.« Er nahm das Headset ab.

»Du warst fantastisch!«, lobte sie.

»Danke. Es kam ganz gut an, oder?«

»Und wie! Du hast unser Publikum gefesselt. Einen besseren Auftakt hätten wir uns nicht wünschen können. Im Namen der Reederei bedanke ich mich herzlich. Du weißt ja, wie es läuft. In ein paar Tagen setzen wir uns mit Andreas zusammen und werten das Feedback aus. Ich kann mir nicht vorstellen, Negatives zu hören. Es schien mir bloß für den einen oder anderen Passagier zu spannend gewesen zu sein. Zwischendurch ist eine junge Frau rausgerannt. Für die war es definitiv zu aufregend.«

»Hat sie auf ihrer Flucht ein Glas umgeschmissen? War das der Lärm, der mich ganz kurz irritiert hat?«

»Ja«, sagte Sophia. »Aber das spricht eindeutig für deine Performance. Kommst du gleich in die Künstlerbar?«

Eine der insgesamt sechs Bars auf dem Schiff fungierte als Anlaufstelle für alle anwesenden Künstler und Experten. Dort gab es an den Auftrittsabenden freie Getränke.

»Das lasse ich mir nicht entgehen. Ich ziehe mich um und dann komme ich zu euch.«

»Wundervoll. Bis gleich.« Sophia verließ den Backstagebereich.

In seiner Suite schlüpfte Ruben aus dem Outfit. Gedanklich ging er die einzelnen Abschnitte durch, die er vorgetragen hatte. Er war absolut zufrieden. Von einigen wenigen Stellen abgesehen, an denen er sich verhaspelt hatte, war er ohne Hänger durch die Lesung gekommen. Die Reaktionen des Publikums und Sophias erstes Feedback sprachen ein deutliches Urteil. Er zog eine weiße Stoffhose an, die er mit braunen Slippern und einem legeren Pullover kombinierte.

»Jetzt beginnt der schöne Teil der Reise.«

Es klopfte an seiner Kabinentür. Ruben schaute auf seine Uhr. Holte ihn ein Crewmitglied ab oder war das jemand aus dem Serviceteam, der die Minibar auffüllen wollte?

»Moment!«, rief er.

Rasch fuhr er sich mit den Fingern durch die Haare. Dann ging er zur Tür und öffnete sie.

Im Gang stand eine junge Frau, die er interessiert musterte. Sie war vermutlich Ende zwanzig, groß, attraktiv. Die Unbekannte trug ihre langen, blonden Haare zu einem Pferdeschwanz gebunden. Die gelbe Bluse und der knielange, dunkelblaue Rock betonten ihren schlanken Körper. Ein Groupie?

»Sie wünschen?« Er lächelte der Frau zu. Manchmal erzählten mitreisende Musiker von Besucherinnen, die nach dem Auftritt in den Kabinen vorbeisahen. Bislang hatte er so etwas immer für angeberisches Gerede gehalten. Sollte er sich geirrt haben?

»Woher wissen Sie, was meiner Mutter passiert ist?«, fragte die unbekannte Schönheit mit zittriger Stimme.

»Wer sind Sie?«, entgegnete Ruben.

»Wer sind *Sie*?«

Kapitel 2

18 Jahre zuvor

Kriminalhauptkommissar Johannes Schneider zuckte wegen eines schmerzhaften Stichs im Nacken kurz zusammen. Ohne den Blick vom Monitor zu nehmen, massierte er sich die verspannte Muskulatur. Mit dem Zeigefinger drückte er auf eine besonders harte Stelle an der Halswirbelsäule.

Seit Stunden suchte er in den schriftlich festgehaltenen Zeugenprotokollen nach Unstimmigkeiten. Er kam einfach keinen Schritt vorwärts. Jedes Mal wenn er glaubte, auf der richtigen Spur zu sein, erwies sich das als verfrühte Hoffnung.

Johannes rieb sich übers müde Gesicht und gähnte. Der Mord an dem Rentnerehepaar beschäftigte ihn seit zwei Wochen. Er war überzeugt davon, den Täter im sozialen Umfeld des wohlhabenden Ehepaars zu finden. Trotzdem kamen sein Partner und er einfach nicht vorwärts.

Er gähnte erneut und warf einen Blick auf die Armbanduhr, die seine Frau Isabel ihm zum zehnten Hochzeitstag geschenkt hatte.

»Oh Scheiße!«, murmelte er.

Wieder einmal hatte der Arbeitstag deutlich zu lang gedauert. Isabel hatte ihn am Vormittag an ihren Volkshoch-

schulkurs erinnert und gebeten, nicht zu spät nach Hause zu kommen. Er hatte es ihr versprochen. Ihre 12-jährige Tochter Annika stellte zwar normalerweise keinen Unfug an, aber ihnen beiden war es lieber, das Mädchen nicht zu lange unbeaufsichtigt zu lassen.

Als er die Zeugenprotokolle schließen wollte, bemerkte Johannes eine Unstimmigkeit. Statt sofort Feierabend zu machen, benötigte er weitere fünf Minuten, ehe er einen logischen Grund für die Diskrepanz fand. Frustriert schaltete er den Computer aus.

Um acht Uhr abends fuhr Johannes den Wagen in die Garage ihres Einfamilienhauses in Berlin. Zumindest war er noch deutlich vor Isabel nach Hause gekommen, die frühestens in einer Stunde heimkehren würde. In der Diele stellte er seine Aktentasche auf den Fußboden und lauschte. Es war nichts zu hören. Ob Annika im Bett lag und in einem Buch schmökerte? Ein erneuter Stich fuhr ihm in den Nacken. Johannes stöhnte. Früher hatten ihm lange Arbeitstage zumindest körperlich nicht geschadet. Er würde noch eine Kleinigkeit essen und sich danach ein entspannendes Vollbad gönnen.

Johannes stellte sich vor die geschlossene Kinderzimmertür. Wieder lauschte er. Nach ein paar Sekunden vernahm er ein von der Tür gedämpftes Kichern. Mit einem Lächeln auf den Lippen klopfte er an die Tür.

»Komm rein, Papi!«, erklang Annikas Stimme.

Seine Tochter lag auf dem Bett. In der Hand hielt sie ein dickes Buch mit abgegriffenem Umschlag. Er setzte sich zu ihr an den Bettrand und gab ihr einen Kuss.

»Hallo, mein Schatz! Tut mir leid, dass es so spät geworden ist.«

»Das macht mir nichts«, erwiderte sie gelassen.

»Ist Mama um halb sieben gefahren?«

»Ja. Ich soll dir sagen, dein Essen hat sie mit Alufolie verpackt in den Kühlschrank gestellt. Du sollst es nicht übersehen.«

»Willst du dich zu mir setzen und mir von deinem Tag erzählen?«

»Ist es schlimm, wenn ich lieber hierbleibe und lese? Ich bin gerade bei einer meiner absoluten Lieblingsstellen.«

»Natürlich nicht. Viel Spaß!«

Er gab seiner Tochter noch einen Kuss und verließ ihr Zimmer. Mit einem Umweg übers Bad ging er in die Küche. Isabel hatte ihm sechs Scheiben Roastbeef, feine Remoulade und drei Essiggurken vorbereitet. Sein Magen knurrte, als er sich an den Tisch setzte. Während er aß, massierte er seinen Nacken. Er dachte über den Doppelmord nach. Ihr Hauptverdächtiger war der 25-jährige Großneffe der Rentner, der wegen Hehlerei vorbestraft war. Aus dem Haus des Ehepaars waren Wertgegenstände verschwunden. Der Großneffe hatte nur ein schwaches Alibi. Angeblich hatte er den Mordabend allein im Kino verbracht. Johannes hatte ihn zusammen mit seinem Partner schon zweimal zum Gespräch gebeten. Bislang hatte sich der Student nicht in Widersprüche verwickelt. Es wurde Zeit, ihn ein drittes Mal vorzuladen.

Johannes ging erneut ins Bad und räumte vom Badewannenrand Isabels abgelegte Kleidungsstücke, die er auf den Toilettendeckel legte. Er öffnete den Wasserhahn und drehte den vollelektronischen Temperaturregler auf vierzig Grad. Danach füllte er einen schäumenden Badezusatz in die Wanne. Aus dem Schlafzimmerschrank holte er einen frischen Pyjama. Nach dem Bad würde er sich ein Beispiel an seiner Tochter nehmen und es sich mit einem Buch bequem machen. Bis Isabel zurückkehren würde. Seine Frau besaß auch nach dreizehn Ehejahren noch immer das unschätzbare Talent, ihn von Gedanken an die Arbeit ablenken zu können. Darin war sie besser, als es je ein Romancier sein könnte. Er freute sich auf ihre Rückkehr. Sobald sie ihren Kopf auf seine Brust legen würde, könnte er komplett abschalten.

Isabel Schneider schlug das Lehrbuch zu. Der Englischunterricht war für den heutigen Abend beendet. Sie unterdrückte ein Gähnen, da sich in diesem Moment ihr Sitznachbar zu ihr drehte.

»War Frau Green heute besonders unmotiviert?«, fragte Stefan sie leise.

»Kam mir auch so vor«, erwiderte sie. »Sie sehnt bestimmt die Ferien herbei.«

Isabel legte ihre Handtasche auf den Tisch und steckte das Buch, ihr Heft und den Kugelschreiber hinein.

»Stehst du auf dem Lehrerparkplatz?«, erkundigte sich Stefan.

»Ja. Du auch?«

»Hab den letzten freien Platz ergattert. Dann komm! Lass uns gehen.«

Auf dem Weg aus dem Klassenzimmer nickten sie einigen anderen Kursteilnehmern zu und verabschiedeten sich von der Dozentin. Frau Green saß an ihrem Pult und starrte mit leerem Blick vor sich hin. Irgendetwas schien sie zu betrüben. Isabel war in Versuchung, sich bei ihr zu erkundigen, ob alles in Ordnung sei, doch Stefan zog sie am Ellenbogen.

»Ich weiß genau, was du vorhast. Mach es nicht!«, flüsterte er ihr ins Ohr.

»See you next week«, sagte Isabel zur Dozentin.

»Bis nächste Woche«, antwortete Frau Green gedankenverloren.

Im langsamen Tempo verließen sie den Raum und gingen den breiten Flur der Grundschule entlang.

»Hast du heute Abend noch Pläne?«, fragte Stefan.

»Ein bisschen mit meinem Mann quatschen und dann kuschle ich mich …«

»Stopp!«, rief er lachend. »Zu viel Informationen.«

»… mit einem guten Buch ins Bett«, beendete sie den Satz amüsiert.

»Was liest die Frau eines Kriminalhauptkommissars? Blutige Thriller?«

»Gott bewahre! Mir reicht schon, was Johannes von der Arbeit erzählt. Nein. Mich begeistern Romane, die mich in fremde Länder führen. Australien, Asien, Südamerika. Am liebsten mit historischem Bezug. Johannes verreist nicht gerne. Mehr als einmal im Jahr drei Wochen in den Sommerferien bekomme ich ihn nicht aus seinem geliebten Berlin. Da bleibt mir nur die Fantasie.«

Sie erreichten den Ausgang. Stefan hielt ihr die Tür auf.

»Oder ein anderer Mann«, schlug er augenzwinkernd vor.

»Dann lieber lebenslänglich Berlin.«

»Du unverbesserliche Romantikerin. Wir sehen uns nächste Woche.«

»Hab eine gute Zeit.« Aus einigen Metern Entfernung entriegelte Isabel mit der Fernbedienung ihren Wagen. Sie freute sich auf ihr Zuhause.

Johannes Schneider stellte den Wasserhahn ab. Dann ging er zum Kinderzimmer, klopfte an die Tür und öffnete sie. Annika schmökerte noch immer in ihrem Buch.

»Mein Schatz, ich gehe jetzt in die Badewanne und für dich ist Schlafenszeit. Wie viel Seiten hat dein Kapitel noch?«

»Drei«, sagte sie, ohne aufzuschauen.

»Danach legst du das Buch beiseite und machst das Licht aus. Deine Zähne sind geputzt?«

»Schon lange. Darf ich dafür ein Kapitel mehr lesen? Bitte!«
Sie schaute ihn mit großen Augen an.

»Meinetwegen. Gute Nacht, mein Schatz! Hab dich lieb.«

»Ich dich auch, Papi.«

Er schloss die Tür, kehrte ins Bad zurück und zog sich aus. Mit einem wohligen Seufzer stieg er in das angenehm heiße Wasser.

»Herrlich«, brummte er.

Johannes tauchte kurz mit dem Kopf unter. Als er wieder hochkam, strich er sich die nassen Haare nach hinten. Für ihn gab es nach einem langen, frustrierenden Arbeitstag nichts, was ihn mehr entspannte als ein Vollbad. Er spürte, wie sich die gesamte Muskulatur langsam löste. Wahrscheinlich sollte er mal wieder einen Massagetermin beim Physiotherapeut vereinbaren.

Ohne es zu wollen, richteten sich seine Gedanken auf den ungelösten Fall. Er dachte an die Spuren, denen sie zuletzt nachgegangen waren. Was übersah er? Und welche Verdächtige kamen außer dem Großneffen infrage?

Um die Badezeit zu verlängern, füllte Johannes eine Viertelstunde später heißes Wasser nach. Er erhöhte die Temperatur am Regler auf zweiundvierzig Grad. Fünf bis zehn Minuten könnte er noch in der Wanne bleiben.

Als er den Hahn wieder ausstellte, hörte er draußen Motorengeräusche. Isabel kam endlich nach Hause. Johannes lächelte.

Isabel zog die Handbremse und schaltete den Motor ab. Sie griff zu ihrer Handtasche.

Plötzlich öffnete jemand die hintere Beifahrertür. Ein junger Mann stieg ein und warf die Tür zu. Isabel drehte den Kopf.

Sie sah die Pistole in seiner Hand und stieß einen erschreckten Schrei aus.

»Was wollen Sie?«

»Fahr los!«, antwortete der Mann.

Isabel hatte ihn noch nie zuvor gesehen. Der Bewaffnete war höchstens fünfundzwanzig, trug einen flaumigen Kinnbart und schwarze Kleidung. Über seine Haare hatte er eine Kapuze gezogen.

»Sofort!«

»Nein!«, widersprach sie.

Er drückte die Pistole gegen ihre Seite. »Dann siehst du Annika nie wieder und stirbst hier im Auto.«

»Was wollen Sie?«, wiederholte sie.

»Von hier wegkommen. Das ist deine letzte Chance. Oder spürst du Todessehnsucht?«

Zu seiner Überraschung startete Isabel kurz nach dem Zuwerfen der Tür wieder den Motor. Hatte sie sich mit so weitem Abstand von der Bürgersteigkante entfernt hingestellt, dass sie ihre Position korrigieren musste? Es wäre nicht das erste Mal. Isabel fuhr zwar sicher Auto, erfüllte aber beim Einparken jedes Klischee.

Johannes hörte, wie sie davonfuhr und dabei den Motor hochjagte. Was hatte das zu bedeuten? Er hielt sich am verchromten Griff fest und zog sich aus dem Wasser. Rasch kletterte er aus der Wanne und trocknete sich hektisch ab. Inzwischen vernahm er keine Motorengeräusche mehr. Er schlüpfte in seinen Bademantel und lief barfuß aus dem Badezimmer. Wo fuhr Isabel jetzt noch hin? Hatte sie etwas in der Schule vergessen?

Johannes riss die Haustür auf. Von Isabels Wagen fehlte jede Spur.

Beunruhigt nahm er sein in der Diele liegendes Telefon zur Hand und wählte ihre Nummer.

In ihrer Handtasche erklang das Klingeln ihres Handys.

»Gib mir deine Tasche!«, befahl der Bewaffnete. »An der nächsten Ampel fährst du nach rechts.«

Zögerlich reichte sie ihm die rote Tasche nach hinten. Das Telefon klingelte noch immer. Der Mann nahm es heraus.

»Johannes«, sagte er amüsiert nach einem Blick aufs Display. »Ist dein Mann ein Kontrollfreak oder wieso ruft er an?« Ehe die Mailbox ansprang, drückte der Bewaffnete den grünen Hörer.

»Isabel? Wo fährst du hin?«

»Johannes!«, schrie sie. »Mich hat ein Mann entführt. Der ist jung. Höchstens …«

»Schnauze!«, brüllte der Bewaffnete. »Nach rechts!«

»Sie machen einen schweren Fehler!«, warnte ihn der Kommissar. »Lassen Sie sofort meine Frau frei!«

»Fünfundzwanzig. Ein Milchbubi!«, schrie Isabel.

»Du wirst demnächst viel von deiner Frau lesen«, sagte der Mann mit tief verstellter Stimme. Dann beendete er das Gespräch. Er kurbelte das Fenster hinunter und warf das Handy aus dem Fahrzeug. Erneut drückte er ihr die Pistole von hinten gegen die Seite. »Milchbubi? Das wirst du bereuen! An der nächsten Kreuzung nach links. Falls du Annika und Johannes jemals wiedersehen willst, solltest du anfangen, besser zu gehorchen.«

Fassungslos wählte Johannes noch einmal Isabels Nummer. Sofort sprang die Mailbox an.

»Scheiße!«, fluchte er.

Als Nächstes kontaktierte er den Polizeinotruf. Johannes gab einen Code durch, der ihn als Beamten in Notlage auswies. Er schilderte, was passiert war und in welchem Fahrzeug seine Frau entführt wurde. Der Polizist versprach ihm, sofort alle verfügbaren Streifenwagen zu alarmieren, damit sie Ausschau nach Isabels Auto hielten.

»Der Entführer ist bewaffnet. Sie müssen ihn finden und stoppen!«

Johannes beendete das Telefonat.

»Papa?«, erklang in seinem Rücken Annikas Stimme. »Was ist passiert? Ist Mama noch nicht zu Hause?«

Verzweifelt schloss Johannes die Augen. Wieso hatte er Annika nicht gehört? Langsam drehte er sich zu ihr um. Seine Tochter starrte ihn angsterfüllt an.

»Wo ist Mama?«

»Ich weiß es nicht, mein Schatz.«

»Ist ihr etwas passiert?«

Johannes kniete sich zu Annika und nahm sie in den Arm. »Alles wird gut«, flüsterte er ohne große Hoffnung.

Seine Gedanken rasten. Ein 25-jähriger Milchbubi? Die Beschreibung passte perfekt auf den mordverdächtigen Großneffen.

»Ich muss mich anziehen und telefonieren. Gehst du bitte zurück ins Bett. Morgen früh ist alles wieder in Ordnung.«

»Versprichst du das?«

»Ja«, antwortete er leise.

Kapitel 3

»Sie besuchen meine Lesung, hören, was ich über das Buch vortrage, und tauchen anschließend an meiner Kabine auf«, fasste Ruben zusammen. »Haben Sie mich gerade heimlich verfolgt?«

»Ich bin Ihnen nach der Veranstaltung hinterhergegangen. Ja«, bekannte sie. »Weil ich wissen will, wer Sie sind. Und was Sie mit dem Schicksal meiner Mutter zu tun haben.«

»Ich bin Ruben Reus. Und Sie?«

»Mein Name lautet Annika Schneider.«

Ruben schaute an ihr vorbei nach links und rechts. Er fühlte sich unwohl.

»Ich verstehe kein Wort.«

»Meine Mutter ist vor achtzehn Jahren von einem Unbekannten entführt worden. Die Polizei hat den Täter nie verhaftet. Er hat Mama gezwungen, elf Tage lang Tagebuch zu führen. Jede ihrer Seiten hat der Mann uns zugeschickt, um meinen Vater und mich zu quälen. Die Passage, die Sie vorhin vorgelesen haben, stimmt wortwörtlich mit dem Inhalt des ersten Briefs überein, den meine Mutter schreiben musste. Also! Wer sind Sie?«

»Ich bezeichne mich als Performancekünstler. Bei Engagements wie diesem lese ich aus Büchern mir unbekannter Autoren. Manchmal engagieren mich Verlage für Hörbuchproduktionen. Ganz selten ergattere ich Fernsehrollen. Reicht Ihnen das als Antwort?«

»Nein. Das ist nicht einmal die Spitze des Eisbergs dessen, was ich wissen muss. Lassen Sie mich in Ihre Kabine, damit wir uns in Ruhe unterhalten können?«

»Unter keinen Umständen!«

»Was haben Sie zu verbergen?«

»Gar nichts! Merken Sie nicht selbst, wie ver…« Er bremste sich und überdachte seine Wortwahl. »… wie skurril Ihr Erscheinen auf mich wirken muss? Ich bin auf diese Engagements angewiesen. Wenn Sie behaupten, ich hätte Sie in meiner Suite vergewaltigt, habe ich …«

»Wieso sollte ich …« Annika atmete tief durch und trat einen Schritt zurück. »Ich verstehe Ihre Sorge. Aber wir müssen reden. Noch heute. Schlagen Sie einen geeigneten Ort vor.«

»Nehmen wir die Kaminzimmer-Bar auf Deck sieben. Die ist meist recht ruhig, trotzdem steht hinter dem Tresen die ganze Zeit ein Barkeeper, der uns im Auge behalten kann.«

»Kaminzimmer-Bar?«

»Sie werden den Namen verstehen, sobald Sie dort sind.«

»Einverstanden. In fünf Minuten?«

Ruben stöhnte. »Meinetwegen.«

»Wenn Sie in zehn Minuten nicht da sind, komme ich hierher zurück. Auf einem Schiff können Sie mir nicht aus dem Weg gehen.«

Sie wandte sich ab und lief den Gang entlang. Ruben schloss die Tür.

»Wow!«, sagte er leise. Seine Gedanken rasten.

Mit nur knapper Verspätung betrat Ruben die Bar. Seine Verabredung hatte sich an einen Zweiertisch in der Nähe des elektrischen Kaminfeuers gesetzt. Ein Kellner nahm gerade ihre Bestellung auf.

»Hallo!«, sagte Ruben. »Ich hätte gern ein Gin Tonic.«

»Kommt sofort«, versprach der Kellner.

Ruben setzte sich hin und musterte die Frau erneut. Sie war ausgesprochen attraktiv. Wie besessen starrte sie auf das Buch, das er mitgebracht hatte.

»Reden wir, wenn wir unsere Getränke haben, einverstanden?«, schlug er vor.

»Meinetwegen. Geben Sie mir das Buch?«

»Später, wenn es sein muss. Nicht sofort. Ich will erst wissen ...«

Annika winkte ab. »Sie müssen es mir nicht erklären. Ich hätte Sie in Ihrer Suite nicht so überfallen dürfen. Tut mir leid.«

»Ist das Ihre erste Kreuzfahrt?«, fragte er, um Small Talk zu betreiben.

Die Frau nickte.

»Mit wem reisen Sie? Ihrem Partner?«

»Das ist jetzt nicht unser Thema.«

Bevor er etwas erwidern konnte, brachte ihnen der Kellner ein Schalenset mit drei verschiedenen Knabbereien.

»Ihre Getränke dauern nicht mehr lange«, versprach er.

»Sie waren schon vierzehnmal engagiert?«, fragte Annika.

»Ja. Mir gefällt dieses Schiff. Die Reederei zahlt die komplette Reise und legt noch ein Honorar obendrauf. Wir Künstler landen zwar immer in den kleinsten Suiten, aber hey, die sind so fantastisch, das reicht mir völlig. Zu Hause habe ich kaum mehr Platz.«

»Dürfen Sie eine Begleitung mitnehmen?«

»Dürfte ich, wenn ich jemanden hätte.«

Erneut kam der Kellner zu ihnen. Diesmal brachte er ihnen die Getränke. Annika hatte einen fruchtigen Cocktail bestellt.

»Wohl bekomm's!«

Ruben griff zu seinem Glas. Er prostete ihr zu, sie reagierte mit Stirnrunzeln.

»Sorry«, murmelte er. Rasch trank er einen Schluck. »Schildern Sie mir, was Ihrer Mutter widerfahren ist.«

Annika nahm ihr Glas in die Hand und zog an dem Strohhalm. Dann beugte sie sich leicht vorn. »Ich war zwölf«, sagte sie leise. »Mama hatte abends einen Englischkurs in der VHS, mein Vater kam spät von der Arbeit. Der Entführer hat meine Mutter vor der Haustür abgefangen und sie gezwungen, mit ihm wegzufahren. Papa war Kriminalhauptkommissar in Berlin. Er hat sofort Himmel und Erde in Bewegung gesetzt, um Mama zu finden. Erfolglos. Am Tag nach der Entführung gab es nicht ein Lebenszeichen von ihr. Am Folgetag hatten wir einen anonymen Brief im Briefkasten. Mama hatte von ihrem ersten Tag in Gefangenschaft berichten müssen. Der Entführer hat sie alles aufschreiben lassen. Sie dadurch gedemütigt. Von da an bekamen wir jeden Morgen Post. Elfmal hintereinander.«

»Die Passage, die ich vorgelesen habe …«

»… stimmte wortwörtlich mit dem ersten Brief überein.«

»Wow!«

Annika starrte zu dem Buch, das auf der Armlehne seines plüschigen Sessels lag.

»Was hat es mit diesem Werk auf sich? Wieso haben Sie ausgerechnet daraus vorgelesen?«

»Dazu muss ich Ihnen erklären, wie meine Engagements ablaufen. Nicht nur hier auf dem Schiff, sondern eigentlich überall.«

»Legen Sie los!« Sie lehnte sich in ihrem Sessel zurück.

»Ich habe mir in der Branche einen guten Ruf erarbeitet.

Es gibt viele Schriftsteller, die nicht in der Lage sind, aus ihren eigenen Büchern vernünftige Lesungen zu gestalten. Obwohl das zum Erfolg einer Veröffentlichung stark beitragen kann. Dann komme ich ins Spiel. Wenn Verlage Bücher vermarkten wollen, schicken Sie mich auf Lesereisen. Meistens begleiten mich dabei die Autoren, um nach der Veranstaltung für Fragen zur Verfügung zu stehen. Oder ich lese für ausländische Autoren aus den ins Deutsche übersetzten Werken. Und manchmal engagieren mich Reedereien für solche Kreuzfahrten. Dann steht weniger die Vermarktung im Vordergrund, sondern die Unterhaltung der Passagiere.«

»Und Sie wählen das Buch, aus dem Sie lesen?«

»Nein. Ich werde von einem Agenten vertreten. Der organisiert solche Reisen, und sobald wir Zusagen haben, fragt er bei verschiedenen Verlagen nach. Er nennt den Zeitraum der Reise und die schauen, ob das zu einer Veröffentlichung gut passen würde. Die Verlage legen zur Gage der Reederei noch immer eine Kleinigkeit obendrauf. Meist ein paar Hundert Euro. Das summiert sich im Laufe eines Jahres.«

»Kann man davon leben?«

»Ich leiste mir in Hamburg nur eine kleine Wohnung und besitze kein Auto, aber davon abgesehen, funktioniert es schon seit Jahren recht gut.«

Ruben achtete auf Annikas Reaktion. Manche Frauen fanden das Eingeständnis seiner Wohnsituation und eines fehlenden Fahrzeugs so unter ihrer Würde, dass sie sich danach schnell von ihm verabschiedeten. Annika nahm die Information ohne sichtbare Regung auf. Sie war eine ausgesprochen hübsche Frau. Er hätte sie gern näher kennengelernt. Ob das unter diesen Umständen möglich wäre?

»Was wissen Sie über diesen Florian Zauner?«, fragte Annika.

»Kaum mehr als das, was ich bei der Lesung erwähnt habe. Er lebt in Berlin.«

»So wie wir damals«, erwiderte Annika.

»Zauner benötigt für seine Romane ziemlich lange. Die meisten Schriftsteller, die ich kennenlerne, veröffentlichen ein Buch pro Jahr. Manche mehr. Zauner hat sich nach dem Erscheinen des Erstlings scheiden lassen. Die zweieinhalbjährige Pause bis zum zweiten Thriller hat er in Interviews unter anderem mit dem belastenden Scheidungsprozess begründet. Das erscheint mir inzwischen wie eine billige Ausrede, denn diesmal sind sogar drei Jahre vergangen. Er hat nach seinem Debüt einen Wahnsinnsvorschuss für die Folgebücher erhalten. Ich glaube, er kann mit dem Erfolgsdruck nicht umgehen. Geld ist halt nicht alles im Leben.« Ruben zuckte die Achseln.

»Trotz Ihrer Behauptung, nichts von ihm zu wissen, wissen Sie eine Menge über diesen Zauner.« Annika klang misstrauisch.

»Das ist schon alles. Ich suche immer nach Grundinformationen. Mehr interessiert mich nicht.« Ihre Unterstellung ärgerte ihn. »Kommen wir auf Ihre Behauptung zurück. Kann das nicht alles bloß Zufall sein?«

»Es stimmte Wort für Wort überein.«

»Wie lange ist das her? Dreizehn oder vierzehn Jahre?«

Annika lächelte. »Danke für das Kompliment. Ich bin dreißig.«

»Also achtzehn Jahre. Wie wollen Sie sich so genau daran erinnern?«

Sie tippte sich an die Schläfe. »Für manche Sachen habe ich ein fantastisches Gedächtnis. Fast schon fotografisch. Ich habe mir jede Zeile meiner Mutter eingeprägt.«

Ruben griff zum Buch und schlug es auf. »Ich habe den Roman nicht bis zum Ende gelesen. Aber ich weiß, es kommen mehrere Stellen vor, die der zitierten ähneln.« Er fand das Kapitel, das er suchte. »Sagen Sie mir, was im zweiten Brief stand.«

Annika beugte sich vor. Auch Ruben näherte sich ihr. Ihre Köpfe berührten sich beinahe, während sie mit fester Stimme die Worte vortrug. Seine Augen flogen über den Text. Als sie endete, schlug er das Buch wütend zu.

»Was soll der Scheiß?«

»Habe ich recht?«

»Sie haben das Buch vorab gelesen. Ist das ein Scherz des Verlags? Sind Sie eine Mitarbeiterin?« Er schaute sich um. »Oder ist hier irgendwo eine versteckte Kamera aufgebaut. Kommt gleich der Moderator um die Ecke?« Er winkte. »Hallo! Sehr witzig! Toll gemacht!«

»Das ist kein Scherz«, widersprach sie.

»Dann haben Sie das Buch schon gelesen.«

»Ich denke, es ist noch nicht einmal erschienen.«

»Na und, wenn Sie vom Verlag ...«

Annika haute wütend auf den Tisch. »Über dieses Thema mache ich keine Scherze. Aber Ihre Reaktion beantwortet zumindest meine Frage. Habe ich den Text wortwörtlich wiedergegeben?«

Ruben nickte. »Ich kapiere nicht, wie das möglich ist.«

Der Kellner kehrte zu ihrem Tisch zurück. »Wie wäre es mit einer zweiten Runde?«

»Ja«, sagte Ruben.

»Nein«, entgegnete Annika.

»Also nur einen Gin Tonic?«, vergewisserte sich der Kellner.

»Danke«, sagte Ruben. »Ich verzichte dann auch.«

Sie warteten, bis sich der Mann entfernt hatte.

»Darf ich einen Blick ins Buch werfen?«

Er reichte es ihr. Sie lehnte sich zurück und blätterte darin. Die Lichtverhältnisse in der Bar waren zwar gedimmt, aber Ruben konnte dabei zusehen, wie sie immer blasser wurde.

»Alle elf Briefe«, sagte sie schließlich fassungslos.

Sie starrte zum elektrischen Kamin. »Wie ist das möglich? Ich kapier's genauso wenig wie Sie.« Annika fuhr sich mit der Hand durch die Haare.

»Wie ging die Geschichte Ihrer Mutter aus? Sie erwähnten, der Täter sei nie gefasst worden. Was ist passiert, nachdem sie die elf Briefe erhalten haben?«

»Haben Sie das Buch zu Ende gelesen?«

»Nein. So arbeite ich nicht. Je weniger ich über ein Buch weiß, desto besser kann ich mich von den ausgesuchten Szenen leiten lassen. Bei meinen Lesungen geht es darum, die innere Stimme der Szenen herauszukitzeln, nicht des kompletten Romans. Ich wollte auf der restlichen Fahrt das Buch lesen. Zu meinem eigenen Vergnügen. Zauners Bücher werden im Regelfall als sehr spannend gelobt. Ein kurzweiliger Zeitvertreib. Soweit ich informiert bin, ändert sich in dem Thriller das Verhältnis zwischen Entführter und Opfer im Laufe der Zeit. Obwohl die Frau gefangen ist, gelingt es ihr, zunächst sein Vertrauen zu erschleichen und dann die Kontrolle an sich zu reißen. Mehr weiß ich nicht.«

»Die Kontrolle an sich reißen? Ich würde meine linke Hand dafür abhacken, wenn das meiner Mutter gelungen wäre. Der Entführer hat ihr die schrecklichsten Dinge angetan. Sie hatte keine Chance.« Mit raschen Bewegungen strich sie sich Tränen weg. »Ohne Alkohol ertrage ich diese Erinnerungen nicht mehr.« Sie drehte sich um und winkte den Kellner herbei.

Kapitel 4

18 Jahre zuvor

»Wir sind da«, sagte der Mann.

Sie fuhren durch ein Wohngebiet mit Einfamilienhäusern. Alle Grundstücke verfügten über kleine Vorgärten.

»Was machen wir hier?«, fragte Isabel unsicher.

»Ich zeige dir dein neues Zuhause.«

Im Rückspiegel beobachtete sie, wie er mit seiner freien Hand in die Jackentasche griff und eine Fernbedienung herausholte. Er drückte einen Knopf. An einem der Häuser öffnete sich die Garage.

»Du fährst mit deinem Wagen da rein.«

Isabel verringerte die Geschwindigkeit. Ihre Handlungsoptionen schwanden. Sobald sie von der Straße runtergefahren und in einem Haus gefangen wäre, müsste sie sich auf das Ermittlungsgeschick der Polizei verlassen.

Sie drückte die Hupe. Ein blecherner, lauter Ton erklang.

»Hör auf damit!«

Isabel beließ ihre Hand auf dem Lenkrad. Der Mann rutschte in die Mitte und griff in ihre Haare. Er riss an dem Haarbüschel.

»Hör auf damit!«, wiederholte er drohend.

Sie nahm ihre Hand von der Hupe. Ob jemand aus den

Nachbarhäusern sie gehört hatte und aus dem Fenster schauen würde?

»In die Garage. Und wag es nicht, dir noch etwas zu leisten!«

»Warum tun Sie mir das an?«

»Jetzt ist nicht die Zeit zum Reden. Los!«

Isabel bog von der Straße auf die Garageneinfahrt. In der Garage war durch das Öffnen des Tors kein Licht angegangen. Ob an den Wänden Werkzeug hing, mit dem sie sich gegen ihn wehren konnte?

»Schön vorsichtig. Wenn du absichtlich einen Unfall baust, stirbst du.«

Trotz seiner Warnung spielte sie in ihrem Kopf diese Möglichkeit durch. Würde sie es schaffen, den Wagen so vor die Wand zu setzen, dass er sich nicht mehr fortbewegen ließe? Isabel fürchtete, dafür zu langsam zu fahren. Sie widerstand dem Impuls und dirigierte das Auto in die Garage.

»Braves Mädchen. Jetzt schaltest du den Motor ab und gibst mir den Zündschlüssel.«

Sie folgte dem Befehl. Er steckte den Schlüssel in seine Jackentasche.

»Wer sind Sie?«

»Du lernst mich noch kennen. Keine Sorge.«

Er lachte einen kurzen Moment spöttisch. Im Rückspiegel sah sie jedoch, wie das Lachen auf seinem Gesicht von einer Sekunde auf die andere zusammenfiel. Der Anblick machte ihr Angst. Dieser junge Mann wirkte völlig gestört. Empathielos. Johannes hätte ihn als Psychopathen bezeichnet.

»Ich steige zuerst aus und öffne dir die Fahrertür. Sobald du ausgestiegen bist, lege ich dir einen Arm um die Hüfte. Denk erst gar nicht an Flucht. Ich würde dich wie einen räudigen Köter abknallen. Deine Handtasche bleibt im Auto.«

Er stieg aus und warf die Tür zu. Blitzschnell umrundete er das Fahrzeug und öffnete die Fahrerseite.

»Zack, zack!«

Sie kletterte aus dem Wagen. Die Garage war breit genug, um nebeneinander nach draußen zu gehen. Er drückte sich an sie und presste ihr den Pistolenlauf gegen die Rippe. Die Waffe machte ihr Angst, seine körperliche Nähe erzeugte in ihr Übelkeit.

Er dirigierte sie zur Haustür. Dort zog er einen Schlüsselbund aus der Jackentasche, suchte kurz nach dem richtigen Schlüssel und öffnete ihnen die Tür.

»Home, sweet home.« Er stieß sie in den dunklen Hausflur. »Oder sollte ich sagen: ›My home is your jail‹?« Wieder lachte er spöttisch. »Wir gehen jetzt in den Keller.«

»Bitte nicht! Lassen Sie mich frei. Ich werde Sie nicht verraten.«

»Halt mich nicht für blöd!«, schrie er.

Isabel zuckte zusammen. Langsam ging sie die Stufen in den Keller hinunter. Wegen ihrer zittrigen Beine hielt sie sich am Handlauf fest. Im Untergeschoss angekommen, musste sie eine Tür öffnen. Dahinter lag ein dunkler Raum.

»Rechts ist der Lichtschalter. Du darfst ihn drücken.«

Ihre Hand tastete danach.

»Oh mein Gott!«, stöhnte sie, als das Licht ansprang.

»Ist das nicht wunderschön? Ich habe viele Monate daran gearbeitet.«

Sie standen an der Schwelle eines riesigen Raums, den Isabel auf mindestens sechzig Quadratmeter schätzte. In der Mitte war ein Metallkäfig aufgebaut, etwa zwei Meter hoch, vier Meter breit und gut doppelt so lang. Darin entdeckte sie ein Bett, eine Toilette, eine Dusche und einen Metalltisch. Außerhalb des Käfigs standen mehrere Sitzgelegenheiten zur Verfügung: eine Couch, ein Sitzsack und insgesamt fünf Stühle, die an unterschiedlichen Stellen um die Metallkonstruktion herum platziert waren. Ganz hinten im Raum brannte in einem Kamin ein Feuer. In den Einbauregalen an den Wänden waren unzählige Bücher untergebracht.

»Vorwärts! Die Tür des Käfigs lässt sich einfach aufziehen. Du gehst hinein.«

»Was wollen Sie von mir?«

»Du bist mein kleines Zootier.« Er versetzte ihr einen Stoß in den Rücken.

Isabel stolperte nach vorne. Wie von ihm angekündigt, ließ sich die Käfigtür einfach öffnen. Sie trat hinein. Kaum war sie im Käfig, zog er die Tür zu und verschloss sie mit einem Schlüssel des Schlüsselbunds.

»Oh Gott, wie lange habe ich davon geträumt!«, seufzte er. »Aber das hier ist schon jetzt so viel besser als meine Träume.«

»Warum?«

»Du stellst die falschen Fragen. Trotzdem gebe ich dir ein paar Antworten.«

Er wandte sich von ihr ab und zog die Kapuzenjacke aus. Darunter trug er nur ein T-Shirt. Sie musterte ihn. Sein Gesicht kam ihr nicht bekannt vor. Er setzte sich auf die Couch.

»Ich will von Anfang an mit offenen Karten spielen. Dein Ehemann Johannes und seine Kollegen haben elf Tage Zeit, dich zu finden. Um genau zu sein, elf Tage und den Rest von heute. Danach töte ich dich.«

Ihr Herz setzte aus, ehe es wieder einsetzte und doppelt so schnell wie zuvor schlug. »Tun Sie mir das nicht an. Ich habe eine Tochter.«

»Die süße Annika. Dein ganzer Stolz. Glaubst du, ich wüsste das nicht? Aber sie wird dir kaum das Leben retten – egal wie oft du sie erwähnst. Du solltest deine Hoffnung auf deinen Mann richten. In diesen elf Tagen bist du mein Zootier. Du wirst Nahrung bekommen. Und ich werde dich beobachten. Mehr nicht.« Er lächelte.

Ob er die Wahrheit sprach? Isabel versuchte, eine Logik hinter seinen Worten zusammenzureimen. War ihr Entführer ein Verdächtiger in einem der Fälle, die Johannes bearbeitete?

»Zieh dich aus!«

»Was?«

»Du ziehst dich jetzt aus. Zootiere tragen keine Kleidung.«

»Nein!«, widersprach sie.

»Das Kaminfeuer ist warm genug. Du wirst nicht frieren. Im Bett liegt eine Decke. Nachts darfst du dich zudecken. Aber tagsüber will ich dich nackt bewundern. Ich bin dir beim Joggen gefolgt. Du hast einen sehr sportlichen Körper.«

»Ich zieh mich nicht aus. Das können Sie vergessen!«

»Los!«, schrie er.

Isabel stellte sich in die Mitte des Käfigs. Er konnte sie unmöglich packen.

»Nein!«

Er stand von der Couch auf. »Du wirst lernen, mir nicht zu widersprechen.«

Ohne weitere Erklärungen verließ er den Raum. Ängstlich sah sie ihm hinterher. Was hatte er vor? Als er zurückkehrte, trug er einen Gartenschlauch, den er an einen Wasseranschluss schraubte. Mit dem Schlauch stellte er sich nah vor die Käfigstangen.

»Zwei Möglichkeiten. Entweder ziehst du freiwillig deine Klamotten aus oder ich spritze alles im Käfig nass. Dich, das Bett: einfach alles! Bis das hier unten getrocknet ist, vergehen Tage. Willst du in einem nassen Bett schlafen?«

Er drehte den Schlauch auf. Ein harter Strahl traf sie am Bauch.

»Stopp!«, schrie sie.

Sofort versiegte der Wasserstrahl. Isabel knöpfte sich die Bluse auf und streifte sie ab. Danach schlüpfte sie aus den Schuhen, zog Socken und Jeans aus. Nur in Unterwäsche bekleidet, verschränkte sie die Arme vor dem Körper.

»Alles!«, befahl er. »Slip und BH!«

Tränen traten ihr aus den Augen, als sie an dem BH-Verschluss nestelte. Zuletzt streifte sie die Unterhose über die Beine.

»Du gibst mir die Sachen.«

Sie nahm ihre Kleidungsstücke in die Hand und ging bis zum Käfigrand.

»Ein Teil nach dem anderen«, befahl er.

Isabel reichte ihm die Gegenstände. Jedes Mal rechnete sie damit, dass er nach ihrem Arm greifen würde, doch er ließ sie zumindest körperlich in Ruhe.

»Darf ich mich ins Bett legen?«, fragte sie schließlich.

»Hinlegen ja! Zudecken nein! Ich will dich in deiner ganzen Schönheit bewundern, bevor wir schlafen gehen.«

»Isabel konnte mir während des Telefonats nicht viel sagen«, informierte Johannes Schneider seine Kollegen. »Aber sie hat ihn als jung beschrieben. Mitte zwanzig. Das entspricht dem Alter eines Verdächtigen in meiner aktuellen Ermittlung. Moritz Fischer. Ihr müsst euch um ihn kümmern.«

»Machen wir«, versprach Hauptkommissar Benedikt Walther.

Johannes war froh über die langjährige Berufserfahrung des Kollegen. Das Präsidium hatte ihm den dienstältesten Hauptkommissar geschickt, der einen ausgezeichneten Ruf genoss.

»Hast du in den letzten Monaten andere Fälle gehabt, in denen Männer in den Zwanzigern zu den Verdächtigen gehörten?«

Johannes dachte nur kurz nach. »Nein. Die drei Mordfälle davor waren schnell aufgeklärt. Zweimal haben Ehemänner aus Eifersucht ihre Frauen getötet. Ein Fall hat sich als Verkehrsunfall unter Alkoholeinfluss herausgestellt, in dem der verantwortliche Fahrer die Nerven verloren und falsche Spuren gelegt hat.«

»Ich kann mich an die Berichte erinnern«, murmelte Walther. »Die Welt wird immer verrückter. Hatten die Ehemänner Grund zur Eifersucht? Vielleicht hatte eine der Frauen eine Affäre mit einem jungen Mann.«

Johannes schüttelte den Kopf. »Nur mit einem Gleichaltrigen. Wenn Isabel wegen meiner Ermittlungen entführt wurde, muss Fischer dahinterstecken.«

»Weißt du auswendig, wo er wohnt? Oder brauchst du dafür die Ermittlungsakten?«

Johannes nannte ihm die Adresse. »Ich war vor Ort und habe ihn in die Mangel genommen.«

»Okay. Ich fahr persönlich dorthin. Mal gucken, ob wir ihn antreffen. Kollegen befragen deine Nachbarn, ob sie in den letzten Stunden jemanden beobachtet haben, der in der Nähe herumlungerte.« Walther legte ihm eine Hand auf den Oberarm. »Wir finden Isabel. Das verspreche ich dir. Wir finden sie!«

»Je schneller, desto besser«, erwiderte Johannes. »In meinem Kopf male ich mir die schlimmsten Dinge aus, die er ihr antun kann, während wir sie suchen.«

»Ich weiß, wie schwer das unsereins fällt, aber du musst versuchen, dich abzulenken. Schon allein deiner Tochter zuliebe.«

»Ruf mich an, sobald du bei Fischer warst. Ich schalte mein Telefon nicht aus.«

Walther nickte. Johannes brachte ihn zur Haustür. In der Nachbarschaft befragten Polizisten bereits die Anwohner. Die zwei Streifenwagen auf der Straße weckten auch das Interesse jener Nachbarn, die noch nicht kontaktiert worden waren. Manche von ihnen standen vor ihren Haustüren, andere blickten aus den Fenstern. Johannes schloss die Tür und ging ins Kinderzimmer. Annika lag auf dem Bett, ohne ein Buch in der Hand zu halten. Ein ungewohnter Anblick.

»Wo ist Mama?«, fragte sie.

»Wir finden sie so schnell wie möglich.« Er setzte sich auf die Bettkante und streichelte ihren Kopf. »Als Mama und du heute nach Hause gekommen seid, habt ihr da einen jungen Mann gesehen, den du nicht kanntest?«

Annika dachte angestrengt nach. Sie biss sich konzentriert auf die Lippe. Nein. »Ich kann mich nicht erinnern. Ist das schlimm?«

»Überhaupt nicht.« Noch einmal streichelte er ihr über den Kopf. »Du solltest jetzt ein bisschen schlafen.«

»Kannst du die Tür auflassen und das Licht in der Diele anlassen?«

»Das mache ich, mein Schatz.« Er gab ihr einen Kuss.

Zwei Stunden später klingelte Johannes' Handy und übertrug die Nummer von Benedikt Walther.

»Habt ihr eine Spur?«

»Ich habe Fischer zu Hause angetroffen. Er hat geschlafen. Nichts deutet darauf hin, dass er hinter Isabels Entführung steckt.«

»Er ist ein guter Schauspieler«, beharrte Johannes auf seinen Verdacht.

»Neben ihm im Bett lag eine junge Frau. Seine Freundin.«

»Fischer hat keine Freundin. Die hat er mir gegenüber bisher mit keinem Wort erwähnt.«

»Die beiden sind erst seit zwei Wochen ein Paar. Sie hat heute das erste Mal bei ihm übernachtet. Keine Ahnung, wie sie unseren Besuch aufgenommen hat. Amüsiert wirkte sie jedenfalls nicht.«

»Scheiße!« Das klang nach einem wasserdichten Alibi. »Hat die Befragung in der Nachbarschaft etwas gebracht?«

»Zwei deiner Nachbarn haben einen jungen Mann gesehen, den sie nicht kannten. Aber sie haben sich nichts dabei gedacht und können ihn nicht beschreiben. Du bist ja nicht der einzige Polizist, der in eurem Viertel wohnt. Deswegen machen sich die anderen Anwohner kaum Gedanken über Einbrüche und sind entsprechend unaufmerksam. Bis heute haben sie die Wohngegend für sicher gehalten.«

»So wie ich«, murmelte Johannes. »Also haben wir keine Spur zu Isabel?«

»Jede Streifenwagenbesatzung hält nach ihrem Auto Ausschau. Wir finden sie garantiert.«

Täuschte sich Johannes oder klang sein Kollege schon nicht mehr so überzeugt wie bei ihrem Abschied an der Haustür?

»Morgenstund hat Gold im Mund«, rief ihr Entführer, als er den Keller betrat. »Hast du gut geschlafen?«

»Fast gar nicht«, erwiderte Isabel leise.

»Das ist schade. Aber du gewöhnst dich bestimmt in den nächsten Tagen an die Umstände. Schlaflos sollst du deinem Schöpfer nicht gegenübertreten.«

Er reichte ihr einen Block und einen Stift zwischen die Stangen hindurch.

»Was soll ich damit?«

»Nimm sie.«

Um ihn nicht zu verärgern, stand sie auf und nahm ihm die Gegenstände ab.

»Als Frau hast du bestimmt eine schöne Schrift, oder?«

»Einigermaßen.«

»Du setzt dich an den Tisch und beschreibst alles, was dir hier widerfährt. Na ja, fast alles.«

»Was heißt das?«

»Du darfst nicht mein Aussehen notieren und nicht die Gegend, in die wir gefahren sind. Konzentrier dich auf alles, seit ich dich in dein neues Zuhause gebracht habe. Vor allem, wie du dich fühlst.«

»Wieso?«

»Ich schicke es deiner süßen Tochter und deinem Mann. Sozusagen als Lebenszeichen. Damit die wissen, dass es dir gut geht. Ach, noch etwas, von den elf Tagen, die ich ihnen Zeit gebe, dich zu finden, schreibst du nichts. Und jetzt ran ans Werk.«

Er setzte sich auf den Sitzsack.

»Ich muss pinkeln. Könnten Sie mich …«

»Dann pinkle. Aber eins musst du endlich kapieren: Du hast keine Privatsphäre mehr, mein kleines Zootierchen.«

Isabel sah in seinem Blick, dass weitere Diskussionen keinen Sinn hatten.

»Ich habe Hunger.«

»Erst die Arbeit, dann das Vergnügen. Wenn ich mit deinen Beschreibungen zufrieden bin, gibt's Frühstück.«

Kapitel 5

»Wie schon gesagt, wir haben elf Briefe bekommen«, erinnerte sich Annika. Sie nippte an ihrem Cocktail. »Der erste Brief traf uns unvermittelt und war ein Schock. Danach fingen Kollegen meines Vaters jeden Morgen die Post ab. Sie haben uns Kopien der Schreiben gezeigt. Mein Vater bestand darauf.«

»Und Sie? Hat Ihr Vater einer 12-Jährigen das zugemutet?«

»Er hat mir nicht die Briefe gegeben. Aber er hat mir gesagt, was darin stand. Wort für Wort habe ich sie erst als 19-Jährige gelesen.«

»Wieso?«

»Weil mich Mamas Schicksal nie losgelassen hat. Ich habe meinen Vater so lange bearbeitet, bis er mir die Kopien zeigte und ich sie ebenfalls kopierte. Irgendwann kannte ich jeden einzelnen Text auswendig. Das war wie eine Obsession.«

»Was passierte am zwölften Tag?«, fragte Ruben.

»Nichts. Kein neuer Brief. Dafür bekamen wir am dreizehnten Tag ein Paket. Aufgebaut wie eine Matroschka. Ein Paket in einem Paket in einem Paket.«

»Was war darin?«

»Ihr Herz«, sagte sie so leise, dass er sie kaum verstand.

»Oh mein Gott!«, wisperte er entsetzt. Instinktiv griff er zu ihrer Hand und berührte sie.

Annika zuckte bei der unerwarteten Berührung zurück.

»Entschuldigung. Ich wollte Sie nicht erschrecken.«

»Macht nichts.« Sie räusperte sich. »In dem Paket lag ein menschliches Herz. Natürlich brachten erst Untersuchungen die Wahrheit ans Licht, dass es Mamas Herz war, das er ihr aus dem Brustkorb geschnitten hatte.«

»Wie schrecklich.«

Annika starrte ins Leere und sagte nichts mehr. Um sich von den Bildern in seinem Kopf abzulenken, griff Ruben zu dem Roman. Er blätterte darin.

»Das hat Zauner nicht beschrieben.«

»Wenn er das gewusst hätte, müsste man ihn sofort verhaften. Wie auch die Existenz der Briefe hat man diesen Punkt verheimlicht. Als wir Mama beerdigt haben, lag in dem Sarg nur ihr Herz.« Sie schluchzte. »Entschuldigen Sie. Warten Sie bitte hier.«

Annika stand abrupt auf und verließ die Bar. Hilflos sah Ruben ihr hinterher. Durch die gläserne Eingangstür konnte er sie beobachten. Sie blieb vor der Tür stehen und legte den Kopf in den Nacken. Dann entfernte sie sich weiter von der Bar und steuerte eine öffentliche Toilette an.

Während er allein am Tisch saß, kam der Kellner zu ihm.

»Alles in Ordnung bei Ihnen?«

»Ja«, behauptete Ruben.

»Wenn Sie noch etwas wünschen, rufen Sie mich einfach.«

Annika benötigte zehn Minuten, bis sie zurückkehrte. Sie setzte sich und trank in einem Schluck den Cocktail aus.

»Was machen wir jetzt?«

»Darüber habe ich instinktiv nachgedacht.« Er gab ihr das Buch. »Wenn Sie wollen, können Sie das haben. Mir ist das zu heftig. Ich werde es nicht lesen. Aber vielleicht können Sie etwas damit anfangen.«

Annika nahm es entgegen. »Ich werde einen Blick reinwerfen, ob ich weitere Parallelen entdecke.«

»Wir müssen herausfinden, wie Zauner von den Briefen erfahren haben kann. Vielleicht kennt er einen der damals verantwortlichen Polizisten.«

»Ich kann mir nicht vorstellen, dass ihm ein Polizist die Briefe besorgt hat. Die Ermittlungen wurden nie abgeschlossen. Ein Beamter würde mit einer solchen Indiskretion seine Karriere riskieren, falls er auffliegt.«

»Entweder ist Zauner der Entführer oder er hat auf andere Weise davon erfahren.«

»Ich sehe Ihnen an, dass Ihnen etwas vorschwebt«, sagte sie.

»Wir müssen über Zauner recherchieren. Leider ist das Internet in den Suiten nicht sonderlich schnell und ziemlich teuer.«

»Hab ich auch schon festgestellt.«

»Einer der kleinen Nachteile am Bordleben. Allerdings gibt es insgesamt drei Computerräume, in denen deutlich besseres Internet rund um die Uhr zur Verfügung steht. Kostenfrei. Das wissen die wenigsten Passagiere. Oder es ist ihnen egal. Einer dieser Räume ist gar nicht weit entfernt von dieser Bar. Sollen wir?«

»Und wie bezahlen wir die Rechnung für unsere Getränke?«

»Das übernehme ich.« Ruben hob eine Hand.

»Das kann und will ich nicht ...«

»Diskutieren wir ein anderes Mal darüber.«

Der Kellner kam zu ihnen. Ruben nannte die Nummer seiner Suite und bat darum, den kompletten Betrag auf sein Bordkonto zu buchen.

»Gehen wir«, sagte er anschließend.

»Danke«, erwiderte sie. »Aber ich …«

»Hören Sie auf! Sie sind mir deswegen zu nichts verpflichtet.«

Sie verließen die Bar und liefen den Gang entlang. Rasch erreichten sie den unbesetzten Computerraum. Vor dem Schreibtisch stand nur ein einzelner Stuhl.

»Darf ich mich zuerst setzen?«, fragte Ruben.

»Natürlich.«

Er nahm Platz und ruckelte an der Maus. Ruben rief die Startseite von Google auf. Er gab den Namen des Schriftstellers ein. Die Suchmaschine warf über zwei Millionen Ergebnisse aus.

»Schauen wir uns zuerst seine Homepage an«, schlug er vor.

Er klickte den Link an. Schnell baute sich die Seite auf.

»Wie alt ist Zauner eigentlich?«, fragte Annika.

Ruben rief die Unterseite mit den persönlichen Informationen auf. »Jahrgang 76.«

»Dann war er damals fünfundzwanzig. Das würde passen.«

»Inwiefern passen?«

»Mama konnte Papa bei einem Telefonat ein Detail über den Entführer zurufen. Sie schätzte ihn auf Mitte zwanzig.«

»Wie alt war Ihre Mutter?«

»Siebenunddreißig.«

»Wieso sucht sich ein Mittzwanziger eine deutlich ältere Frau?«

»Eine der vielen offenen Fragen.«

Ruben überflog die persönlichen Informationen auf der Homepage, die sie jedoch nicht weiterbrachten. Er kehrte zu der Übersichtsseite der Suchmaschine zurück und sortierte die Ergebnisse nach Aktualität.

»Zauner war vor zwei Tagen Gast in einer Talkshow, um

über sein neues Buch zu sprechen. Sein Auftritt steht in der Mediathek zur Verfügung.«

»Klicken Sie es an.«

Der Beitrag startete nach wenigen Sekunden Ladezeit direkt an der Stelle, an der die bekannte und bei den Fernsehzuschauern beliebte Moderatorin ihren Gast begrüßte. Ruben konzentrierte sich auf den Mann. Er war schlank, trug eine dunkelblaue Jeanshose, Sneakers und einen leger geschnittenen Langarmpullover. Sein Lächeln, mit dem er auf den Applaus des Publikums reagierte, ließ ihn sympathisch jungenhaft wirken.

»Schön, dass du wieder zu Gast bei uns bist«, sagte die Moderatorin.

»Schön, wieder bei euch sein zu dürfen.«

Die Moderatorin hielt das Buch in die Kamera. »In gut einer Woche erscheint dein neuer Thriller mit dem Titel *Lange Tage in seiner Gewalt*. Dein Verlag war so nett, mir vorab ein Exemplar zur Verfügung zu stellen.«

»Hast du es gelesen?«, fragte Zauner.

»Ich habe es *verschlungen*«, korrigierte sie ihn. »Es ist so unfassbar spannend. Aber auch ziemlich gruselig. Nichts für zartbesaitete Gemüter.«

»Danke für das Kompliment.«

»Nun kennen wir uns schon ein paar Jahre – um genau zu sein, seit damals dein Debütroman wie eine Bombe eingeschlagen hat. Ich weiß also, dass du ein sympathischer, empathievoller Zeitgenosse bist. Ohne dir zu nahe treten zu wollen, würde ich dich als sensibel bezeichnen. Dein soziales Engagement spricht in dieser Hinsicht Bände. Wie kommt man dann auf eine solche Idee?«

»Das ist eine der häufigsten Fragen, die mir bei Lesungen gestellt wird. Irgendwie scheinen mir alle Menschen, denen ich begegne, Sympathie entgegenzubringen. Ob das ein unverzeihlicher Fehler ist?«

»Was für ein Arschloch!«, flüsterte Annika.

Zauner wartete das Lachen des Publikums ab. »Meine ersten beiden Romane haben sich ja um das Thema Gefangenschaft gedreht«, erklärte er. »Allerdings mehr im Sinne einer inneren Gefangenschaft. Der Protagonist meines Erstlings litt unter Agoraphobie, deretwegen er seine Wohnung nicht verlassen konnte und dann das Opfer eines ausgeklügelten Verbrechens wurde. Der zweite Thriller drehte sich um Drogenabhängigkeit. Die Protagonistin war also die Gefangene ihrer eigenen Drogensucht. *Lange Tage in seiner Gewalt* nimmt sich wieder des Themas Gefangenschaft an. Sozusagen als Abschluss einer Trilogie, auch wenn man jeden Roman einzeln lesen kann. Diesmal beschreibe ich eine Konfrontation zwischen einem männlichen Entführer und einem weiblichen Opfer.«

»Und wie du das beschreibst«, sagte die Moderatorin. »Die Frau kommt abends nach Hause und wird vor ihrer eigenen Haustür abgefangen. Der ihr unbekannte Entführer verschleppt sie in sein Haus und hält sie in einem Käfig gefangen. Er zwingt sie dazu, jeden Tag einen Tagebucheintrag zu verfassen. Für mich sind diese Passagen so intensiv, so spürbar. Wie schafft man es, sich so glaubhaft in ein Opfer hineinzuversetzen?«

Annika hielt sich am Tisch fest. Ruben schaute zu ihr hoch. Sie war kreidebleich. Sofort sprang er auf. »Setzen Sie sich.«

Dankbar nahm sie das Angebot an. »Wie man das schafft?«, fragte sie leise. »Indem man im realen Leben einen Menschen gefangen hält.«

Zauners Antwort war eine andere. »Ich habe viel im Internet recherchiert und mir so wie in einem Puzzle ein Gesamtbild erstellt, was die Opfer von Entführungen fühlen und erleiden. Interviews mit ehemaligen Entführungsopfern haben mir dabei sehr geholfen.«

»Ohne jetzt zu viel von der Handlung verraten zu wollen, ändert sich das Verhältnis zwischen den Protagonisten«, sagte die Moderatorin. »Auch das ist hervorragend und plausibel beschrieben.«

»Danke. Dieser Wandel in der Geschichte ist mir wahnsinnig wichtig. Zumal er auf einen …« Er hielt inne. »Mein Verleger bringt mich um, wenn ich jetzt alles verrate.«

Wieder lachte das Publikum. Einer der anderen Gäste bekannte sich direkt danach dazu, ein großer Fan des Schriftstellers zu sein.

»Was ich allerdings schade finde, sind die langen Pausen zwischen Ihren Werken.«

»Das findet mein Agent auch«, erwiderte Zauner. Er brachte das Publikum wieder auf seine Seite. »Bei mir dauert es leider immer ein bisschen, bis mich eine Story gefunden hat, die mich vollständig in ihren Bann zieht. Aber ich gebe mir Mühe, fürs nächste Werk nicht drei Jahre zu benötigen. Großes Indianerehrenwort!«

»Hast du denn schon eine grobe Idee im Kopf?«, fragte die Moderatorin.

Zauner schaute zur Seite, dann beugte er sich vor und griff zu seinem Wasserglas. Er trank einen Schluck. »Wie war die Frage?«, erkundigte er sich unschuldig lächelnd.

»Ich verstehe den Wink mit dem Zaunpfahl. Florian Zauner, schön, dass du bei uns bist.«

Das Publikum applaudierte. Das Video stoppte.

»Was für eine Verarschung«, sagte Annika. »Er muss der Täter sein. Eine andere Möglichkeit sehe ich nicht.«

»Seien Sie nicht zu voreilig.«

»Erkennen Sie nicht das wahre Gesicht dieses Mannes?«

»Er ist alles andere als sympathisch, da gebe ich Ihnen recht.«

»Zauner hat die Briefe meiner Mutter wortwörtlich zitiert. Er muss der Entführer sein.«

»Warum sollte er nach so vielen Jahren dieses Risiko eingehen?«

»Weil er sich für unverletzlich hält. Wenn ihn jemand darauf anspricht, kann er es als Zufall darstellen.«

»Eine wörtliche Wiedergabe von elf Briefen? Das würde ihm niemand abkaufen.«

»Oder er spekuliert, dass niemand, der von dem Schicksal meiner Mutter weiß, sein Buch lesen wird.«

»Mich überzeugt das nicht. Wäre ich ein Mörder, würde ich dieses Risiko nicht eingehen. Sie müssen eins bedenken. Mord verjährt nicht.«

»Wie soll er dann davon erfahren haben?«

»Entweder vom wahren Täter oder von einer Person, die an den damaligen Ermittlungen beteiligt war«, nannte Ruben zwei Alternativen.

Annika zögerte. »Ja, könnte sein.«

»Wenn wir morgen an Land anlegen, kontaktiere ich meinen Agenten. Der hat die Lesung organisiert und Kontakt zum Verlag gehabt. Vielleicht weiß er mehr über Zauner.«

»Ich wäre bei dem Telefonat gern dabei. Lässt sich das einrichten?«

»Sollen wir gemeinsam frühstücken? Was halten Sie von neun Uhr im Buffetrestaurant?«

»Einverstanden.«

In seiner Suite startete Ruben eine Viertelstunde später den Laptop. Er rief sein eigenes Social-Media-Profil auf. Zwei Passagiere hatten bereits Fotos der Lesung gepostet und ihn markiert. Ihre Resonanz war äußerst positiv. Ruben versah beide Beiträge mit Herzen. Dann gab er Annikas Namen ein. Er fand ihr Profil, das sie unter ihrer richtigen Identität führte. Offenbar aus beruflichen Gründen, denn sie betrieb eine Social-Media-Agentur und rühmte sich damit, für Aufmerksamkeit im Netz zu sorgen. Egal, in welcher Branche das benötigt wurde. Ruben sah sich ihre Beiträge an, die sie beinahe täglich postete. Gelegentlich fotografierte sich Annika an der Seite eines attraktiven Mannes. War das ihre Reisebegleitung, über die sie vorhin nicht hatte sprechen wollen? Ruben schaute ihn sich näher an. Hatte er heute einen Passagier bemerkt, der aussah wie Annikas Freund und der sie vielleicht aus dem Hintergrund beobachtet hatte? Er konnte sich nicht daran erinnern.

Ruben scrollte weiter. Viele der Beiträge, die sie postete, beschäftigten sich mit Büchern, die sie gelesen hatte. Annika schien eine Leseratte zu sein. Sie bevorzugte offenbar Romane mit historischem Bezug, gelegentlich las sie auch typische Frauenromane. An einem vier Monate alten Posting blieb er hängen. Annika hatte darin die frisch gebuchte Kreuzfahrt aufgeregt angekündigt. Jeder, der ihr folgte, hätte also davon erfahren können.

Eine Idee entstand in Rubens Kopf. War sie zu verrückt? Zu weit hergeholt? Nachdenklich schaltete er den Laptop aus. Im Badezimmer putzte er sich die Zähne und bereitete sich auf die Nacht vor. Auch im Bett betrachtete er den frisch geschlüpften Gedanken aus verschiedenen Blickwinkeln. Bis er darüber einschlief.

Kapitel 6

Um zehn vor neun traf Ruben am Buffetrestaurant ein. Hier standen jeden Morgen für die Passagiere, die nicht à la carte frühstücken wollten, eine große Auswahl an Köstlichkeiten bereit. Während er im Eingangsbereich auf Annika wartete, kam er mit einigen Mitarbeitern ins Gespräch. Auch zwei Gäste begrüßten ihn freundlich und bedankten sich für die fantastische Lesung. Zwar freute sich Ruben über die Komplimente, doch seine Gedanken waren abgelenkt, weshalb sich keine längeren Unterhaltungen entwickelten.

Pünktlich um neun Uhr näherte sich Annika dem Restaurant. Sie war allein.

»Guten Morgen!«, sagte sie. »Haben Sie auch so wenig geschlafen?«

»Ja«, behauptete Ruben, obwohl das nicht der Wahrheit entsprach. Er gehörte zu den Menschen, die nachts komplett abschalten konnten. »Mein Kopf hat gerast.«

»Meiner auch.«

Er beugte sich näher zu ihr. »Das ist mir jetzt etwas unangenehm, aber als von der Reederei engagierter Künstler habe ich keine freie Platzwahl. Ich muss in einem bestimmten Bereich sitzen. Ich hoffe, das stört Sie nicht. Vor allem, weil sicher der eine oder andere Verantwortliche schauen wird, mit wem ich zusammensitze.«

»Kriegen Sie deswegen Probleme?«

Ruben schüttelte den Kopf, obwohl er genau das befürchtete.

»Sie könnten behaupten, ich sei eine gute Bekannte, die Sie zufällig nach mehreren Jahren hier an Bord wiedergetroffen hätten«, schlug sie vor.

»Die Idee gefällt mir. Allerdings sollten wir uns in diesem Fall duzen.«

»Einverstanden. Guten Morgen, Ruben!«

»Dann lass uns frühstücken, Annika.« Er lächelte gut gelaunt. Am liebsten hätte er ihr den Arm hingehalten, damit sie sich einhaken könnte – unterließ die Geste aber vorsichtshalber, um sie nicht zu verschrecken.

Ruben führte Annika zu dem Bereich, in dem er Platz nehmen durfte. Unterwegs begrüßte er einige der Künstler, die schon frühstückten. Ihre neugierigen Blicke gefielen ihm. Sie setzten sich und sofort kam ein Frühstückskellner zu ihnen. Ruben bestellte einen Café Crema und einen Orangensaft, Annika einen großen Milchkaffee.

»Darf ich unser Frühstück mit einem Geständnis beginnen?«, fragte Ruben.

»Was kommt jetzt?« Sie lehnte sich ein Stück zurück und wirkte irritiert.

»Nichts Schlimmes. Hoffe ich zumindest. Aber ich will ehrlich sein. Als ich gestern in meine Suite zurückgekehrt bin, habe ich in den sozialen Medien nach dir gesucht. Und dich gefunden.«

Annika lachte erleichtert. »Schuldig im Sinne der Anklage. Hab ich auch gemacht.«

Nun grinste Ruben. »Wunderbar. Ich habe die Bilder von dir und deinem Freund gesehen. Und deine Ankündigung vor ein paar Monaten, in der du dich über die bald anstehende erste Kreuzfahrt deines Lebens gefreut hast. Gestern

Abend bist du allein zu mir gekommen, heute Morgen schon wieder. Das muss nicht sein. Du kannst ihn mitbringen. Ist sonst doof für ihn, oder?«

»Torben und ich haben uns vor zwei Wochen getrennt«, erklärte sie.

»Oh, wow!« Für einen Moment war Ruben sprachlos. »Das tut mir leid.«

»Muss es nicht. Er war ein Riesenarschloch.«

»Hattet ihr die Kreuzfahrt zusammen gebucht?«

»Klar. Zum Zeitpunkt der Buchung wusste ich allerdings noch nichts von seiner Affäre mit einer Kollegin.« Sie seufzte. »Torben ist zehn Jahre älter als ich. Aber irgendwie dürfen seine Partnerinnen nicht das dreißigste Lebensjahr überschreiten. Monatelang hat er mich verarscht. Zwei parallele Beziehungen geführt. Er verreist beruflich oft, insofern fiel es ihm leicht, mich zu hintergehen. Als die Reise immer näher rückte, hat ihm seine neue Flamme Feuer unterm Hintern gemacht. Dass er mit mir zwei Wochen verreisen würde, war ihr dann wohl zu viel des Guten. Er hat mir vorletzte Woche reinen Wein eingeschenkt. Eine Stornierung der Kreuzfahrt hätte kaum Geld gespart, also einigten wir uns darauf, dass ich sie in Anspruch nehme.«

Der Frühstückskellner brachte ihnen ihre Getränke.

»Tut mir …« Ruben brach ab. »Oder auch nicht. Mieser Penner!«

»Du sagst es.« Annika trank einen Schluck Milchkaffee.

»Wie lange wart ihr ein Paar?«

»Drei Jahre. Allerdings hätte ich mir zwei davon schenken können. Torben hat keinen Hehl daraus gemacht, partnerschaftliche Verpflichtungen belastend zu finden. Ein Anruf, wenn er abends nach einem Geschäftstermin im Hotel im Bett liegt? Nur, falls es ihm in den Kram passte. Und dann meistens per Facetime, um …« Sie stoppte ihren Redefluss und errötete leicht. »Kein gutes Thema fürs Frühstück.«

»Sollen wir uns am Buffet bedienen?«, schlug Ruben vor.

Fünf Minuten später setzten sie sich mit vollgepackten Tellern zurück an ihren Tisch. Der Kapitän kam an ihnen vorbei und grüßte Ruben mit Namen.

»Du bist hier bekannt wie ein bunter Hund«, sagte Annika beeindruckt.

»Bei vierzehn gemeinsamen Reisen bleibt das nicht aus«, erwiderte er bescheiden. »Wieso hast du in den sozialen Medien nach mir gesucht?«

Sie zögerte kurz. »Ehrlich gesagt habe ich versucht, Anhaltspunkte zu finden, die dich verdächtig wirken lassen.«

»Und?«

Sie starrte ihn mit zusammengekniffenen Augen an. Er ertrug ihren musternden Blick. Schließlich lächelte Annika.

»Ich habe nichts gefunden.«

»Glück für mich.«

»Glaub nicht, dass du damit aus dem Schneider bist. Ich werde dich genau beobachten.«

»Mir ist gestern im Bett ein anderer Gedanke durch den Kopf gegangen«, sagte Ruben. Er ging nicht auf ihre Frotzelei ein, weil er sich noch immer nicht sicher war, ob seine nächtliche Idee laut ausgesprochen zu verrückt klingen würde. »Ich hoffe, du hältst mich nicht für total bescheuert.«

»Du verstehst es, Erwartungen zu wecken.«

»Du hast diese Kreuzfahrt angekündigt. Aus deinem sozialen Profil geht deutlich hervor, wie gern du liest. Ich frage mich, ob dich der Mörder beobachtet hat.«

»Ich kann dir gerade nicht folgen.«

Ruben biss von einem Brötchen ab und trank einen Schluck Kaffee. »Wie groß ist die Wahrscheinlichkeit, dass du zufällig in einer Lesung sitzt, in der die Leidensgeschichte deiner Mutter thematisiert wird? So hoch wie ein Sechser im Lotto? Oder wie ein Blitzeinschlag?«

»Red weiter!«

»Mir fällt es schwer, unsere Begegnung als Zufall anzusehen. Liegt vielleicht daran, dass ich kein Lottospieler bin.«

»Und du meinst …«

»Der Täter erfährt vor vier Monaten von der Kreuzfahrt. Er weiß, du würdest als Leseratte garantiert eine an Bord stattfindende Lesung besuchen. Und er muss wissen, denn sonst funktioniert das nicht, dass zum Zeitpunkt der Reise der Thriller erscheint, in dem die Worte deiner Mutter enthalten sind.«

»Schaufelst du dir gerade nicht dein eigenes Grab?«

»Nein«, widersprach Ruben. »Ich habe erst vor ein paar Wochen erfahren, aus welchem Buch ich vorlesen soll.«

»Wenn wir deinen Einfall nicht als zu verrückt beiseiteschieben, wer ist dann verdächtig?«

»Derjenige, der dafür gesorgt hat, dass ich aus diesem Buch lese. Emil muss mir genau erklären, wie das alles zustande kam.«

»Wer?«

»Emil Kohr. Mein Agent. Seine Eltern waren große Erich-Kästner-Fans. Daher der Vorname.« Ruben deutete durchs Fenster nach draußen. Das Schiff hatte am frühen Morgen im Hafen von Malmö angelegt, als erste Station ihrer Reise. »Malmö soll wunderschön sein und das Wetter ist herrlich. Wenn du die Stadt erkunden willst, kann ich das verstehen. Ich werde vermutlich die nächsten Stunden am Telefon verbringen. Emil erreicht man oft erst am späteren Vormittag. Keine Ahnung, wann ich Glück habe.«

»Ich könnte einen Ausflug gar nicht genießen«, erwiderte Annika. »Wenn du also nichts dagegen hast, wäre ich bei deinem Telefonat gerne dabei. So, wie wir es gestern ausgemacht haben.«

»In Ordnung.«

Um halb elf saßen Ruben und Annika gemeinsam in seiner Suite. Ruben probierte es zum ersten Mal, erreichte aber nur die Mailbox seines Agenten.

»Hallo, Emil! Ruben hier. Kannst du mich bitte dringend zurückrufen? Wir liegen gerade im Hafen von Malmö. Du wirst mich also den ganzen Tag gut erreichen. Danke.«

Er beendete die Verbindung und legte das Handy auf den Tisch. »Falls er in einer Stunde nicht zurückgerufen hat, versuche ich es erneut. Zum Glück sind wir im Hafen. Auf hoher See wären die Telefonate ein teures Vergnügen.«

»Und was machen wir in der Zwischenzeit?«

Annika klang ungeduldig.

»Könnte dein Ex Torben der Entführer deiner Mutter sein?«

Annika lachte. »Wie kommst du denn darauf?«

»Wenn er zehn Jahre älter ist, wäre er damals zweiundzwanzig gewesen. Und du bist im Restaurant bei der Erwähnung der Videotelefonate leicht errötet. Er wollte Videotelefonsex oder wie auch immer das heißt, richtig?«

Sie wich seinem Blick aus. »Das macht ihn nicht verdächtig. Er ist bloß ein testosterongesteuertes Schwein. Im letzten halben Jahr hat er mich übrigens kaum noch angefasst. Wenn er der Mörder meiner Mutter ist und nur mit mir spielen wollte, hätte er es nicht drei Jahre an meiner Seite ausgehalten, ohne einen hinterhältigen Plan auszuhecken.«

»Stimmt vermutlich«, bekannte Ruben. »Was macht er beruflich? Gibt es Schnittpunkte zur Verlagsbranche?«

»Nein. Ganz im Gegenteil. Er arbeitet für die Luftfahrtindustrie. Bücher interessieren ihn so gar nicht.«

»Was für ein Unsympath.«

»Ich sag's dir! Wie sieht's eigentlich bei dir beziehungsmäßig aus?«

»Ich bin seit vier Jahren Single. Nein, warte! Krass! Es sind schon *fünf* Jahre. Ich lerne durch meinen Job wahnsinnig viele Frauen kennen, aber meine häufigen Reisen bieten kein gutes Fundament fürs Anbahnen einer Partnerschaft.« Ruben zuckte die Achseln. Er vermied bewusst Blickkontakt. Annika sollte nicht bemerken, wie interessant er sie fand. Schließlich hatte ihr Kennenlernen unter Umständen stattgefunden, die eine Beziehung fast unmöglich machten.

»Aber dafür vernaschst du bestimmt oft allein reisende Passagierinnen, oder?«

»Von wegen! Das würden die Verantwortlichen nicht gern sehen. Mir ist das einmal passiert. Auf meiner vierten Reise.«

»Wie hieß sie?«

»Julia. Wir kamen zwei Tage nach meiner Lesung in einer Bar ins Gespräch und am Ende nannte sie mir die Nummer ihrer Suite. Ich folgte ihr mit zehn Minuten Abstand dorthin.«

»Sind die wirklich so streng, dass sie dich nicht mehr buchen würden, sobald du dich auf Passagiere einlässt?«

»Ich riskiere das lieber nicht. Die Reisen sind mir wahnsinnig wichtig. Ich habe schon die halbe Welt gesehen dank …«

Sein Handy klingelte und übertrug Emils Name.

»Jetzt wird's spannend.« Er nahm das Gespräch entgegen und aktivierte den Lautsprecher. »Hallo, Emil!«

»Ruben, mein Bester. Weswegen hast du mich um einen Rückruf gebeten? Die Lesung hat schon stattgefunden, oder? Ich habe Postings im Netz entdeckt.«

»Gestern Abend. Kannst du mir verraten, wie du es geschafft hast, eine Lesung aus einem noch nicht erschienenen Buch zu organisieren?«

»Ich bin halt mein Geld wert und habe viele Kontakte in die Branche. Dein guter Ruf ist allerdings auch recht hilfreich.«

»Aber wir haben nie zuvor eine Weltpremiere organisiert bekommen.«

»Das stimmt. Florian Zauner hat ein ziemlich fähiges Team um sich herum aufgebaut. Der Kontakt fand über seinen Literaturagenten statt, der mich anrief und mir seine Idee vorstellte. Er wollte wissen, ob du bei der Kreuzfahrt nach Skandinavien noch die freie Auswahl hättest, was das Buch anbelangt.«

»Wie heißt Zauners Agent?«

»Ole Senger. Mit *e* geschrieben.«

»Und er hat sich konkret nach mir und dieser Kreuzfahrt erkundigt?«

»Ja.«

»Woher wusste er davon?«

»Von der Ankündigung auf meiner Homepage. Sobald Reisen bestätigt sind, poste ich sie. So werden Verlage aufmerksam und manchmal machen sie lukrative Angebote.«

»Was gibt's diesmal?«

»Tausend Euro obendrauf. Ziemlich cooler Deal. Aber du musst dich nicht bedanken.« Emil lachte. »Mein zwanzigprozentiger Anteil ist Dank genug. Senger war sehr engagiert. Er hat die Kommunikation übernommen. Ich habe nur ein einziges Mal mit einem Verlagsmitarbeiter geredet, um Druck zu machen, als das Belegexemplar nicht kam. Wieso willst du das alles wissen?«

Annika schüttelte den Kopf. Sie wollte anscheinend nicht, dass Ruben zu viel preisgab.

»Nur so«, behauptete er. »Die Programmverantwortlichen hier an Bord haben mich gestern gelobt, weil ich den Passagieren eine Weltpremiere bieten konnte. Wir sollten versuchen, so etwas öfter zu organisieren. Das kommt gut an.«

»Ich werd's mir merken. Übrigens hat Senger auch schon angerufen.«

»Wann?«, fragte Ruben überrumpelt.

»Vor dir. Es ist noch nicht einmal elf Uhr und ich musste zwei Rückrufe erledigen. Stress pur.«

»Was wollte er?«

»Sich bedanken. Er hat Postings in den sozialen Medien entdeckt und ist von der Resonanz der Passagiere begeistert. Senger hat sich ausdrücklich im Namen von Zauner bedankt.«

»Wow!«

»Wenn du von deinem Urlaub zurückgekehrt bist, sollten wir uns überlegen, wie wir mit Zauner und Senger kooperieren können. Die sind offenbar angetan von deiner Wirkung aufs Publikum. Vielleicht machen wir eine Videokonferenz. Oder du kommst zu uns nach Berlin und wir treffen uns hier.«

»Okay.«

»Wenn das alles war, muss ich jetzt auflegen. Da warten noch ein paar Rückrufe auf mich. Genieß die Reise. Bis bald!«

Kapitel 7

»Das hört sich alles sehr ungewöhnlich an«, sagte Ruben.

»Sogar für mich«, bestätigte Annika. »Obwohl ich mich bei so etwas gar nicht auskenne.«

»Wenn ich diesen Senger persönlich kennen würde, könnte ich noch irgendwie nachvollziehen, warum er mich dringend buchen wollte. Aber ohne vorherigen Kontakt?«

»Woran könnte es liegen?«

»Zum einen natürlich an meinem grandiosen Ruf, der mir vorauseilt.« Er zwinkerte ihr zu. »Wenn wir den außer Acht lassen, kann es trotzdem harmlose Erklärungen geben. Vielleicht ist Senger total motiviert und versucht, für seinen Klienten neue Wege der Vermarktung zu suchen. Eventuell baut er ein Netzwerk auf, das den Schriftsteller im Gespräch hält, selbst wenn der wieder drei Jahre bis zum nächsten Buch benötigt.«

»Oder er ist ein Verdächtiger.«

Ruben grinste. »Wahrscheinlich hast du gerade eben wie dein Vater geklungen. Ich habe keine Ahnung, was ich davon halten soll. Wenn dieser Senger einfach nur motiviert ist, das Beste für seinen Klienten herauszuholen, erscheint es mir jetzt schäbig, ihn genau deswegen zu verdächtigen. Was machen wir uns vor? Wie soll es uns gelingen, einen

Fall zu lösen, an dem sich Profis schon vor achtzehn Jahren die Zähne ausgebissen haben?«

»Warum bist du so niedergeschlagen?«, wunderte sich Annika.

Er wich ihrem Blick aus. »Wir stellen wilde Spekulationen auf. Das ist …«

»… normale kriminalistische Tätigkeit«, entgegnete sie. »Ich kann mich noch genau an eine Weisheit meines Vaters erinnern. Er hat immer gesagt, am Anfang einer neuen Ermittlung könne man gar nicht zu viel spekulieren. Das sei wie die Zwiebelmethode bei der Kleidung, die am besten gegen Kälte schützen würde. Man legt um den Fall Spekulationen wie wärmende Schichten und dann beginnt man, sie nacheinander abzutragen. Am Ende stände der Täter nackt vor einem.«

Ruben lächelte amüsiert. »Ein schönes Bild. Wenn du nichts dagegen hast, benutze ich das bei Lesungen.«

»Da musst du meinen Vater um Erlaubnis bitten.«

Ruben straffte seine Schultern. »Na gut. Spekulieren wir. Wer kommt als Verdächtiger infrage?«

»Florian Zauner und Ole Senger«, antwortete Annika.

»Sehe ich genauso. Über Zauner haben wir gestern Informationen eingeholt.«

»Sollen wir wieder in den Internetraum, um Senger einzugeben?«

»Das ist in einem europäischen Hafen nicht notwendig.« Ruben nahm sein Handy. »Ich habe eine Datenflat, die auch in der EU gilt. Wenn ich das Telefon mit dem Laptop verbinde, können wir hier in der Suite auf schnelles Internet zurückgreifen. Dauert bloß einen kleinen Augenblick.«

Fünf Minuten später hatte er den Namen des Literaturagenten in die Suchmaschine eingegeben und überprüfte die

Ergebnisse. Annika saß nah neben ihm. Ihre Oberschenkel berührten sich leicht.

»Gehen wir auf die Homepage der Agentur«, schlug Ruben vor. »Wenn ich mich nicht irre, ist das eine der renommiertesten Literaturagenturen Deutschlands.«

Er rief die Seite auf. In der Rubrik *Unser Team* fanden sie ein Bild von Senger. Der Mann war Jahrgang 74, hatte kurzes schwarzes Haar und trug auf dem Foto eine schwarz umrandete Brille, die ihm sehr gut stand. Ansonsten wirkte er blass und nichtssagend. Jemand, den man in einer Menge ohne das auffällige Brillengestell vermutlich übersehen würde.

»Der ist mir definitiv noch nie begegnet«, legte sich Ruben fest.

»Und er ist erst seit fünf Jahren in der Agentur beschäftigt«, las Annika laut vor.

»Vor fünfeinhalb Jahren ist Zauners Erstling erschienen. Ob es da einen zeitlichen Zusammenhang gibt?«

Ruben öffnete ein zweites Fenster. Er gab die Namen der beiden Männer ein. »Sieh dir das an!« Ruben klickte auf eines der Suchergebnisse und las den in einem Branchenblatt erschienenen kurzen Artikel vor. »Ole Senger, der letztes Jahr in die Literaturagentur LuF eingestiegen ist, hat für seinen Klienten Florian Zauner einen der höchstdotierten Zweibuchverträge seit der Jahrtausendwende ausgehandelt. Die Verlagsgruppe Abelmann hat dem Erfolgsautor für eine Fortsetzung ihrer erfolgreichen Zusammenarbeit nach dem im letzten Jahr erschienenen Bestseller siebenhunderttausend Euro Honorar garantiert. LuF-Geschäftsführer Peterson zeigte sich begeistert von dem Deal und versprach, Zauner würde mit den Folgeromanen an den Erfolg des Debüts anknüpfen. Die ersten Kapitel des Buchs, an dem Zauner gerade arbeitet, seien an Spannung nicht zu überbieten.«

»Krass viel Geld«, sagte Annika.

»Und dann hat Zauner dermaßen lange benötigt, um den Vertrag zu erfüllen. Das ist in der heutigen, schnelllebigen Zeit unfassbar lang.« Er schloss das Ergebnis und überflog die anderen Resultate. »Interessant«, murmelte er.

»Was hast du gefunden?«

»Zauner gibt in vier Tagen eine Signierstunde in einer Berliner Buchhandlung. Wenn die Ankündigung nicht zu viel verspricht, wird auch Zauners Agent Senger bei dem Termin für Fragen der Presse zur Verfügung stehen. Wäre interessant, die beiden gemeinsam zu erleben. Aber dann sind wir auf hoher See.«

Er schloss die Seite. Fast gleichzeitig klingelte sein Telefon.

»Nanu!«, wunderte er sich. »Das ist schon wieder Emil. Was will der denn?« Ruben nahm das Gespräch entgegen. »Hallo, Emil!«

»Ruben, Senger hat sich gerade noch einmal gemeldet. Er fragt, ob wir etwas gegen eine Pressemitteilung einzuwenden hätten, die von einer grandiosen Weltpremiere des neuen Zauner-Thrillers auf der *MS Goldenflower* berichten würde. Das Einverständnis der Reederei liegt vor. Aber er bittet auch um deine Zustimmung.«

»Die erteile ich gerne.«

»Fein. Dann schließe ich mich mit Senger kurz. Den müssen wir uns warmhalten. Wenn alle Literaturagenten, mit denen ich zu tun habe, so engagiert wären, würde mir mein Job leichterfallen. Ich danke dir, mach's gut.« Die Verbindung endete abrupt.

Annika lachte. »Dein Agent ist eher so der hektische, kurz angebundene Typ, oder?«

»Allerdings. Aber erstaunlicher finde ich Sengers Verhalten. Warum legt der sich so ins Zeug?«

»Vielleicht wegen des hohen Vorschusses und der langen Zeit bis zur Vertragserfüllung? Ob Senger um einen neuen Vertrag pokert?«

Ruben zuckte ratlos mit den Schultern. »Könnte sein.«

»Was machen wir jetzt?«, wollte sie wissen.

Ruben zögerte. Annika schaute ihn fragend an.

»Was geht dir durch den Kopf?«

»Wir brauchen jemanden, der für uns über Senger und Zauner Erkundigungen einzieht. Hier an Bord können wir nicht mehr viel ausrichten.«

»An wen denkst du?«

»Ist dein Vater noch aktiv im Polizeidienst tätig?«

»Nein. Nach der Ermordung meiner Mutter wurde er zwangsweise in den Ruhestand versetzt.«

»Schade! Er hätte bestimmt Details rausfinden können, die uns verborgen bleiben. Ist er damals wenigstens in Berlin geblieben?«

Annika antwortete nicht sofort.

»Trete ich dir damit zu nah?«, fragte Ruben besorgt. »Ich hab in deinem Profil gestern gesehen, dass du in Frankfurt lebst. Aber zu der Zeit habt ihr in Berlin gewohnt, richtig?«

»Das stimmt. Da der Mörder nie gefasst wurde, sind wir mehrfach umgezogen. Mein Vater hat um seinen neuen Wohnort ein viel größeres Geheimnis gemacht als ich um meinen.«

»Zumindest entnehme ich deinen Worten, dass er nicht mehr in Berlin lebt. Hat er vielleicht noch Kontakte zu seiner alten Dienststelle, die für uns über Zauner und Senger recherchieren könnten?«

»Oh, Ruben, das ist für mich eine echte Zwickmühle.«

»Wieso?«

»Meinen Vater hat das damals stark mitgenommen. Nicht nur der Tod meiner Mutter, sondern auch schon die Briefe vorher. Vor allem der vierte Brief, zu dem sie gezwungen wurde. Ich glaube, der hat etwas in seinem Innersten zerbrochen.«

»Ich kann mich nicht erinnern. Was hat darin gestanden?«, fragte Ruben.

»Scheiße!«, murmelte Annika. »Das fällt mir so schwer.«

Kapitel 8

18 Jahre zuvor

Isabel saß nackt am Tisch. Ihr Entführer hatte es sich auf dem Sitzsack bequem gemacht. Er filmte sie mit einer Videokamera – als sei er ein Besucher im Zoo, der vor seinem Lieblingsgehege ausharrte.

Sie verstand seine Beweggründe nicht. Er behandelte sie anständig – soweit man das aufgrund ihrer Gefangenschaft sagen konnte. Das Essen, das er ihr reichte, schmeckte gut und sie musste es sich nicht einteilen. Und an die erzwungene Nacktheit hatte sie sich zumindest teilweise gewöhnt.

Seine Drohung, der Polizei bloß elf Tage Zeit zu lassen, hing allerdings wie ein Damoklesschwert über ihr. Vier Tage waren mittlerweile vergangen. Ihr blieb lediglich eine Woche, um ihr Leben zu retten.

Isabel kratzte ihren Mut zusammen. Solange er sie nur beobachtete und viele Stunden am Tag auch allein ließ, ertrug sie ihre Situation. Doch ihre Chancen, ihn von seinem Vorhaben abzubringen, waren größer, wenn sie eine persönliche Verbindung zu ihm aufbaute. Er musste in ihr einen Menschen sehen – kein Tier.

»Darf ich Sie etwas fragen?«, erkundigte sie sich leise.

Den Blick hielt sie auf den Tisch gerichtet, um demütig zu erscheinen. Sie vermutete, ihm würde das gefallen.

Der Entführer antwortete nicht sofort. Es dauerte, bis sie aus dem Augenwinkel eine Bewegung bemerkte. Nun traute sie sich hochzuschauen. Er hatte die Kamera beiseitegelegt.

»Das Zootierchen nimmt Kontakt zu mir auf. Wie schön. Du fühlst dich langsam heimisch, oder?«

Was sollte sie darauf antworten? Seine Frage zu überhören, erschien ihr keine kluge Strategie. Also nickte sie leicht.

»Wunderbar!« Er klatschte übertrieben fröhlich in die Hände. »Das ging ja schneller als erwartet. Dafür hast du dir eine Belohnung verdient. Was willst du mich fragen?«

»Warum haben Sie ausgerechnet mich entführt?«

»Du bist ein kluges Geschöpf«, lobte er. »Vielleicht habe ich dich genau deswegen ausgesucht. Das Englischlehrbuch in deiner Handtasche spricht Bände. Du bist wissbegierig und schlau. Anderen Kulturen gegenüber offen. Außerdem bist du ein Prachtexemplar deiner Gattung.«

»Ich bin viel älter als Sie«, sagte Isabel.

»Vielleicht sind mir die jungen Exemplare deiner Art einfach zu wild. Du hingegen bist nicht nur klug, sondern hast auch etwas zu verlieren. Du willst deinen Nachwuchs wiedersehen.«

»Ja, das möchte ich«, bekannte sie. »Wie haben Sie mich gefunden?«

»Als wir uns das erste Mal begegnet sind, war's direkt um mich geschehen. Deine Anziehungskraft war zu stark für mich. Ich konnte nicht widerstehen und war direkt verliebt.«

Isabel wurde hellhörig. Sie waren sich schon einmal begegnet? Falls das stimmte, würde es der Polizei vielleicht gelingen, ihren Aufenthaltsort zu finden.

»Wo war das?«

»Du stellst die falsche Frage.«

»Wann war das?«, korrigierte sich Isabel.

Der Entführer lächelte erfreut. »Du bist so unfassbar klug. Das ist mir sofort aufgefallen. Wie schnell du Sachen begreifst. Wahnsinn!« Er erhob sich von seinem Sitzsack und stellte sich direkt an die Gitterstäbe. Stumm betrachtete er sie. Isabel ertrug seine Blicke.

»Es ist schon zwei Jahre her.«

Ihre Hoffnung zerbarst. Johannes und seine Kollegen konnten unmöglich Begegnungen über einen so langen Zeitraum nachvollziehen.

»Zwei Jahre?«, wiederholte sie. Hatte sie sich vielleicht verhört?

»Ich weiß. Das klingt lang. Als hätte ich unser Treffen nicht wertgeschätzt, weil ich mich nicht sofort um dich bemüht habe. Aber so war es nicht. Das musst du mir glauben. Ich bin eher der schüchterne Typ. Außerdem haben die Vorbereitungen verdammt viel Zeit verschlungen. Ich habe den Keller in Eigenregie umgebaut. Wände eingerissen und Stützpfeiler gebaut, um diesen großen Raum zu gestalten. Wasserleitungen gelegt. Danach musste ich mich um den Käfig kümmern. Man kann ja nicht einfach im Internet nach Vorrichtungen zur Menschenhaltung suchen und diese liefern lassen.« Er kicherte. »Als ich damit fertig war, konnte ich mich auf die Pirsch begeben. Du bist das Weibchen eines mächtigen Männchens. Ich musste vorsichtig sein. Hätte er mich gewittert, wäre alles umsonst gewesen. Dann hätte er mich zerquetscht. Aber wie du siehst, hat es wunderbar geklappt. Die zwei Jahre Wartezeit haben sich gelohnt.«

Isabel schluckte den Kloß im Hals hinunter. Sie hoffte, ihre nächste Frage würde sich nicht als Fehler herausstellen. »Sie haben mir angedroht, der Polizei nur elf Tage zu geben, bevor Sie mich töten. Kann ich etwas tun, damit Sie mich verschonen?«

»Nach elf Tagen will ich dein Herz erobert haben. Sonst hat das mit uns keinen Sinn.« Er lächelte ihr zu, doch sein

Gesichtsausdruck wirkte wehmütig. »Genug geredet, mein süßes Tierchen. Ich bringe dir jetzt dein Futter.«

Er wandte sich von ihr ab. Isabel schaute ihm mit sich überschlagenden Gedanken hinterher. Er wollte ihr Herz erobern. Sie fürchtete sich vor dem, was er dafür anstellen würde. Er hatte sie in den ersten Tagen nicht angefasst. Würde sich das bald ändern? Für Frauen hingen Sex und Liebe meist unzertrennlich zusammen. Ob er hoffte, ihr Herz so erobern zu können?

Nach einer Weile kam er mit einem Tablett zurück. Isabel überlegte, ob sie weitere Informationen aus ihm herauskitzeln konnte. Aber vermutlich wäre es besser, nicht zu viel auf einen Schlag zu erhoffen. Auf dem Tablett lagen ein süßes Rosinenbrötchen, ein mit Käse belegtes Mehrkornbrötchen und ein Glas Orangensaft.

»Du solltest dich schnell satt essen«, empfahl er. »Ich bin gleich für ein paar Stunden außer Haus und du weißt, ich lasse dir weder das Glas noch die Teller im Käfig. Schließlich will ich dich nicht in Versuchung führen.«

Er schob ihr das Tablett durch eine Anreiche zu. Dann setzte er sich wieder auf den Sitzsack und griff zur Videokamera.

»Wann soll ich den Brief schreiben? Während Sie nicht da sind?«

»Das ist eine gute Idee. Du darfst übrigens erwähnen, dass wir uns schon einmal begegnet sind, allerdings ohne den genauen Zeitpunkt zu nennen. Sonst musst du alles neu schreiben.«

»Ich halte mich daran«, versprach Isabel.

»Natürlich.«

Sie aß zunächst das Käsebrötchen und trank zwei kleine Schlucke Orangensaft.

»Extra frisch ausgepresst. Meinem Tierchen soll es an nichts mangeln.«

»Danke.«

Sie brach sich Stücke vom süßen Brötchen ab und spülte sie ebenfalls hinunter.

»Ich habe der Bäckerverkäuferin erzählt, dass mein Gast Rosinen liebt. Da hat sie nur mit einem leeren Lächeln geantwortet. Die Leute hören einfach nicht mehr zu, sind unaufmerksam. Du hast auch nichts bemerkt, oder?«

»Was soll ich bemerkt haben?« Isabel spürte einen kurzen Schwindel.

»Den leicht bitteren Geschmack.«

Der Schwindel verstärkte sich. »Was haben Sie getan?«

»Ich muss dich untersuchen. Ein Betäubungspfeil in den Hals erschien mir zu grausam.« Er legte die Kamera beiseite und erhob sich.

Isabel fiel es schwer, den Blick zu fokussieren. Er trat an die Stangen und lächelte hinterhältig.

»Vier Tage habe ich mich zurückgehalten. Jetzt schaffe ich es nicht mehr. Du gehörst mir. Ich will dein Herz haben. Damit es dir beim ersten Mal einfacher fällt, betäube ich dich. Die Dosis ist nicht sehr stark. Ich schätze, du wirst alles mitbekommen, auch wenn du dich nicht bewegen kannst. Am besten legst du dich ins Bett, bevor du vom Stuhl kippst und dir übel den Kopf stößt.«

»Oh Gott! Bitte!« Ihr Mund fühlte sich an, als würde ein nasser Waschlappen darin stecken. Sie wollte sich am Tisch festhalten, hatte allerdings Schwierigkeiten, die Kante zu packen.

»Leg dich hin!«, wiederholte er. »Das ist besser für dich.«

Da sie die Benommenheit nicht abschütteln konnte, kapitulierte sie. Mit letzter Kraft stand sie auf und schleppte sich zum Bett.

»So ist es brav. Gleich kopulieren wir. Wie die Tiere im Zoo.« Er lachte.

Sie ließ sich auf die Matratze fallen und legte sich in Fötusstellung hin. Hoffentlich tat er ihr nicht zu stark weh. Mit diesem Gedanken verlor sie das Bewusstsein.

Als Isabel erwachte, fehlte ihr anfangs jede Orientierung. Stöhnend schlug sie die Augen auf.

»Bist du endlich wieder wach?«, vernahm sie seine kalte Stimme. »Herrje! So viel habe ich dir gar nicht verpasst.«

Sie horchte in sich hinein. Ihr Unterleib schmerzte.

»Guck mich gefälligst an, wenn ich mit dir rede.«

Isabel hob ihren Kopf, der sich schwer anfühlte. Ihr Entführer stand außerhalb des Käfigs. Er trug einen schwarzen Bademantel, den er vor dem Bauch zusammengeknotet hatte, und starrte sie unzufrieden an.

»Zwei Jahre habe ich mir vorgestellt, wie unser erstes Mal sein würde. Ich habe von unserer Vereinigung geträumt. Nur deswegen habe ich all die Arbeit auf mich genommen. Und dann so etwas! Was für eine Enttäuschung! Du bist überhaupt nicht mitgegangen. Was hast du dir dabei gedacht? Willst du mich ärgern?«

Meinte er das ernst oder erlaubte er sich einen üblen Scherz?

»Sag endlich etwas zu deiner Verteidigung!«, schrie er.

»Sie haben mich betäubt«, erinnerte sie ihn leise.

»Aber nicht sonderlich stark. Du hättest es mitbekommen müssen.«

»Hab ich nicht.«

»Fuck! Wieso denn das?«

»Weiß ich nicht.«

»Lügst du mich an?«

»Nein«, versicherte sie ihm.

»Du spürst auch jetzt noch nichts?«

»Leichte Schmerzen. Und mein Kopf dröhnt.«

»Wo hast du Schmerzen?«

»Im Unterleib.«

Er lächelte. »Wenigstens etwas. Ich hab dich so richtig rangenommen. Deine Beine lagen auf meinen Schultern. Und dann ra-ta-ta-ta. Nenn mich Sex Machine. Eigentlich müsstest du auch deine Brustwarzen spüren. Oder stehst du drauf, wenn man sie kneift?«

»An den Brüsten habe ich keine Schmerzen.«

»Das nächste Mal«, warnte er sie vor. »Da wird es sowieso ganz anders. Mir hat ein Blick in deine Augen gefehlt. Beim nächsten Mal musst du mich ansehen und mir sagen, wie sehr du es genießt. Schließlich willst du mir dein Herz schenken. Wie soll das funktionieren, wenn du gar nichts mitbekommst? Wir wiederholen das spätestens morgen. Jetzt muss ich mich erst einmal stärken.«

Er verließ den Keller. Endlich konnte sie den Tränen freien Lauf lassen. Ihr Unterleib schmerzte mit jeder Minute stärker. Ob das an der nachlassenden Wirkung des Betäubungsmittels lag? Sie wurde die Bilder in ihrem Kopf nicht los. Seine Beschreibung weckte Vorstellungen in ihr, wie er sie vergewaltigt hatte.

»Du mieses Arschloch!«, wisperte sie kaum hörbar. »Warum tust du mir das an?«

Aber die Antwort war so naheliegend. Genau deswegen hatte er sie entführt. Wahrscheinlich würde er sich ab sofort regelmäßig nehmen, was sie ihm nicht verwehren konnte. Isabel schluchzte. Die ersten Tage ihrer Gefangenschaft waren vermutlich nichts im Vergleich zu dem gewesen, was ihr zukünftig bevorstand. Die Dämme waren bei ihm gebrochen.

Mit zittrigen Beinen schleppte sie sich zur Toilette und pinkelte. Es brannte leicht. Zu ihrer Erleichterung entdeckte sie im Urin kein Blut. Sie tupfte sich trocken und legte sich zurück ins Bett.

Hatte er ernsthaft erwartet, dass es ihr gefallen würde? Dass sie überhaupt etwas spüren würde, während sie narkotisiert war? Fehlte ihm in dieser Hinsicht jegliche Erfahrung? Er war noch ein relativ junger Mann. Trotzdem hätte er wissen müssen, wie die Betäubung auf sie wirken würde.

Isabel rieb sich die Augen trocken. Sie musste stark sein. Für Annika und Johannes. Aber auch für sich selbst. Ihr blieb eine Woche Zeit, ihn davon zu überzeugen, sie nicht zu töten. Jeder zusätzliche Tag, den sie der Polizei verschaffte, würde helfen.

Wenn er sie das nächste Mal vergewaltigte, würde sie ihm ein Schauspiel aufführen. Nicht direkt zu dick auftragen, aber vielleicht ein kleines Geräusch einflechten, das er falsch verstehen würde. Männer waren in dieser Hinsicht leicht zu täuschen. Egal wie sehr er ihr wehtun würde – sie musste ihm geben, was er verlangte. Ob er nachlässig würde, wenn sie seine Erwartungen erfüllte? Isabel hoffte es. Sie bräuchte nur eine kleine Chance.

Der Entführer kehrte zu ihr zurück. Er hatte sich umgezogen und trug nun eine dunkle Sporthose und einen weißen Kapuzenpullover. Seufzend setzte er sich auf die Couch.

»Warum hast du noch nicht mit deiner täglichen Hausaufgabe angefangen?«

Sein Tonfall ließ auf seine schlechte Laune schließen.

»Entschuldigung«, flüsterte sie.

»Setz dich an den Tisch und schreib den Brief. Du wirst deinem Mann den Seitensprung gestehen.«

Entsetzt schaute sie ihn an. »Bitte nicht!«

»Er hat die Wahrheit verdient. Du hast bei der Eheschließung ein Gelübde abgelegt und gebrochen. Dein Mann soll die Wahrheit kennen.«

»Das wird ihn verletzen.«

»Natürlich wird es das. Jeder Seitensprung verletzt den Ehepartner. Das hätte dir vorher klar sein sollen. Falls er nicht dein Herz zurückerobert, darf er ruhig wissen, dass es mir schon seit langer Zeit gehört.«

Isabel verzichtete auf weiteren Widerspruch. Sie würde ihren Entführer nicht davon abbringen.

»Und vergiss nicht, ihm zu schreiben, dass ich mich bei

unserer ersten Begegnung in dich verliebt habe. Den Rest kann er sich ausmalen. Jetzt, da wir beide den Sex genossen haben, war es wohl unvermeidlich, dass es zwischen uns funkt.«

»Wo haben wir uns denn das erste Mal gesehen?«, fragte sie.

Er griff zu einer Plastikflasche Wasser, die neben ihm auf dem Boden stand, und warf sie. Die Flasche prallte gegen die Gitterstäbe. Sie stieß vor Schreck einen Schrei aus.

»Glaub nicht, dass du mich verarschen kannst!«, brüllte er.

»Entschuldigung.«

»Beeil dich lieber! Sonst wird es dir noch sehr leidtun.«

Kapitel 9

Annika brachte es nicht über sich, ihm den genauen Wortlaut wiederzugeben. Stattdessen holte sie das Vorabexemplar des Romans aus ihrer Suite, schlug die Passage auf und trat auf den Balkon. »Vielleicht vertreibt der Sonnenschein meine trüben Erinnerungen.«

Mit einem Kloß im Hals las Ruben die Seiten des Thrillers. Als er damit fertig war, legte er das Buch angewidert beiseite und wischte sich übers Gesicht. Er schaute zum Balkon hinaus. In diesem Moment drehte sich Annika um. Ihre Blicke trafen sich. Hilflos hob er die Hand. Was sollte er jetzt tun? Da sie keine Anstalten machte, zu ihm in die Suite zu kommen, ging er nach draußen.

»Oh Gott!«, stöhnte er. »Das tut mir alles so leid.«

»Mir auch.«

»Mittlerweile wünsche ich mir, von dir auf den Arm genommen zu werden. Sei ehrlich, du drehst für die versteckte Kamera!«

»Knapp daneben.«

Wortlos schaute sie von ihrem Balkon hinunter. Da sie im Malmöer Hafen lagen, verließen immer wieder Passagiere das Kreuzfahrtschiff, um die Stadt oder das Umland zu erkunden.

»In den ersten Tagen stand mein Vater völlig unter Strom. Obwohl er kein Mitglied der Soko war, hat er alles darangesetzt, die Entführung aufzuklären. Er ist seine alten Fälle wie besessen durchgegangen, ohne einen Bezug zu Mamas Verschwinden zu finden. Es gab einen Verdächtigen in einem Doppelmord, der altersmäßig gepasst hätte. Doch der hatte ein Alibi und hat sich hinterher auch als unschuldig herausgestellt. Dann kam der vierte Brief und es war, als hätte jemand Papas Stecker gezogen.«

»Wieso haben seine Kollegen ihm die Zeilen überhaupt gezeigt?«

»Weil er darauf bestanden hat. Sie haben ihn gewarnt, aber er ließ sich nicht davon abbringen.«

»Und dann?«

»Er hat weiter funktioniert. Wer ihn nicht gut kannte, hat die Veränderung gar nicht bemerkt. Ich jedoch habe ihn immer öfter mit leerem Blick erwischt. Manchmal stand ich nachts vor der Schlafzimmertür meiner Eltern, weil ich mich am liebsten an ihn gekuschelt hätte. Aber dann hörte ich durch die geschlossene Tür sein Schluchzen und habe mich nicht zu ihm getraut. Er hat weiterhin jeden Tag darauf bestanden, die Briefe zu Gesicht zu bekommen. In der Hoffnung, dass Mama einen Hinweis versteckt haben könnte. Und dann kam das Paket. Das hat ihm den Rest gegeben. Er hat nie wieder das Präsidium betreten, obwohl die kriminalistische Arbeit sein Leben war. Hätte er sich nicht um mich kümmern müssen, hätte er Suizid begangen. Bis zu meinem achtzehnten Geburtstag sind wir zweimal umgezogen. Als ich dann für mein Studium auf eigenen Beinen stehen musste, hat er noch drei weitere Ortswechsel hinter sich gebracht.«

»Und heutzutage?«

»Er hat sich gefangen. Ist drüber hinweggekommen.

Wenn wir uns treffen oder auch nur miteinander telefonieren, reden wir über banale, alltägliche Dinge. Er hat verschiedene Hobbys, die ihn ausfüllen. Ich glaube, er vermisst seine Ehefrau mehr als ich meine Mutter, aber zumindest hat er gelernt, damit zu leben. Und genau das ist mein Problem.«

Überrascht schaute Ruben sie an. »Wie meinst du das?« Hatte sie etwa ein schlechtes Gewissen, weil sie ihren Alltag geregelt bekam, ohne sie von den Erinnerungen überschatten zu lassen?

»Ich kann ihn nicht um Hilfe bitten und alte Wunden aufreißen. Zumindest nicht zum jetzigen Zeitpunkt. Ich habe Angst davor, was das bei ihm auslösen würde. Er wirkt gefestigt, aber ist er es auch? Oder spielt er mir immer etwas vor?«

»Ich kann dich verstehen«, sagte Ruben leise.

»In deinem Satz schwingt eine Einschränkung mit«, stellte sie fest.

»Wir haben zwei Verdächtige: Zauner und Senger. Allerdings bringt uns das nicht richtig vorwärts. Und hier auf dem Schiff sind uns sowieso weitgehend die Hände gebunden. Vielleicht sollten wir die Reise genießen und uns zurück in Deutschland mit der Polizei in Verbindung setzen. Mord verjährt nicht, also müsste es noch eine offene Akte geben.«

»Du hast recht.« Trotz ihrer Worte klang sie nicht überzeugt.

Ruben erwiderte nichts darauf. Sie hatte die Entscheidung getroffen, nicht ihren Vater einzubeziehen. An der Konsequenz trug er keine Schuld.

»Wann legt das Schiff wieder ab?«, fragte sie.

»Um achtzehn Uhr. Eine Stunde vorher sollte man als Passagier zurückgekehrt sein. Willst du einen Spaziergang machen?«

»Warum nicht? Vielleicht bringt uns das auf andere Gedanken. Ich ziehe mich eben um. Treffen wir uns in zwanzig Minuten?«

»Wow! Das ist wirklich schön hier«, sagte Annika, als sie nach einem kleinen Fußmarsch vom Hafen den Hauptbahnhof erreichten. »Ein imposantes Gebäude.«

»Und hier wirkt alles so sauber.«

»Außerdem scheinen die Menschen besser gelaunt zu sein.«

»Liegt vielleicht am guten Wetter«, spekulierte Ruben. »Wahrscheinlich ist es in Schweden normalerweise noch trüber als in Hamburg. Umso mehr genießen die Einwohner den wolkenlosen Himmel.«

»Oder daran, dass die Schweden alle mit der Muttermilch Pippi Langstrumpf aufsaugen.«

»Hast du daher deinen Vornamen?«, erkundigte sich Ruben.

Sie nickte. »Und meine Leseleidenschaft. Ich habe jedes Astrid-Lindgren-Buch mindestens fünfmal gelesen. Meine Mutter hat es geliebt, mir vorzulesen. Bis ich selbst lesen konnte und zu ungeduldig war, nur abends ein paar Seiten vorwärtszukommen.« Annika lächelte wehmütig. »Wem verdankst du deinen Vornamen?«

»Das ist leider völlig unspektakulär. Mein Großvater hieß Theodor Ruben Reus. Er hat sich sehr über die Namenswahl gefreut.«

»Trägst du einen zweiten Vornamen?«

»Anton. Nach dem anderen Großvater. Aber verrate das bitte niemandem.«

Sie lächelte. »So schlimm ist der Name nicht.«

»Ich finde, er passt nicht zu mir. Und du?«

»Nein. Meine Eltern haben es bei Annika belassen. Wohin sollen wir gehen?«

»Erst mal in die Stadt?«, schlug er vor. »Bestimmt gibt es Schilder, die uns zu den Sehenswürdigkeiten führen.«

Zu Fuß erkundeten sie die schwedische Stadt, die ihnen zahlreiche touristische Höhepunkte bot.

»Hast du von Mankell die Wallander-Reihe gelesen?«, erkundigte sich Ruben unterwegs.

»Ich lese selten Krimis. Aus Gründen.«

»Sorry, das war dumm von mir.«

»Quatsch!«, widersprach sie. »Schließlich bin ich auch zu einer Krimilesung gegangen. Wieso fragst du?«

»Ich wollte mit meinem Wissen angeben. Wallander hat seine Polizeikarriere in Malmö begonnen. So komme ich darauf.«

»Hast du viele Lesungen aus der Wallander-Reihe gehalten?«

»Ein paar. Einmal sogar auch auf der *Goldenflower*. Als es diesen Hype um skandinavische Kriminalliteratur gab. Der scheint allerdings abzuflauen. Zumindest hat mir Emil schon länger keine Lesung organisiert, in der ich aus einem skandinavischen Buch lesen sollte.«

In den nächsten Stunden unterhielten sie sich über die verschiedensten Themen und lernten sich persönlich besser kennen. Immer wieder erwischte sich Ruben bei heimlichen Blicken, die er Annika zuwarf, wenn sie abgelenkt war. So gut und so lange hatte er sich ewig nicht mehr mit einer Frau amüsiert. Unter anderen Umständen …

Da er sich keine unrealistischen Hoffnungen machen wollte, brachte er den Gedanken nicht zu Ende. Ohnehin wurde Annika mit jeder verstrichenen Stunde schweigsamer.

»Sollen wir zurück zum Hafen oder hier noch etwas trinken?«, fragte Ruben, als sie wieder in die Innenstadt zurückgekehrt waren und vor einem Café mit Außensitzplätzen standen.

Annika schaute auf ihre Uhr. »Trinken wir noch etwas.«

»Sicher? Bist du nicht müde? Wir können auch zurück. Bis zum Hafen brauchen wir im langsamen Tempo eine halbe Stunde.«

»Ich bin bloß abgelenkt. Sorry. Der Ausflug gefällt mir richtig gut.« Sie steuerte einen der letzten freien Tische an.

Ruben folgte ihr. Rasch kam eine Kellnerin zu ihnen. Sie bestellten beide jeweils einen Glas Orangensaft.

»Was ist los?«, fragte er.

»Gib mir ein paar Minuten.«

Ruben streckte sein Gesicht der Sonne entgegen und schloss die Augen. Nach einer Weile brachte ihnen die Kellnerin die Getränke und rechnete sofort mit ihnen ab. Annika übernahm die Bezahlung.

»Prost!«, sagte Ruben.

»Nichtstun liegt mir einfach nicht im Blut«, erklärte Annika. Sie trank einen Schluck Saft. »Vor allem, wenn es Alternativen gibt.«

»Welche Alternativen?«

»Wir haben zwei Verdächtige und wissen genau, wo sie in vier Tagen sein werden.«

Er runzelte die Stirn. »Und?«

»Man könnte die Zeit für Recherchen nutzen und sie dann mit unserem Verdacht konfrontieren.«

»Ist das dein Ernst?«

»Du klingst so, als hätte ich etwas Blödes gesagt«, reagierte sie leicht beleidigt.

»Wir sind während der Signierstunde auf dem Schiff. Und deinen Vater willst du aus verständlichen Gründen nicht einweihen. Telefonisch jemanden bei der Berliner

Polizei zu finden, der uns nicht für verrückte Spinner hält, wird schwierig. Zauners Roman ist ja noch nicht einmal erschienen. Sie könnten ihn gar nicht mit den archivierten Briefen vergleichen.«

»Wir könnten die Reise abbrechen.«

»Dein Ernst?«

»Von Malmö kommen wir zeitnah irgendwie nach Deutschland. Und ...«

»Ich kann eine solche Reise nicht einfach abbrechen.«

»Warum?«

»Die Reederei bezahlt mich dafür. Nicht bloß für die Lesung. Nein. Ich bin so etwas wie ein Aushängeschild. Jederzeit ansprechbar für die Passagiere. Außerdem kann es immer passieren, dass ein anderer Künstler erkrankt und ich einspringen müsste. Und du hast auch den vollen Reisepreis aufgebracht.«

»Den Mord aufzuklären, wäre mir so viel mehr wert, als diese Reise zu beenden. Ich kann sie ohnehin nicht mehr genießen. Meine Gedanken kreisen nur noch um Zauner und seinen Agenten. Das wird in den nächsten Tagen eher schlimmer als besser. So gut kenne ich mich.«

Um Zeit zu gewinnen, trank Ruben einen Schluck. Wenn er auf Annikas Vorschlag einginge, würde er Pluspunkte bei ihr sammeln. Doch zu welchem Preis? Er stöhnte.

»Das hätte dir früher einfallen können«, warf er ihr vor. Ruben schaute auf seine Uhr. Das Schiff würde in gut zwei Stunden ablegen. »Scheiße!«

»Bitte, Ruben! Allein kann ich das nicht durchziehen. Ich brauche dich.«

»Und ich bin abhängig von diesen Auftritten. Solche Reisen sind meine einzigen Urlaube im Jahr. Vom Verdienst ganz zu schweigen. Mir geht's finanziell nicht prickelnd. Es ist ein ständiger Kampf, meinen Dispokredit nicht zu weit auszureizen.«

»Und du glaubst, ein Reiseabbruch würde dir schaden? Denn das will ich nicht. Dann ermittle ich lieber auf eigene Faust.«

»Während ich mich auf dem Schiff um dich sorge. Super!«

Sie lächelte.

»Lass mich kurz nachdenken«, bat er. »Ich kann nicht einfach die Koffer packen und von Bord verschwinden. Wir müssten die Erlaubnis der Programmverantwortlichen einholen. Die vielleicht gerade selbst in der Stadt unterwegs sind. Das wird verdammt knapp. Außerdem müssten wir sie einweihen. Bist du bereit, zusammen mit mir zu Sophia und Andreas zu gehen, um es ihnen zu erklären?«

»Zu wem?«

»Das sind meine Vorgesetzten an Bord.«

Annika stand auf. »Komm!«

Siebzig Minuten bevor das Schiff wieder ablegen würde, trafen sie endlich Andreas an, den sie zuvor vergeblich gesucht hatten. Er nahm sie mit in sein Büro und hörte sich ihre Geschichte an.

»Ich kenne dich gut genug, um dir deine Zweifel anzusehen«, sagte Ruben.

»Dafür muss man Sie noch nicht einmal persönlich kennen«, fügte Annika hinzu. »Sie halten uns für Spinner.«

Andreas zupfte sich verlegen am Ohrläppchen. »Sorry. Es ist ja nicht so …« Er brach im Satz ab. »Nein. Falscher Einstieg.« Er schaute Annika in die Augen. »Das, was Sie mir von Ihrer Mutter erzählt haben, klingt furchtbar. Niemand würde sich so etwas aus den Fingern saugen. Wenn Sie deswegen sogar unser schönes Schiff verlassen wollen, scheinen Sie sehr überzeugt zu sein.«

»Das bin ich«, bestätigte sie.

»Also zweifle ich höchstens an Ihren Schlussfolgerungen. Aber ich bin aus guten Gründen kein Polizist geworden. Insofern ...« Er richtete seinen Blick auf Ruben. »Dass du deiner Bekannten helfen willst, rechne ich dir charakterlich hoch an. Zum Glück hat deine Veranstaltung schon stattgefunden. Sonst hätten wir jetzt ein echtes Problem. Ich hoffe, ihr verrennt euch nicht in etwas. Auf jeden Fall habt ihr meine Erlaubnis. Ich versichere dir, du wirst weiter von uns gebucht. Allerdings müsst ihr euch beeilen. Das Schiff legt in einer Stunde ab. Ich gebe Bescheid, dass ihr von Bord geht. Habt ihr Kosten verursacht?«

»Kleinigkeiten«, antwortete Annika.

»Dann lasse ich eure Rechnungen vorbereiten. Wie lauten eure Suitenummern?«

Hektisch warf Ruben seine Kleidungsstücke in den Koffer. Gedanklich ging er das vorherige Gespräch durch. Andreas schien ihn nicht belogen zu haben. Trotzdem würde er nach der Reise den persönlichen Kontakt suchen, um ihn über den Fortgang der Ereignisse zu informieren. Hoffentlich hielt Andreas Wort und setzte sich auch zukünftig für ihn ein.

Zwanzig Minuten bevor das Schiff ablegte, bezahlten Ruben und Annika ihre Rechnungen. Die Mitarbeiterin der Kasse wirkte in keiner Weise verwundert. Vermutlich gab es immer wieder Passagiere, die aus den unterschiedlichsten Gründen Reisen vorzeitig abbrachen und von Bord gingen.

Sie autorisierten ihre Kreditkartenzahlungen und verabschiedeten sich von der Mitarbeiterin, die ihnen alles Gute wünschte und das abrupte Reiseende bedauerte.

An der Gangway warteten Sophia und Andreas auf sie, um sie vernünftig zu verabschieden.

»Andreas hat es mir gerade erzählt. Krass!«, sagte Sophia. »Wenn ihr das Verbrechen nach achtzehn Jahren aufklärt, hast du auf der nächsten Reise viel zu erzählen.«

»Oh ja!«, bestätigte Ruben. »Drückt uns die Daumen.«

Sie schüttelten einander die Hand und wünschten sich gegenseitig Glück.

Ruben fühlte sich unsicher. Beging er gerade einen Fehler?

»Sollen wir warten, bis das Schiff ablegt?«, fragte Annika.

»Unter keinen Umständen. Nicht, dass ich heule.«

Sie schaute ihn überrascht an. »Du hältst das für eine Dummheit?«

»Ich weiß es nicht«, bekannte er.

»Umso dankbarer bin ich dir für deine Unterstützung.«

Am Pier drehten sie sich um und winkten Sophia und Andreas zu. Dann verließen sie die Anlegestelle.

»In der Nähe des Bahnhofs hatte ich ein Hotel gesehen, das einen guten Eindruck machte«, erinnerte sich Annika. »Sollen wir die paar Minuten unsere Koffer hinter uns herziehen oder lieber ein Taxi rufen?«

»Vielleicht sollten wir zuallererst klären, wie wir am schnellsten nach Deutschland kommen. Eventuell geht es auch ohne Hotelübernachtung.«

Ruben zog sein Handy aus der Tasche und setzte sich auf den breiten Koffer. Er rief eine Flugsuchmaschine auf. Als Start gab er Malmö ein, als Ziel Hamburg. Das System lieferte ihm innerhalb einiger Sekunden verschiedene Flugoptionen.

»Frühestens morgen. Um zehn Uhr geht ein Flieger nach Stockholm, von wo es um vierzehn Uhr nach Hamburg weiterginge. Einhundertvierzig Euro pro Person.«

»Also brauchen wir ein Hotel. Fahren oder laufen?«

»Lass uns laufen. Ist billiger.«

»Ruben, du musst dir keine Sorgen machen. Kosten, die in den nächsten Tagen anfallen, kann ich übernehmen. Die letzten Jahre liefen beruflich bei mir recht gut. Ich habe mir ein kleines Polster angespart. Außerdem hätte ich mir auf dem Schiff die eine oder andere Spa-Anwendung gebucht.«

»Du darfst das nicht unterschätzen. Die Flüge kosten schon fast dreihundert Euro. Dazu zwei Hotelzimmer.«

»Und wenn wir uns ein Zimmer teilen? Schnarchst du?«

»Ich habe keine Ahnung. Aber …«

»Ruben, wir sind erwachsene Leute und hoffentlich in der Lage, uns für eine Nacht ein Zimmer zu teilen. Vielleicht haben sie Betten, die man auseinanderschieben kann. Ich habe damit kein Problem.«

»Einverstanden«, sagte er. »Wenn wir morgen Abend in Hamburg sind, kannst du natürlich bei mir übernachten. Ich … na ja. Irgendwie klappt das schon. Du bekommst mein Bett und ich schlafe notfalls auf … ach, egal. Erst mal überhaupt dahin kommen.«

Kapitel 10

Ruben ließ Annika den Vortritt. Sie betrat das Doppelzimmer im siebten Stock und schob ihren Koffer in den Raum.

»Ist ganz nett«, fällte sie ein erstes Urteil.

Ruben folgte ihr ins Zimmer, dessen Größe er auf etwa zwanzig Quadratmeter schätzte. Wehmütig dachte er an seine Suite auf der *Goldenflower*, die geräumiger und schöner eingerichtet war. Doch er würde sich niemals laut beschweren. Annika trug die Kosten für die Übernachtung und hatte auch die Flugtickets mit ihrer Kreditkarte bezahlt.

»Ein Boxspringbett«, sagte er. »Ich werde ganz an den Rand rücken. Versprochen.«

Annika lächelte. »Zumindest liegen zwei Decken auf dem Bett. Das finde ich wichtiger als eine Besucherritze. Was machen wir jetzt?«

»Der Flieger geht morgen früh um zehn, die Rezeptionistin hat uns empfohlen, um sieben Uhr aufzubrechen. Also sollten wir uns nicht zu spät hinlegen. Das Restaurant unten sah hübsch aus. Hast du Hunger? Die Rechnung würde auf mich gehen.«

»Gib mir zehn Minuten. Ich ziehe mich um und pudere mir die Nase.«

Ruben bestellte eine Grillplatte, Annika wählte eine Auswahl Antipasti. Als der Kellner sich nach ihrem Getränkewunsch erkundigte, wandte sich Ruben fragend an Annika: »Gönnen wir uns einen Wein? Mir hilft ein bisschen Alkohol immer gut beim Einschlafen.«

»Rot oder weiß?«

»Wenn es dir egal ist, würde ich einen Weißwein wählen.«

»Du triffst die Entscheidung.«

Ruben wählte eine trockene, südafrikanische Sorte. Rasch brachte ihnen der Kellner den Wein und etwas Brot mit einem Schälchen gesalzener Butter. Ruben probierte und nickte dem Kellner zu. Der Mann füllte ihnen die Gläser zur Hälfte und stellte die Flasche in einen Kühler.

»Worauf trinken wir?«, fragte Annika.

»Dass uns in Berlin ein Durchbruch gelingt«, schlug Ruben vor.

Sie stießen leicht mit ihren Gläsern an.

»Da hast du eine gute Wahl getroffen«, lobte Annika nach dem ersten Schluck.

»Mit einem südafrikanischen Wein liegt man im Regelfall nicht daneben. Zumindest ab einer bestimmten Preiskategorie. Wenn du in Zukunft noch einmal mit der *Goldenflower* Urlaub machen solltest, musst du dich mit dem Sommelier Carlos unterhalten. Danach besitzt du Grundkenntnisse über die verschiedenen Weine dieser Welt, die dir in jedem Restaurant weiterhelfen.«

»Ich weiß nicht, ob ich jemals wieder das Schiff besteige. Die Reise war echt teuer und dann breche ich sie auch noch ab. Ein Wahnsinn!«

»Ich kann dir ja Bescheid geben, wenn mich die Reederei für die nächste Fahrt bucht. Die fragen immer nach einer Begleitperson und jedes Mal streiche ich das Feld durch.«

»Du dürftest mitbringen, wen du willst?«

»Man muss sich halt die Suite teilen, ansonsten ist es der Reederei egal. Ich habe an Bord einen Musiker kennengelernt, der nutzt das als Aufreißmasche. Immer hat er jemand anderen ...« Ruben hielt inne und spürte Hitze, die ihm ins Gesicht schoss. »Sorry, das war jetzt ziemlich missverständlich. Bei mir wäre es natürlich keine Masche. Sondern, na ja, ich dachte halt, weil wir, äh ... Ach, vergiss es«, stammelte er.

Annika lächelte. »Keine Sorge. Ich habe dich schon richtig verstanden und fühle mich nicht belästigt. Trotz der Umstände tut mir deine Gegenwart echt gut. Torben hat mich in den letzten Monaten wirklich mies behandelt. Ständig haben wir uns gestritten und er hat jede Zweisamkeit bewusst gemieden. Außerdem hat er mir das Gefühl gegeben, unattraktiv zu sein. Das war kein schönes Ende. Aber ehrlich gesagt, die ganze Beziehung war nie sonderlich romantisch.«

»Manchmal hält man einfach viel zu lange an Dingen fest, die es nicht wert sind.« Ruben trank einen kleinen Schluck Wein.

»Wie sieht's bei dir aus? Du bist seit fünf Jahren Single?«, erinnerte sie sich.

Er nickte.

»Und davor?«, fragte Annika.

Ruben schaute sich übertrieben gespielt nach dem Kellner um. »Wie lange das Essen wohl dauert?«

»Willst du nicht darüber sprechen? Dafür hätte ich Verständnis. Viel mehr, als ich bislang angedeutet habe, wirst du über mich und Torben auch nicht erfahren.«

»Quatsch! Ich tu nur so. Aus meinen früheren Beziehungen mache ich kein Geheimnis. Warum sollte ich? Aber was hältst du von dem Motto: ›Erst die Arbeit, dann die Beichte‹?«

»Ich nagle dich nachher drauf fest.«

»Du willst also in jedem Fall in Berlin zu der Signierstunde?«, wechselte Ruben das Thema.

»Hundertprozentig.«

»Und was machen wir bei der Veranstaltung? Hast du eine Idee?«

»So weit bin ich noch nicht. Ich denke, wir müssen erst einmal Informationen sammeln. Je mehr wir in Erfahrung bringen, desto besser. Eine Strategie …«

»Darf ich dich unterbrechen? Ich habe vielleicht eine Idee.«

»Jetzt bin ich gespannt.«

»Wir können ja unmöglich während der Veranstaltung aufstehen und ihm diese schwerwiegenden Vorwürfe machen. Sonst droht uns eine Verleumdungsklage.«

»Was schwebt dir stattdessen vor?«

»Der Agent kündigt auf der Homepage ja eine Signierstunde an. Wir könnten uns also ein Buch von Zauner signieren lassen. So verhalten wir uns anfangs unauffällig und können die beiden beobachten. Wir besorgen uns eines seiner früheren Werke und schreiben eine Botschaft hinein. Dann stellen wir uns in die Reihe der Fans, und sobald wir dran sind, sieht er unseren Text.«

»Wie lautet denn unsere Nachricht?«

»Wir wissen, wie dein letztes Buch entstanden ist. Triff uns am Ort x, um alles Weitere zu besprechen.«

Annika trank einen Schluck Wein. »Was machen wir, wenn er darauf gar nicht reagiert? Haben wir dann unser Pulver zu früh verschossen?«

»In irgendeiner Weise zeigt er eine Reaktion. Was uns wertvolle Rückschlüsse liefern wird.«

»Darf ich darüber nachdenken?«

»Logisch! Und wenn du andere Ideen hast, immer her damit.«

»Vom Grundsatz finde ich deinen Vorschlag nicht schlecht. Vielleicht lässt er sich verfeinern. Aber wieso willst du ein Buch kaufen? Wir könnten das Vorabexemplar nehmen ...«

»Ein Buch, das noch nicht erschienen ist, wird ihn misstrauisch stimmen. Idealerweise soll er gar nicht wissen, wer wir sind. Und so wahnsinnig viele Exemplare sind vermutlich nicht verschickt worden.« Ruben bemerkte den Kellner, der sich ihnen mit zwei Tellern näherte. »Unser Essen kommt.«

»Das ist der letzte Tropfen«, sagte Ruben. »Sollen wir noch eine Flasche bestellen?«

Annika schaute auf ihre Uhr. »Ist sonst ein bisschen zu früh fürs Zimmer, oder?«

»Finde ich auch.« Er winkte den Kellner herbei.

»Zumal wir nicht vergessen dürfen, dass nach der Arbeit noch die Beichte ansteht.«

»Mist! Ich hatte gehofft, du ...«

»Niemals!«

Der Kellner kam zu ihnen und Ruben bestellte eine zweite Flasche des südafrikanischen Weins.

»Was willst du wissen?«

»Wie lang hat deine längste Beziehung gehalten und wie hieß die Glückliche?«

»Drei Jahre. Ihr Name war Svenja.«

»Woran ist es gescheitert?«

Ruben zögerte. Er legte den Kopf in den Nacken und starrte zum Kronleuchter hoch, der über ihrem Tisch hing. »Das lässt sich nicht in einem oder zwei Sätzen zusammenfassen. Können wir auf den alkoholischen Nachschub warten?«

»Komm schon, du Feigling. Schieß los!«

»Wenn's sein muss. Ich bin zweiundvierzig Jahre und …«

»Entschuldige die Unterbrechung. Hat dir mal jemand gesagt, dass du ein bisschen wie Mark Ruffalo aussiehst?« Annika kicherte.

»Ja, davon hörte ich.«

»Du kannst dich glücklich schätzen. Das ist ein attraktiver Kerl.«

»Solange er nicht grün wird und sich in Hulk verwandelt.«

Der Kellner kam wieder zu ihnen, entkorkte an ihrem Tisch den Wein und füllte die Gläser. Sie stießen erneut miteinander an.

»Ich habe vor ziemlich genau zwanzig Jahren meine Schauspielausbildung beendet«, fuhr Ruben fort. »Von ganz kleinen Rollen an noch kleineren Bühnen abgesehen fand ich jedoch keine Anstellung, mit der sich Geld verdienen ließ. Also hielt ich mich mit Gelegenheitsjobs über Wasser: Kellner, Call-Center-Agent, Clown, Weihnachtsmann.«

»Konnte man dich als Clown oder Weihnachtsmann buchen?«, vergewisserte sich Annika.

Ruben lächelte bei der Erinnerung. »Für Kindergeburtstage oder Familienfeiern. Oh Gott, ist das lange her! Mit sechsundzwanzig befreundete ich mich mit dem Inhaber einer unabhängigen Hörspielproduktionsfirma. Josef gab mir einen ersten Sprecherjob, dem weitere folgten. Mir gefiel das besser als die Schauspielerei. Durch viele kleine folgende Schritte bin ich zu dem Mann geworden, der dir jetzt gegenübersitzt. Ich habe in der Branche mittlerweile einen sehr guten Ruf. Aber es gibt so unglaublich große Konkurrenz. Reich werden nur die wenigsten Hörbuchsprecher – wenn überhaupt. Mir ist das unangenehm, doch ich will ehrlich sein. Hättest du dich nicht bereit erklärt, Flugtickets und Hotel zu bezahlen, würde sich mein Kopf jetzt gedanklich mit meinem Kontostand beschäftigen. Meine Wohnung in Hamburg ist für einen Ü-40-Mann ein Trauerspiel, auch wenn sie in einer schönen Gegend liegt. Ich habe kein Auto, bin ständig unterwegs und meistens kann ich im Januar nicht einschätzen, ob ich den folgenden Sommer finanziell unbeschwert genießen kann. Genau daran sind meine Beziehungen zu Svenja, zu Tanja, zu Michaela und zu Franziska gescheitert. Anfangs finden Frauen meinen Job faszinierend und cool.«

»Unangepasst.«

Ruben lächelte. »Genau. Und ja, wahrscheinlich bin ich kein abstoßend hässlicher Typ. Aber das soll nicht eingebildet klingen.«

»Ist nur die Wahrheit.«

»Je länger man zusammen ist, desto mehr überwiegen die Negativseiten. In jeder längeren Beziehung gab es bisher einen Kipppunkt, an dem die Faszination für meinen Beruf umgeschlagen ist.«

»Könntest du dir vorstellen, für die Richtige dein Leben zu ändern?«

Ruben antwortete nicht sofort. »Bis zum letzten Jahr hätte ich bei dieser Frage vehement widersprochen. Aber ich werde alt und sehne mich nach Beständigkeit. Leider sehe ich keine Alternative. Ich kriege ungefähr dreimal im Jahr Aufträge für Hörbuchproduktionen. Das ist dann wochenweise so etwas wie ein regelmäßiger Job. Allerdings kommt man damit nicht ein ganzes Jahr über die Runden. Ohne Lesereisen und Auftritte müsste ich Grundsicherung beantragen. Wie so viele meiner Kollegen. Das möchte ich nicht. Um deine Frage zu beantworten: Ja, mittlerweile wäre ich bereit für einen Cut.«

»Ich bin sicher, dann dauert es nicht mehr lange, bis dir die Richtige begegnet. Meiner Erfahrung nach muss man dafür bereit sein. Und du bist es jetzt.«

Ruben lächelte wehmütig. Er verschwieg ihr lieber den Gedanken, der ihm bei ihrem Anblick durch den Kopf ging.

»Hast du einen speziellen Frauentyp?«, erkundigte sich Annika. »Wie sah Svenja aus?«

»Mir ist der Charakter wichtiger als das Aussehen«, behauptete er.

Annika lachte. »Ganz billiger Spruch. War sie groß oder klein? Körbchengröße? Haarfarbe? Gewicht? Lass dir nicht alles aus der Nase ziehen.«

»Ups! Das war der letzte Tropfen«, kicherte Annika. Sie lallte leicht. Annika hatte die Flasche aus dem Weinkühler gezogen, um sich nachzuschenken, doch es war fast nichts mehr übrig geblieben.

»Soll ich Nachschub bestellen?«

»Lieber nicht. Ich bin schon ziemlich betrunken und wir müssen morgen früh raus. Außerdem garantiere ich für nichts, wenn ich jetzt noch mehr trinken würde.« Sie zwinkerte ihm zu.

»Dann lass ich uns die Rechnung bringen.«

Im Aufzug fuhren sie mit einem weiteren Gast nach oben. Der Skandinavier stieg eine Etage vor ihnen aus und wünschte ihnen auf Englisch einen schönen Abend. Kaum hatte sich die Tür hinter dem blonden Mann geschlossen, kicherte Annika erneut. »Der hält mich bestimmt für eine Alko… Alko… Oh mein Gott, ich kann nicht mehr richtig reden!«

Die Fahrstuhltür öffnete sich auf ihrer Etage. Galant hielt Ruben ihr den Arm hin. »Madame, ich bestehe darauf, dass Sie sich bei mir einhaken.«

»Sehr wohl! Aber das heißt Mademoiselle. Was denken Sie von mir?«

Sie gingen zu ihrem Zimmer. Annika schwankte leicht. Offenbar war sie es nicht gewohnt, zu zweit zwei Flaschen Wein zu leeren. Ruben fühlte sich auf angenehme Weise angetrunken. Für ihn war die Menge Alkohol perfekt gewesen. Er zog die Zugangskarte aus seinem Portemonnaie und öffnete ihnen. Sie betraten das Zimmer. Die Tür fiel hinter ihnen zu.

»Und jetzt?«, fragte Ruben leise. Er stellte die Frage sehr offen für den Fall, dass er Annikas Signale falsch verstanden hatte. So könnte er noch immer behaupten, er habe sich damit erkundigt, wer zuerst ins Badezimmer gehen dürfe.

Annika lehnte sich an ihn. »Findest du mich attraktiv?«, flüsterte sie.

»Du bist die schönste Frau, mit der ich je in einem Hotelzimmer gelandet bin«, antwortete er.

Sie wandte sich ihm zu und streichelte sein Gesicht. »Und du bist der attraktivste Mann.«

Ihre Lippen berührten sich.

Kapitel 11

Ruben wachte noch vor dem Weckerklingeln auf. Er erinnerte sich an die letzte Nacht und lächelte. Ihm hatte es wahnsinnig gut gefallen – besonders für ein erstes Mal, bei dem man die Wünsche und Vorlieben des Anderen nicht kannte. Vorsichtig schaute er zu seinem Handy, das auf dem Nachttisch lag. Es war halb sechs. Sie hatten den Alarm an seinem Smartphone auf zehn vor sechs gestellt. Zehn Minuten später würde Annikas Telefon zum Leben erwachen – als Absicherung. So blieb ihnen genug Zeit, um zu duschen und das im Übernachtungspreis enthaltene Frühstück in Anspruch zu nehmen. Ruben lauschte. Annika atmete flach und gleichmäßig. Langsam drehte er sich zu ihr um. Sie schlief ihm zugewandt. Im Halbdunkeln des Zimmers studierte er die Gesichtszüge der attraktiven Frau.

Ob Annika die Nacht bereuen würde? Im Gegensatz zu ihr hatte ihn der Weingenuss gestern Abend nicht beeinträchtigt. Annika vertrug deutlich weniger als er und war nach den zwei Flaschen Wein angetrunken gewesen. Hatte sie ihre Entscheidungen unter Kontrolle gehabt oder sich treiben lassen? Sich vielleicht sogar verpflichtet gefühlt, weil er ihretwegen die Kreuzfahrt abgebrochen hatte? In einem solchen Fall wäre ihre gemeinsame Nacht ein Fehler gewesen, der ihr Verhältnis zueinander belasten würde.

Plötzlich schlug sie die Augen auf. »Guten Morgen!«, sagte sie leise. »Wieso beobachtest du mich?«

Sie lächelte. Zumindest das erschien ihm ein positives Zeichen.

»Guten Morgen!«

»Wie spät ist es?«

»Kurz nach halb sechs.« Er streichelte ihre Wange. »Bereust du es?«

Annika richtete sich ein Stück auf und stützte sich mit dem Ellbogen ab. »Das ist eine seltsame Frage für den frühen Morgen. ›Hast du gut geschlafen?‹ wäre die gängigere Variante gewesen. Konventioneller.«

Ihre ausweichende Reaktion sprach Bände. Er versuchte, sich seine Enttäuschung nicht anmerken zu lassen, und brachte sogar ein krummes Lächeln zustande. »Hast du gut geschlafen?«.

»So fantastisch wie seit Monaten nicht mehr, du Blödian.« Sie boxte ihm leicht gegen die Schulter. »Ich habe den gestrigen Abend inklusive der Nacht sehr genossen.«

»Wirklich?«

»Natürlich. Und nichts für ungut. Ich habe das auch gebraucht. Meinem Ego tat das verdammt gut nach der Sache mit meinem Ex. Also hoffe ich mal, dass du dir nicht zu ausgenutzt vorkamst.«

Er grinste. »Ein bisschen.«

»Pech für dich.« Sie zwinkerte ihm zu. »Ganz ehrlich? Keiner von uns beiden weiß, wohin das hier führt. Kannst du dich an den Film *Speed* mit Keanu Reeves und Sandra Bullock erinnern?«

»Klar. Worauf willst du hinaus?«

»Reeves warnte sie am Ende in der U-Bahn, er habe gehört, Beziehungen, die auf intensiven Erlebnissen beruhen würden, können nicht funktionieren.«

»Darauf schlägt Bullock vor, ihre Beziehung auf Sex zu basieren. Ich fand das immer einen ziemlichen klugen Vorschlag.«

»Ich habe keine Ahnung, wohin das hier mit uns beiden führt. Aber ich bin neugierig. Und ganz sicher verspüre ich keine Reue.« Sie streichelte sein Gesicht. »Obwohl ich weiß, wie unromantisch meine nächsten Worte klingen, sage ich sie trotzdem: Ich muss pissen wie ein Brauereipferd.«

Ruben lachte lauthals. Die Anspannung fiel wie ein schwerer Stein von ihm ab. Auch Annika grinste. Sie gab ihm einen Kuss, dann schlug sie die Bettdecke zurück, stand auf und ging ins Badezimmer. Er bewunderte ihren trainierten Körper. Allein für diesen Anblick hatte sich der spontane Abschied vom Schiff gelohnt, von der gestrigen Nacht ganz zu schweigen.

Im Frühstücksrestaurant besprachen sie ihr weiteres Vorgehen.

»Sobald wir eingecheckt sind, haben wir vermutlich ein paar Stunden Wartezeit zu überbrücken«, sagte Ruben. »Und in Stockholm vor unserem Weiterflug nach Hamburg sowieso. In vielen Flughäfen steht kostenfreier W-LAN-Zugang zur Verfügung. Falls nicht, könnte ich uns beide übers Handy ein Netzwerk aufbauen.«

»Wonach willst du suchen?«

»Je mehr wir über Zauner und Senger wissen, desto wohler fühle ich mich. Vielleicht stoßen wir auf uns unbekannte Details. Es gibt so viele Interviews mit Zauner, die wir noch nicht kennen. Talkshowauftritte oder Artikel in Zeitschriften. Und über Senger wissen wir fast nichts. Das sollten wir dringend ändern. Damit wir nicht zufällig in denselben Artikeln oder Mitschnitten stöbern, sollte sich einer von uns auf Zauner konzentrieren und der andere Senger übernehmen.«

Annika biss in ihr mit Marmelade bestrichenes Croissant. »Ich würde es nicht ertragen, mir zu viele Videos von Zauner anzusehen«, bekannte sie. »Immerhin ist es sein Buch, in dem er das Leiden meiner Mutter ausschlachtet. Allein dafür hasse ich ihn.«

»Ich kann das verstehen.« Ruben trank den letzten Schluck Kaffee. »Also übernehme ich den Schriftsteller.« Er schaute auf seine Uhr. »Wir sollten langsam unsere Koffer aus dem Zimmer holen und auschecken.«

Im Wartebereich ihres Abfluggates stöpselte Ruben seine Kopfhörer in den Laptop und startete das erste Video. Seit seinem durchschlagenden Erfolg war Florian Zauner ein gern gesehener Gast in Talkshows. Um sein zweites Buch zu promoten, war er in insgesamt sieben Shows aufgetreten.

Bei den ersten beiden Auftritten ging es hauptsächlich um den neu erschienenen Thriller. Zauner beantwortete souverän die Fragen und machte einen sympathischen Eindruck. Beim dritten Auftritt interessierte sich der Moderator für die Veränderungen im Leben des Schriftstellers, seit er es auf die Bestsellerlisten geschafft hatte. Endlich ging es nicht nur um die Promotion der Neuerscheinung.

Zauner dachte deutlich länger über seine Antworten nach und spulte nicht bloß sein routiniertes Standardrepertoire ab.

»Hat der Verlag Sie nie gedrängt, den zweiten Roman schneller abzugeben?«, erkundigte sich der Moderator.

»Falls dem so war, hat mein Agent den Druck von mir ferngehalten.«

»Zweieinhalb Jahre sind in der heutigen Zeit eher ein

102

langer Zeitraum zwischen zwei Büchern. Vor allem, wenn man bedenkt, wie viel Garantiehonorar Ihnen zugesagt worden ist.«

Bei der Erwähnung des Honorars verzog Zauner leicht den Mund. »Warum wird immer alles auf Zahlen reduziert?«, beschwerte sich der Schriftsteller.

»Wie meinen Sie das?«

»Alle reden bloß von den verkauften Exemplaren meines Debüts oder in wie vielen Ländern es übersetzt wurde und wann der Film in Produktion geht. Niemand erwähnt noch die spannende Geschichte über ein wirklich ernstes Thema. Eine Krankheit, unter der in Deutschland zahlreiche Menschen leiden. Und jetzt behandelt mein zweites Buch das Themenfeld des Drogenmissbrauchs. Aber in keinem einzigen Interview dreht es sich um meine Recherchen in diesem Milieu, die mich viele Monate gekostet haben. Oder um die Geschichte, die ich persönlich noch gelungener als mein Debüt finde. Alle reden von dem Vorschuss und dem Zeitraum zwischen Buch eins und Buch zwei. Können Sie sich vorstellen, wie anstrengend das für mich ist? Wie sehr das auf die Kreativität schlägt?«

»Hat es denn Ihre Kreativität blockiert?«

Zauner öffnete den Mund, überlegte es sich aber dann noch einmal anders. Er griff zu dem vor ihm stehenden Glas und trank einen Schluck Wasser.

»Das Buch ist erschienen und die Besprechungen sind überaus positiv. Der Verlag ist glücklich über die bisherigen Verkaufszahlen. Hinter mir liegen mehrere Monate Recherche, die ich aufgrund meines Bekanntheitsgrades sehr anonym gestalten musste.«

»Also waren Sie kreativ nicht blockiert?«, hakte der Moderator nach.

»Vor Ihnen liegt ein Exemplar des Thrillers.« Zauner griff zu dem Buch am Platz des Moderators und hielt die Hardcoverausgabe in die Kamera. »Wie kann meine Kreativität blockiert gewesen sein?«

Sein Gegenüber führte das Gespräch zurück auf sicheres Terrain, indem er sich nach der bevorstehenden Lesereise erkundigte.

Ruben verfolgte den Rest des Interviews, doch der interessante Part war vorbei.

Er nahm die Kopfhörer aus dem Ohr. Annika schaute ihn erwartungsvoll an. »Das Interview musst du dir anschauen. Ich hole mir in der Zwischenzeit einen Schokoriegel. Willst du auch etwas?«

Sie schüttelte den Kopf. Er gab ihr den Kopfhörer und startete den Videomitschnitt erneut.

Als Ruben fünf Minuten später zu ihr zurückkehrte, lächelte Annika leicht gehässig.

»Die Fragen haben Zauner gar nicht gepasst«, stellte sie fest. »Schade, dass der Moderator am Ende nicht mehr den Mumm hatte nachzubohren.«

»Ich habe mir das auch noch einmal durch den Kopf gehen lassen. Zauner kann mit dem Erfolgsdruck nicht umgehen. Sein Agent handelt ein Wahnsinnsgarantiehonorar heraus und er muss abliefern. Das blockiert ihn. Aber irgendwie schafft er es, einen zweiten Roman abzuliefern, den die Leser wieder feiern. Und nun spekuliere ich. Jemand, der auf so harmlose Fragen allergisch reagiert, weiß, dass er in Schwierigkeiten steckt. Er hat keine Ideen für einen dritten Thriller, zu dem er vertraglich verpflichtet ist. Die Monate vergehen und bestimmt hakt der Verlag mehrfach nach, wann sie mit dem neuen Manuskript rechnen können. Den meisten Druck wird der Agent von ihm fernhalten. Aber ein bisschen wird zu Zauner durchdringen und ihn weiter blockieren. An dieser Stelle meiner Spekulatiuskekse gabelt sich der Weg.«

Annika lachte über seine Ausdrucksweise. »Bislang schmecken mir die Kekse lecker. Red weiter!«

Ruben beugte sich näher an ihr Ohr. »Entweder ist er so verzweifelt, dass er bereit ist, seine kriminelle Vergangenheit in literarischer Weise zu verarbeiten. Trotz des Risikos, dass die Tat nicht verjährt ist.«

»Weil Mord niemals verjährt.«

»Genau. Oder er ist so verzweifelt, dass er eine Idee verarbeitet, die jemand ihm zuspielt.«

»Der wahre Mörder?«

Ruben nickte.

»Du meinst Senger.«

»Der Agent bietet sich an, wenn man sein Engagement für die Lesung berücksichtigt, das er an den Tag gelegt hat.«

»Über Senger finden sich kaum Informationen im Netz. Auf mich wirkt's seltsam, wie oft er Zauner zu Veranstaltungen begleitet. Aber vielleicht ist das auch normal.«

»Eher nicht. Ich kenne mittlerweile zahlreiche Autoren, die mit Literaturagenten zusammenarbeiten. Die Agenten halten sich im Hintergrund auf. Die haben normalerweise gar nicht die Zeit, ihre Schützlinge überallhin zu begleiten.«

»Andererseits ist Zauner natürlich auch so eine Art Goldesel.«

»Zweifelsohne«, bestätigte Ruben. »Aber darüber müssen wir uns nicht den Kopf zerbrechen. Mir ist etwas anderes wichtig. Variante eins: Zauner ist der Entführer deiner Mutter. Variante zwei: Jemand spielt ihm die Vorlage zu. In beiden Fällen können wir ihn wahnsinnig erschrecken. Mir gefällt meine Idee noch immer. Lass uns zu der Signierstunde gehen. Wir kaufen vorher eines seiner alten Bücher und stellen uns ganz ans Ende der Reihe, um scheinbar auf eine Unterschrift des Großmeisters zu warten. Wenn wir dran sind, schlage ich das Buch auf. Er liest unsere Botschaft, dass wir wissen, wie sein dritter Roman entstanden ist, und uns mit ihm treffen wollen. Ich bin sehr gespannt, wie er darauf reagiert.«

»Langsam überzeugt mich deine Idee.«

Ruben griff zu ihrer Hand und streichelte sie. »Wir kriegen den Mistkerl. Das verspreche ich dir.«

Bevor Annika etwas erwidern konnte, ertönte eine Lautsprecherdurchsage, die alle Passagiere für den Flug nach Stockholm über das beginnende Boarding informierte. Ruben und Annika erhoben sich. Zögerlich ließ er sie los. Er bemerkte, wie sie seinem Blick auswich und in ihrer Handtasche kramte.

»Was suchst du?«, fragte er.

»Kaugummi«, antwortete sie. »Das Kauen hilft mir bei Start und Landung wegen des Drucks auf den Ohren.«

Kaum hatte sie gefunden, was sie suchte, lächelte sie ihn an und griff ihrerseits nach seiner Hand.

»Du musst wissen, ich bin nicht die entspannteste Flugreisende dieser Welt. An der Kreuzfahrt hatte mir so gut gefallen, dass sie in Hamburg startete und auch wieder endete. Ganz ohne Flug. Na ja. Kann ich leider nicht ändern. Das Schiff zu verlassen, war ja meine Idee.« Annika zuckte mit den Schultern.

Kapitel 12

»Ich sehe deinen Koffer«, sagte Ruben.

Gemeinsam mit rund sechzig anderen Passagieren standen sie an einem Gepäckband des Hamburger Flughafens. Beide Flugverbindungen hatten weitgehend reibungslos funktioniert. Mit einer kleinen Verspätung von lediglich zehn Minuten waren sie in der Hansestadt gelandet.

»Passt du auf unser Handgepäck auf?«, schlug er vor. »Dann wuchte ich die Koffer vom Band.«

»Danke.«

Ruben trat näher ans Gepäckband heran. Seine Nervosität stieg. In manchen Phasen der Flüge und auch während der Wartezeit in Stockholm hatten sie sich richtig gut verstanden, miteinander gelacht und gescherzt. Doch es hatte immer wieder Momente gegeben, in denen Annika ihm gegenüber reserviert oder in sich zurückgezogen gewirkt hatte. Ihre auffälligen Stimmungsschwankungen verunsicherten ihn. Oder interpretierte er ihr Verhalten falsch?

Ihr türkisfarbener Koffer kam an ihm vorbei. Er hievte ihn vom Band. Kurz darauf entdeckte er sein eigenes, braunes Gepäckstück. Also blieb er stehen und wartete.

Spätestens auf dem Weg zum Taxistand mussten sie eine Entscheidung treffen. Sollte er sie mit in seine Wohnung nehmen oder wäre es besser, wenn sie ein günstiges Hotelzimmer für Annika fänden? Er würde die erste Variante bevorzugen, hatte jedoch gleichzeitig Angst vor ihrer Wahl.

Ruben versuchte, sich an den Zustand seiner Wohnung vor der Abreise zu erinnern. Im Kühlschrank befänden sich genug Lebensmittel für ein Frühstück – vorausgesetzt, er besorgte beim nahe gelegenen Bäcker Brötchen. Den Müll hatte er vor der Abfahrt weggeworfen und besonders unaufgeräumt sah seine Wohnung nie aus. Es wäre kein Problem, drei Nächte bei ihm zu schlafen, bevor sie Donnerstagfrüh nach Berlin zur Signierstunde aufbrechen würden. Aber was würde Annika zu der sich daraus ergebenden Nähe zwischen ihnen sagen?

Ruben hievte auch seinen Koffer vom Gepäckband. Er drehte sich um. Annika scrollte mit den Fingern auf ihrem Handy. Suchte sie nach einem passenden Hotel?

»Fühlt sich vollständig an.« Ruben stellte das Gepäck an ihre Seite.

»Danke. Lieb von dir.« Sie schob das Telefon in ihre Jackentasche. »Nehmen wir uns jetzt ein Taxi?«

Langsam gingen sie zum Ausgang.

»Also meine Wohnung ist wirklich klein«, sagte er. »Ein Zimmer, das ich als Schlaf- und Arbeitszimmer nutze, außerdem eine Wohnküche und ein unspektakuläres Bad. Das Bett ist eins achtzig breit und ich habe zwei Decken zu Hause. Für Sommer und für Winter. Du dürftest aussuchen, welche du haben willst. Es ist mir zum ersten Mal seit vielen Jahren peinlich, in welchen Verhältnissen ich lebe. Aber ich bin halt nicht Udo Lindenberg, der dich jetzt in sein quasieigenes Hotel führen würde.«

»Spinner«, sagte sie amüsiert.

»Wie erwähnt, das Bett ist breit. Wir könnten dort Brüderchen-und-Schwesterchen-mäßig liegen, ohne dass du zu irgendetwas verpflichtet bist. Ich habe Honig, Marmelade, Nutella und Butter im Kühlschrank. Außerdem habe ich immer genug Kaffee im Haus. Die Signierstunde findet am Donnerstagabend in Berlin statt. Da lebt auch mein Agent. Ich war schon ein paarmal bei ihm zu Gast und habe in seinem Gästezimmer geschlafen. Er hat ein ziemlich großes Haus.«

»Wohnt er alleine?«, fragte Annika.

»Er war verheiratet, ist aber mittlerweile geschieden. Soweit ich weiß, hat er bei der Scheidung seine Frau ausbezahlt, um das Haus nicht verkaufen zu müssen. Er lebt und arbeitet dort. Eine Wohlfühloase. Na ja. Es ist bestimmt kein Problem, Donnerstagnacht bei ihm zu schlafen. Vielleicht sogar zwei Nächte. Die Frage ist, was machen wir mit dir? Du wohnst in Frankfurt. Es lohnt sich ja kaum, morgen zurückzufahren, um Donnerstag schon wieder in Berlin zu sein.«

»Das klingt ziemlich stressig.«

»Also müssen wir uns entscheiden, ob wir dir ein günstiges Hotel suchen oder du bei mir zwei bis drei Nächte bleibst.«

»Deine ganze lange Rede für diese einfache Frage?«

Ruben lächelte verlegen. »Irgendwie schon.«

»Ich übernachte gern bei dir. Allein, um dir zu beweisen, dass ich die gestrige Nacht keineswegs bereue.«

Sein Herz machte vor Freude einen Hüpfer. Er unterdrückte mühsam das Bedürfnis, sie an sich zu ziehen und ihr einen Kuss zu geben.

Nichts übereilen!, warnte ihn seine innere Stimme. *Es ist wichtig, dass du vorsichtig agierst. Du darfst es nicht ruinieren.*

»Außerdem habe ich heute Morgen nicht geschwindelt. Ich bin wirklich neugierig, wohin uns das hier führt!«, fügte sie hinzu.

Nach einer rund zwanzigminütigen Fahrt mit einem von seiner Schicht erschöpft wirkenden, wortkargen Taxifahrer erreichten sie das Haus, in dem Ruben wohnte.

»In welcher Etage lebst du?«, fragte Annika, nachdem sie ausgestiegen waren.

»In der zweiten. Leider hat das Haus keinen Aufzug. Das ist mit Koffern blöd. Aber ich kann dir dein Gepäck hochtragen.«

»Zwei Stockwerke werde ich schaffen. Wie verstehst du dich mit deinen Nachbarn?«

»Meistens richtig gut. In meiner Etage wohnt ein nettes Paar, das sich um die Post kümmert, wenn ich nicht da bin. Über mir lebt leider eine Familie mit einem ziemlich lauten Kind. Der Junge trampelt gern mal wie eine Horde Elefanten in seinem Zimmer herum. Aber wenn es zu viel wird, kann man den Eltern Bescheid geben. Die sehen das zum Glück nicht als Majestätsbeleidigung ihres kleinen Prinzen an. Blöd sind eigentlich nur die Neureichen aus dem obersten Stock.«

»Was machen die?«

»Leben zu zweit auf geschätzt hundertfünfzig Quadratmeter. Die Wohnung oben ist eine Maisonette. Ich habe fünfunddreißig Quadratmeter. Na ja. Er ist Investmentmanager. Mit ehrlicher Arbeit könnte man sich so etwas nicht leisten.«

»Was macht seine Frau?«

»In erster Linie hübsch aussehen. Ob sie einen Job hat, weiß ich nicht.«

Ruben zog seinen Schlüsselbund aus der Tasche. In diesem Moment öffnete sich die Haustür und eine ältere Frau trat heraus. Sie sah Ruben und blieb überrascht stehen.

»Ruben? Du bist schon wieder zurück?«

»Hallo, Marion! Das ist Annika.«

Die beiden Frau begrüßten sich.

»Wir mussten die Reise abbrechen. Beruflich ist mir etwas dazwischengekommen. Ich muss spätestens Donnerstag in Berlin sein.«

»Wie schade. Die Kreuzfahrt klang so spannend. Na ja. Ich hab's eilig, sorry, wir reden ein anderes Mal. Post hast du keine bekommen. Wir sehen uns.« Sie lief an ihnen vorbei.

»Die wirkt nett«, bestätigte Annika.

»Und mit ihrem Mann Theo kann man gut einen trinken.«

Gemeinsam gingen sie die zwei Etagen hoch. Annika schnaufte erst bei den letzten Stufen.

»Oje!«, sagte Ruben. »Hoffentlich hast du meine Beschreibung ernst genommen und glaubst nicht, ich hätte übertrieben.« Er steckte den Schlüssel ins Schloss.

»Willst du vorgehen, um den Playmate-Kalender heimlich abzuhängen?«, fragte Annika.

»Das erledige ich immer vor Reiseantritt. Wegen meiner Nachbarin. In der Hinsicht ist Marion prüde.« Ruben öffnete die Tür. »Fühl dich ganz wie zu Hause.«

Sie betraten die weiß gestrichene, kleine Diele.

»Laminat?«, fragte Annika.

»Echtes Holzparkett«, antwortete Ruben. »Leider sieht man auf dem hellen Holz jeden Fleck.«

»Das helle Holz mit dem leichten Fischgrätmuster gefällt mir.«

»Die linke Tür führt in die Wohnküche. Rechts ist das Bad und daneben das Schlafzimmer. Gib mir deine Jacke.«

Annika zog ihre Jacke aus, die er mit seiner eigenen an zwei freie Garderobenhaken hängte.

»Führen Sie mich bitte durch Ihr Schloss«, sagte Annika mit nasaler Stimme.

»Sehr wohl, Mademoiselle. Beginnen wir im Salon.« Er führte sie in die Wohnküche, in der neben einer Küchenzeile noch ein amerikanischer Kühlschrank, eine Dreiercouch, ein Couchtisch, eine Fernsehanlage und eine Essecke standen. An den Wänden hingen verschiedene gerahmte Fotografien, die Annikas Aufmerksamkeit weckten. Sie trat näher an eine der Fotomontagen heran.

»Das bist ja du in jungen Jahren. Cool!«

Ruben stellte sich neben sie. »Clown und Weihnachtsmann. Ich hab dir nicht zu viel versprochen, oder?« Er zeigte auf die entsprechenden Bilder.

Annika tippte auf ein Foto. »Wo war das?«

»Ein Kindergeburtstag. Damals habe ich mich als Illusionist versucht. Aber da war ich nicht so richtig gut. Um Grundschulkinder zu beeindrucken, reichte es allerdings.«

»Wie schön. In unserer Nachbarschaft wurden die Kindergeburtstage während der Grundschulzeit auch immer groß gefeiert. Manchmal mit gebuchten Künstlern wie dir. Das ließ erst nach, als wir Kinder uns auf unterschiedliche Schulen aufteilten und neue Freundschaften schlossen. Irgendwann kamen uns Kindern solche Feiern kindisch vor. Verrückt, oder?«

»Komm, ich zeig dir das Schlafzimmer«, schlug er vor. »Und dann muss ich dir noch eine Ecke im Kleiderschrank freischaufeln, falls du ein paar Kleidungsstücke aus dem Koffer holen willst.«

»Den Esstisch habe ich vor zwei Jahren gekauft«, erzählte Ruben am nächsten Morgen. Zwischen ihnen stand ein Brötchenkorb mit den verschiedenen Backwaren, die er frisch geholt hatte. »Davor habe ich am Couchtisch gefrühstückt und dabei Frühstücksfernsehen gesehen.«

Annika blickte zu dem Tisch. »Sieht nicht sehr bequem aus.«

»War es auch nicht. Zumindest nicht auf Dauer. Alte Männer haben oft Rücken.«

Annika lächelte leicht. Sie schauten sich kurz an, dann griff sie zu ihrem Kaffeebecher, den sie mit beiden Händen umklammerte. Wie eine Ertrinkende, die sich an einem Rettungsring festhielt.

Was hatte er falsch gemacht? Annika fühlte sich unwohl – das war unübersehbar. Aber er wusste nicht, woran es lag. Ihr zweites Mal war ihm nicht weniger schön als die Premiere vorgekommen. Ohne den Einfluss des Alkohols und mit der Erfahrung der ersten Nacht hatte er die Führung im Bett übernommen. War er dabei zu weit gegangen? Sie hatte sich zumindest währenddessen nicht beschwert.

»Schmeckt dir der Kaffee?«

»Ja, sehr lecker.« Wieder lächelte sie nur kurz.

»Der Vollautomat ist schon sechs Jahre alt. Ich fürchte mich vor dem Tag, an dem er seinen Geist aufgibt. Aktuelle Geräte, die meinen Bedürfnissen entsprechen, kosten locker tausendfünfhundert Euro.«

»Ziemlich teuer, oder? Ich koche zu Hause altmodisch mit einer Kaffeemaschine.«

»Wenn ich hier bin, brauche ich tagsüber auch mal einen Latte macchiato oder einen starken Espresso.«

»Das ist mir nicht so wichtig.«

Lustlos tröpfelte sie etwas Honig auf eine Brötchenhälfte. Ruben kämpfte mit sich. Sollte er ihre schlechte Stimmung ansprechen oder so tun, als würde er es nicht bemerken?

»Was ist los, Annika?«

»Entschuldige«, murmelte sie.

»Bereust du es …«

»Hörst du bitte damit auf!«, fuhr sie ihn an. Sie atmete tief durch. »Entschuldige«, wiederholte sie. »Aber mir gehen tausend Gedanken durch den Kopf. Vor ein paar Tagen bin ich nach Hamburg aufgebrochen mit der Aussicht auf einen Urlaub, nach dem ich meine Zeit mit Torben endgültig abhaken wollte. Stattdessen lande ich in deiner Lesung, höre diese schrecklichen Details, die mir so bekannt sind, und nun sind wir hier. Ich fühle mich überfordert. Bin völlig konfus. Meine Gedanken rasen.«

»An was denkst du?«

Sie schüttelte unwirsch den Kopf. »Nein. Das muss ich mit mir selbst ausmachen. Außerdem habe ich dich heute Morgen angelogen. Ich habe überhaupt nicht gut geschlafen, sondern die halbe Nacht wach gelegen. Panik geschoben. Ich bin total gerädert.«

»Oh Gott! Das tut mir leid. Wegen der Signierstunde?« Nun nickte sie kaum merklich.

»Und dann noch diese Enge in meiner Bude, richtig?«

»Sorry, aber ja, das stimmt. Die Vorstellung, hier bis Donnerstagfrüh zu hocken, hilft mir gerade nicht. Vielleicht sollte ich besser in ein Hotel. Oder wir vergessen das Ganze. Es macht mir Angst!«

»Und wenn wir stattdessen jetzt schon nach Berlin fahren?«, schlug er vor. »Ich könnte Emil anrufen. Das hatte ich sowieso vor. Er muss über meinen Reiseabbruch Bescheid wissen, außerdem wollen wir ja bei ihm schlafen. Es sei denn, du würdest lieber in einem Hotelzimmer übernachten. Irgendwie kriege ich auch das gebacken.«

»Lass mich kurz drüber nachdenken.«

Annika stand auf und verließ die Wohnküche. Sekunden später hörte er, wie sie die Badezimmertür von innen abschloss.

»Na toll, Ruben!«, wisperte er. »Das hast du super hinbekommen. Idiot!«

Er schaute sich um. Sein Blick blieb an den Fotos aus seiner Vergangenheit hängen. Wie konnte er die Situation lösen? Er wollte weiter Zeit mit Annika verbringen. Sie noch besser kennenlernen. Hoffentlich würde sie nicht übereilt nach Frankfurt aufbrechen. Das musste er verhindern.

Es dauerte fast fünf Minuten, bis sie zu ihm zurückkehrte. Ihre leicht geröteten Augen waren ein unmissverständliches Zeichen.

»Ich brauche Zeit zum Nachdenken. Hier in deiner Wohnung funktioniert das nicht.«

»Sollen wir nach Berlin? Vielleicht ist Emil neugierig auf dich. Und vor allem auf unseren Grund für den Reiseabbruch. Falls er uns nicht so lange bei sich aufnehmen kann, suchen wir uns ein günstiges Hotel. Oder ein Apartment mit getrennten Schlafzimmern. Und die Fahrt nach Berlin ist eventuell kostenlos. Das muss ich gleich am PC prüfen.« Er plapperte schnell, um ihr keine Gelegenheit zu geben, ihn über ihre Abreise zu informieren.

»Wieso kostenlos?«, fragte sie.

»Ich sammle Bonuspunkte bei der Bahn. Wenn ich mich nicht irre, habe ich Punkte für zwei Freifahrten erster Klasse zusammen. Warte, ich geh eben an den Computer.«

Ohne ihr die Chance eines Widerspruchs zu geben, stand er auf und lief ins Schlafzimmer, wo er sich an den Computerschreibtisch setzte. Sollte er nicht genügend Punkte zusammenhaben, würde er die Kosten tragen, ohne es ihr zu verraten.

»Ja«, rief er schließlich erleichtert. »Die Fahrt ist umsonst. Ich rufe Emil an. Ist wahrscheinlich noch zu früh für ihn, aber man weiß ja nie.«

Kapitel 13

Zwanzig Minuten vor der Abfahrt ihres Zugs trafen sie am Hamburger Hauptbahnhof ein.

»Ich guck mal in der Buchhandlung, ob sie ein Zauner-Werk vorrätig haben«, sagte Ruben.

»Dann besorge ich mir ein paar Zeitungen«, erwiderte Annika.

Gemeinsam betraten sie den Laden. Ruben steuerte sofort die Thriller-Ecke an. Zauners neues Buch erschien erst am Donnerstag, wurde aber schon auf einem von der Decke herunterhängendem Plakat angekündigt. Unter dieser Werbung lagen die bisherigen Werke des Schriftstellers. Da Ruben keinen der beiden Romane kannte, wählte er die Drogengeschichte aus.

Annika kam zu ihm und hielt insgesamt drei Frauenzeitschriften in der Hand.

»Gib sie mir. Ich bezahle.«

»Oh, danke«, sagte sie überrascht. »Dann warte ich mit unserem Gepäck vor der Tür.«

Ruben trat an die Kasse, hinter der eine Mittdreißigerin stand. »Wenn ich mir das Plakat ansehe, wird Donnerstag wohl ein großer Verkaufstag.«

Die Buchhändlerin verstand nicht sofort, was er meinte, bis sie den Thriller in seiner Hand entdeckte. »Ja!« Sie strahlte. »Der neue Zauner. Endlich! Ich werde mir direkt meine Ausgabe sichern.« Sie beugte sich leicht vor. »Falls Sie ein Fan sind: Wir geben die Exemplare wahrscheinlich schon Mittwochabend in den Verkauf.«

»Da bin ich leider in Berlin.«

»Schade. Ich bin so gespannt. Zauner gehört zu meinen favorisierten Autoren. Seine Werke sind unfassbar spannend und realitätsnah.«

Allerdings. Sogar viel mehr, als du glaubst, dachte Ruben. »Trotzdem ungewöhnlich, dass er so selten veröffentlicht. Oder? Wie lange ist das jetzt her? Drei Jahre?«

»Mich stört das nicht. Ich warte lieber immer ein paar Jahre zwischen den Veröffentlichungen und bekomme dafür exzellente Qualität statt alle zwölf Monate Durchschnittsware wie von vielen anderen Autoren.« Sie nahm ihm Zeitschriften und Buch ab.

»Können Sie den Preis bitte überkleben? Das wird ein Geschenk«, behauptete Ruben, um die Kassiererin etwas länger zu beschäftigen.

»Das mache ich gerne. Der Beschenkte wird sich freuen.«

»Es gibt ja so wilde Gerüchte über den neuen Zauner. Haben Sie das auch schon gehört?«

»Was meinen Sie?«

»Angeblich hat Zauner ein echtes Verbrechen verarbeitet, das nie aufgeklärt wurde.«

»Wirklich?«, fragte sie entzückt. »Davon habe ich noch nichts gehört. Das klingt großartig. Und spricht für seine Realitätsnähe.« Sie scannte das Buch und die Zeitschriften ein. »Siebenundzwanzig Euro und siebzig Cent bitte.«

Ruben reichte ihr seine EC-Karte. »Ich bin sehr gespannt auf Donnerstag. Aber wenn die Gerüchte stimmen, frage ich mich, wie Angehörige des Verbrechensopfers damit umgehen.«

»Das stimmt«, sagte sie. »Brauchen Sie eine Papiertüte?«

Hinter Ruben hatte sich eine kleine Schlange gebildet. Offenbar hatte die Buchhändlerin keine Muse mehr für ihren Plausch. Er lehnte die angebotene Tüte ab, nahm seine Einkäufe und verließ den Laden.

Emil Kohr wohnte in einem ruhigen Wohnviertel, zu dem sie mit einem Taxi vom Hauptbahnhof rund fünfundzwanzig Minuten benötigen würden.

»Das letzte Mal war ich vor sieben Jahren in Berlin«, sagte Annika während der Fahrt. Sie schaute fast die ganze Zeit aus dem Fenster, als wollte sie überprüfen, wie viel sich verändert hatte.

»Eher gute oder eher schlechte Erinnerungen?«, erkundigte sich der Taxifahrer.

»Gemischt«, antwortete sie ausweichend. »Meine Eltern und ich haben viele Jahre hier gelebt, sind aber irgendwann weggezogen.«

»Wahrscheinlich zum richtigen Zeitpunkt. Es wird immer chaotischer und voller. Ich bin als Zwanzigjähriger hierhergekommen. Wegen eines Studiums. Damals sollte der Taxijob mich finanziell nur über Wasser halten.« Er schmunzelte bei der Erinnerung. »Dreißig Jahre später mache ich den Job noch immer. Manchmal hat das Leben seine eigenen Pläne.«

»Allerdings«, bestätigte Ruben. Aus dem Augenwinkel sah er, wie ihm Annika einen Blick zuwarf. Er drehte seinen Kopf und sie schaute sofort wieder aus dem Fenster.

»Das macht siebenunddreißig Euro«, sagte der Mann, als sie an ihrem Ziel ankamen.

»Ich übernehme das«, erklärte Ruben. Er gab dem Fahrer zwei Zwanziger. »Stimmt so.«

»Danke.« Gemeinsam mit seinen Gästen stieg er aus und holte die Koffer aus dem Kofferraum. »Planen Sie einen längeren Aufenthalt?«

»Vermutlich bis Freitag. Aber wir kommen von einer Reise«, erklärte Ruben Annikas schweres Gepäck. Er hatte in seiner Wohnung die Möglichkeit genutzt und in einen kleineren Koffer umgepackt.

»Dann wünsche ich Ihnen einen schönen Aufenthalt.«

»Nicht schlecht hier«, sagte Annika, als sie auf das Haus zugingen.

Im Vorgarten stand ein silbernes Schild auf schwarzem Gestell:

Künstleragentur Kohr

»Emil liebt sein Zuhause. Er hat es vor rund zehn Jahren zusammen mit seiner Ex-Frau gekauft. Wenn ich die Zahl richtig in Erinnerung habe, hat er ihr bei der Scheidung einhunderttausend Euro bezahlt und die bestehende Hypothek auf seinen Namen übertragen. Er wollte unter keinen Umständen wegziehen. Ich find's jetzt zu groß für einen Single, aber in dieser Hinsicht bin ich kein Maßstab. Hast du ja in Hamburg gesehen.«

Er hoffte, sie würde widersprechen, doch Annika erwiderte nichts.

Ruben klingelte an der Haustür. Es dauerte nicht lang, bis ihnen sein Agent öffnete. Emil trug weiße Sneakers, eine khakifarbene Leinenhose, ein weißes Hemd und darüber eine braune Weste.

»Herzlich willkommen!«, begrüßte er sie äußerst gut gelaunt. »Seit deinem Anruf heute Morgen bin ich echt gespannt.« Der Mittvierziger, der dunkelblondes, volles Haar hatte, reichte Annika die Hand. »Es freut mich sehr, dich kennenzulernen. Ich bin Emil.«

Sie schüttelte seine Hand. »Annika, angenehm.«

Emil klopfte Ruben anschließend auf die Schulter. »Kommt rein. Bringen wir eure Sachen ins Gästezimmer und dann setzen wir uns ins Wohnzimmer.«

Er nahm Annikas Koffer und ging durch den langen Flur voran.

»Euer Raum ist hinten rechts, direkt gegenüber meinem Arbeitsbereich.«

Ruben bemerkte Annikas prüfenden Blick. In der Diele hingen viele gerahmte Autogrammkarten. »Annika interessiert sich ganz offensichtlich für deine *Hall of Fame*«, sagte er. »In der ich übrigens noch immer nicht hänge.«

Emil lachte. »Sorry, aber du bist ja auf einem guten Weg. Mach so weiter und du hängst in zehn Jahren in der untersten Reihe.«

»Sind das alles deine Klienten?«, fragte Annika.

»Leider nicht. Dann wäre ich ein gemachter Mann. So muss ich mich mit Leuten wie Ruben abplagen. Das sind hauptsächlich Künstler, mit denen ich für Einzelprojekte zusammengearbeitet habe.« Er öffnete eine Tür. »Das Bett ist frisch bezogen.«

In dem geräumigen Raum standen ein breites Boxspringbett, ein walnussfarbener Schrank und ein kleiner Schreibtisch. An den Wänden hingen Hitchcock-Filmplakate.

»Ich bin ein Fan alter Filme«, erklärte Emil. »Hitchcock ist ein wahrer Meister.« Er schob Annikas Koffer in den Raum. »Auspacken könnt ihr später. Kommt mit!« Er verließ das Gästezimmer und öffnete ihnen die Tür zu seinem Arbeitsbereich, der mehr als doppelt so groß wie das vorherige Zimmer war. Auch hier hingen Filmplakate an den Wänden. »Schön hier, oder? Und jetzt ab ins Wohnzimmer. Ich habe Antipasti und Rotwein vorbereitet. Hoffentlich ist das in eurem Interesse.«

»Du bist wirklich geschmackvoll eingerichtet«, lobte Annika.

»Um deinen Platz beneide ich dich seit Jahren«, fügte Ruben an.

»Nach der Scheidung von Gabi habe ich noch einmal die Hypothek aufgestockt und viel Geld, Zeit und Energie in den Umbau gesteckt. Hier gab es früher mehrere kleine Räume, die Vorbesitzer haben unten den Keller mitgenutzt. Die hatten drei Kinder. Meine Ex fand die Zimmeraufteilung perfekt, ich nicht. Daran hätte ich erkennen müssen, wie wenig wir zusammenpassen. Jetzt gibt es im Erdgeschoss neben den Räumen, die ihr kennt, noch das Schlafzimmer und ein geräumiges Bad sowie ein kleines Gästebadezimmer. Im Keller habe ich einen Sportraum und vor allem viel Fläche für Gerümpel, Vorräte und sonstigen Kram. Da unten ist es unaufgeräumt, das kann ich euch leider nicht präsentieren. Setzt euch.«

Sie nahmen an dem rustikalen Esstisch Platz. Emil ging zu der offen gestalteten Küche und holte eine Platte mit Antipasti und eine Flasche des entkorkten Weins.

»Ihr müsst mir jetzt bitte genau erklären, warum ihr so überhastet die Kreuzfahrt abgebrochen habt. Denn ganz ehrlich, Ruben, ich halte das für einen Fehler. Wenn deine Honorare von der Reederei wegbrechen, weiß ich nicht, wie wir das ausgleichen sollen. Zaubern kann ich nämlich nicht.«

»Sophia und Andreas hatten Verständnis für unsere Gründe. Das hat keine Konsequenzen«, beruhigte Ruben ihn. Abwechselnd mit Annika berichtete er, was seit der Lesung passiert war.

»Hui!«, reagierte Emil am Ende der Geschichte beeindruckt. »Wenn euer Verdacht auch nur einen Funken Wahrheit enthält ...«

»Ich habe mir die Worte meiner Mutter eingeprägt. Sie stimmen eins zu eins überein.«

»Annika konnte mir genau sagen, was in den Briefen steht. Das hat Zauner wortwörtlich übernommen.«

»Starker Tobak!« Emil trank einen Schluck Wein. »Okay, nicht böse sein, aber mir fällt es schwer, das alles zu glauben.« Mit erhobener Hand erstickte er sofort den aufkommenden Protest. »Trotzdem gebe ich gerne zu, dass es Begleitumstände gibt, die auch ich schwierig finde.«

»Welche?«, fragte Annika.

»Aus geschäftlicher Sicht zum Beispiel die langen Zeiten zwischen den Veröffentlichungen. Wäre ich Zauners Agent, würde ich ihm permanent Druck machen. Hätte er in den fünfeinhalb Jahren seit seinem Debüt vier statt zwei Bücher veröffentlicht, hätten alle Seiten deutlich mehr verdient. Und darum geht es in unserem Business. Außerdem habe ich Zauner einmal bei einer Veranstaltung getroffen. Ich fand ihn total verunsichert. Er kam mir vor wie ein verschüchterter Junge, der gar nicht verstand, warum er der Ballkönig war.«

»Wir gehen am Donnerstag zu der Signierstunde und konfrontieren ihn mit unserem Verdacht«, sagte Ruben. »Mal gucken ...«

»Da ich echt neugierig auf euch war, wollte ich dich heute Morgen nicht über deinen Irrtum aufklären«, unterbrach Emil.

»Welchen Irrtum?«, fragte Ruben.

»Zu dieser Signierstunde kommt man nur als geladener Gast.«

»Ernsthaft?«

»Das ist eine sehr exklusive Veranstaltung. Es sind Medienvertreter zugelassen, die im ersten Teil des Abends fünfminütige Slots bekommen, um Zauner zu befragen. Sozusagen Speeddating mit dem Erfolgsmenschen. In der zweiten Hälfte erhalten dann Normalsterbliche eine Audienz.«

»Und dafür muss man auf der Gästeliste stehen?«, vergewisserte sich Annika.

»Genau. Ich kann mich an Gewinnspiele erinnern, bei denen der Zutritt verlost wurde. Der Verlag hat das groß aufgezogen.«

»Kannst du uns auf die Gästeliste bringen?«, fragte Ruben.

Nachdenklich kratzte sich Emil am Dreitagebart. »Das erfahren wir morgen. Ich werde Senger kontaktieren. Im Prinzip schuldet er mir etwas wegen der Lesung auf dem Schiff.«

»Aber er soll nicht wissen, dass ich die Veranstaltung aufsuchen will. Sonst wird er misstrauisch«, sagte Ruben.

»Ich nenne ihm einfach meinen Namen plus Begleitung. Das ist nicht das Problem. Man wird kaum seinen Ausweis vorzeigen müssen, wenn man eine Einladung präsentieren kann.«

Nach einem langen Abend zu dritt fielen Ruben und Annika müde ins Bett und wünschten sich gegenseitig eine gute Nacht. Ruben benötigte eine Weile, um in den Schlaf zu finden. Seine Gedanken jagten wie ein Windhund hinter einem Kaninchen her, das ihm immer wieder entwich. Annika atmete flach und regelmäßig, während er sich fragte, wie er die neu entstandene Distanz zwischen ihnen überbrücken konnte. Ohne eine konkrete Antwort schlief er schließlich ein.

Am nächsten Morgen überraschte Emil sie mit einem gedeckten Frühstückstisch.

»Jetzt springst du über jeden deiner langen Schatten«, stellte Ruben fest. »Sonst darf man dich frühestens um zehn kontaktieren, besser um elf.«

Emil gähnte herzhaft. »Ehrlich gesagt bedaure ich meine Geste schon bitterlich. Morgen seid ihr hierfür verantwortlich.«

»Ich habe mir gestern Nacht noch was überlegt«, sagte Annika während des Frühstücks. »Wenn du es schaffst, uns auf die Gästeliste zu bringen, sollten wir dann nicht die Anwesenheit der Presse ausnutzen?«

»Was schwebt dir vor?«, fragte Emil.

Ruben wunderte sich viel mehr, wann genau sie diese Gedanken gehabt hatte, denn er war nach ihr eingeschlafen und vor ihr aufgewacht.

»Wir könnten ihn mit unseren Vorwürfen konfrontieren, während das alle mitbekommen«, schlug sie vor.

»Also aufstehen und vor versammelter Mannschaft sagen, was ihr vermutet?«, vergewisserte sich Emil.

»Genau.«

»Auf gar keinen Fall!«, widersprach Ruben. »Das wäre Wahnsinn.«

»Wieso?« Annika schaute ihn fragend an.

»Weil wir ihn damit in die Ecke drängen. Dann müsste er aggressiv um sich schlagen. Das als Hirngespinst abtun.«

»Außerdem würdet ihr dadurch schlagartig im Scheinwerferlicht der Medien stehen. Die würden sich wie Hyänen auf euch stürzen«, warnte Emil. »Willst du das?«

»Wieso auf uns? Würden sie sich nicht eher auf Zauner konzentrieren?« Annika klang unsicher.

»Die haben genug Kapazität, um alle offenen Flanken abzudecken«, sagte Emil.

»Bleiben wir bei unserem ursprünglichen Vorhaben. Ich schreibe einen Text ins Buch und zeige es Zauner.«

»Ihr verteilt das Fell des Bären, bevor er erlegt ist. Erst

einmal müsst ihr auf die Gästeliste.« Emil griff zu einer Serviette und tupfte sich den Mund trocken.

Eine halbe Stunde später telefonierte Emil über eine Festnetzleitung und aktivierte schon vor Gesprächsbeginn die Lautsprechfunktion.

»Hallo, Herr Senger!«, begrüßte er Zauners Agenten.

»Herr Kohr, was verschafft mir die Ehre? Gibt es Rückmeldungen von der Lesung?«

»Nein, ich rufe beinahe privat an. Durch unseren häufigen Kontakt in letzter Zeit bin ich sehr neugierig auf *Lange Tage in seiner Gewalt* geworden. Meine Freundin ebenfalls, nachdem ich ihr davon erzählt habe. Können Sie mir einen Gefallen tun?«

»Soll ich Ihnen ein signiertes Exemplar besorgen? Das ist kein Problem.«

»Ich würde lieber zur morgigen Signierstunde kommen. Ist das möglich?«

»Oh!«, reagierte Senger überrumpelt.

»Annika und ich sind erst seit Kurzem zusammen. Ich will sie ein bisschen beeindrucken und morgen Abend wäre perfekt.« Emil zwinkerte Annika zu. »Sagen Sie ›Ja‹.«

Senger zögerte. »Die Veranstaltung ist voll. Und Florian wird keine Zeit haben. Er muss sich um die Medienvertreter kümmern und bei der anschließenden Signierstunde wird er höchstens eine oder zwei Minuten mit jedem Gast reden. Erwarten Sie nicht etwas zu viel davon, um Ihre Flamme zu begeistern?«

»Annika ist ein Riesenfan seiner ersten beiden Bücher. So bin ich auf die Idee gekommen. Ich bettle nur ungern, aber ...«

»Schon gut«, erwiderte Senger. »Sie kriegen, was Sie wollen. Ich schicke Ihnen eine Einladungs-Mail. Die müssen Sie am Empfang vorzeigen. Seien Sie nicht böse, wenn ich morgen genau wie mein Schützling keine Zeit für Sie habe. Ich werde Florian nicht von der Seite weichen, um ihn zu unterstützen.«

Kapitel 14

Zehn Minuten vor dem offiziellen Beginn, aber zwanzig Minuten nach der in der E-Mail genannten Einlasszeit trafen Ruben und Annika am Veranstaltungsort ein. Die Signierstunde fand in einer alten Villa statt. Schon die hohe Doppelflügeltür am Eingang wirkte beeindruckend. Dahinter stand eine in Schwarz gekleidete Frau, der sie die per E-Mail eingetroffene Einladung reichten.

»Herr und Frau Kohr, herzlich willkommen!«, sagte die Frau. »Fühlen Sie sich frei, bis zum Start die Atmosphäre dieses besonderen Hauses zu genießen. Hintergründe zur Historie erfahren Sie im grünen Salon.«

Zwischen den Gästen liefen Kellner mit Canapés und Getränken umher. Ruben ließ sich ein Glas Orangensaft geben, Annika wählte stilles Wasser.

An den Wänden der Villa hingen hinter schützenden Glasscheiben großformatige Gemälde, von den Decken baumelten Kronleuchter.

»Mannomann!«, sagte ein männlicher Gast zu seiner Begleitung, die in Rubens Hörweite standen. »Zauner versteht es wirklich, Erwartungen zu wecken.«

Dem musste Ruben neidvoll zustimmen. Er würde mit Emil über diesen Ort sprechen. Vielleicht schaffte es sein

Agent, ihm eine hier stattfindende Veranstaltung zu organisieren.

Pünktlich auf die Sekunde erlosch überall das Licht. Ein spannungsgeladenes Raunen lief durchs Publikum. Nebelmaschinen hüllten die Anwesenden mit Trockennebel ein. Drei am Boden stehende Scheinwerfer sprangen an.

»Meine Damen und Herren, begrüßen Sie bitte mit einem frenetischen Applaus Bestsellerautor Florian Zauner.«

Der Schriftsteller stand nun in dem Lichtkegel. Er war ebenso schwarz gekleidet wie die Empfangsmitarbeiterin. Nicht alle der Beteiligten klatschten, doch jene, die sich dazu bewegen ließen, waren dabei besonders enthusiastisch.

»Alle, die nicht applaudieren, sind vermutlich von der Presse«, raunte Ruben Annika ins Ohr, obwohl sie beide ebenfalls ihre Hände stillhielten.

Neben Zauner tauchte dessen Agent Senger auf. Er trug ein Headset und die gleiche Kleidung wie sein Klient.

»Vielen Dank«, sagte Senger. »Schön, dass Sie alle den Weg zu uns gefunden haben. Ich möchte Ihnen jetzt kurz den Ablauf erklären. Die erste Stunde ist für die Medien reserviert. Jeder Journalist sollte in seiner Einladung einen Fünf-Minuten-Slot genannt bekommen haben. Wir bitten die Medienvertreter, zu der entsprechenden Zeit in den roten Salon zu kommen. Sobald alle an der Reihe waren, steht Florian Zauner im blauen Salon zur Signierstunde bereit. Wir haben dort auch einen Verkaufsstand eingerichtet, an dem sie das heute erschienene Meisterwerk *Lange Tage in seiner Gewalt* zum Originalpreis erwerben können. Darüber hinaus signiert Ihnen Florian Zauner mitgebrachte Exemplare, allerdings müssen wir das pro Gast auf zwei Bücher beschränken. Vielen Dank. Haben Sie einen unvergesslichen Abend.«

Unter erneutem Applaus ging Zauner zum roten Salon. Viele der Anwesenden strömten in die andere Richtung.

Ruben und Annika folgten dem Pulk. Die meisten von ihnen verschlug es zum Büchertisch, auf dem haufenweise das neue Werk auslag, daneben allerdings auch Ausgaben der beiden vorherigen Thriller.

Ruben blickte umher. Zu seiner Überraschung blieben die Türen des roten Salons geöffnet. Davor tummelten sich einige der Journalisten, die anscheinend auf ihr Zeitfenster warteten. Er machte Annika darauf aufmerksam.

»Ich will mir das näher ansehen. Kommst du mit?«

Sie folgte ihm. In der nächsten Dreiviertelstunde beobachteten sie das Frage-und-Antwort-Spiel, ohne akustisch etwas vom Inhalt mitzubekommen. Der Literaturagent hielt sich dabei die ganze Zeit an der Seite seines Klienten auf. Ab und zu warf Zauner seinem Agenten einen hilflosen Blick zu. Daraufhin gestikulierte Senger energisch und erntete wenig erfreute Reaktionen der Journalisten.

»Was geht da vor sich?«, flüsterte Annika.

»Sieht so aus, als würde Zauner von Senger unliebsame Fragen abblocken lassen.«

»Worum könnte es sich da drehen?«

»Keine Ahnung«, gestand Ruben.

Genau nach einer Stunde endete die Presserunde. Die Aufregung im blauen Salon stieg. Erste Fans stellten sich vor den Tisch, an dem Zauner signieren würde.

»Wir warten, bis sich die Schlange gebildet hat«, raunte Ruben Annika ins Ohr.

»Oh Gott, ich bin extrem aufgeregt!«

Der Bestsellerautor kam zu ihnen in den Salon und erhielt ein weiteres Mal Applaus. Er nahm an dem Tisch Platz. Senger stellte sich hinter ihn. Viele der Anwesenden reihten sich nun in die Schlange ein. Ruben, Annika und noch einige wenige andere verteilten sich in dem Raum.

Wenn ein Fan um ein Foto bat, ließ sich Senger das Handy geben, um das Bild zu schießen. Die Reihe verkürzte sich nur langsam.

Ruben wartete fast zwanzig Minuten, bevor er Annikas Arm kurz anfasste und mit ihr in die Warteschlange trat. Um seine Nervosität zu dämpfen, schlug er das mitgebrachte Buch auf. Da Annika von ihnen die schönere Schrift besaß, hatte sie die Nachricht verfasst, die sie gemeinsam mit Emil formuliert hatten.

Wir wissen, wie Ihr neuester Roman entstanden ist. Melden Sie sich unter: nichtsalsdiewahrheit@aol.com

Emil hatte ihnen dringend vom Vorschlag eines persönlichen Treffens abgeraten und sie überzeugt. Eine E-Mail-Kommunikation würde die Hürde zur Kontaktaufnahme senken. Zu diesem Zweck hatten sie die Adresse eingerichtet.

Als sie nur noch fünf Fans vor sich hatten, stellte sich ein junges Paar hinter sie. Ruben drehte sich um.

»Wollt ihr vor?«, fragte er. »Bei Florian und uns dauert es bestimmt länger.«

»Nein, danke«, sagte die Frau. Sie lächelte unschuldig.

Ruben fluchte innerlich. Das Vorhaben, als letzter Gast Kontakt zu Zauner zu haben, war hinfällig. Doch auch der Plan des Paars ging nicht auf, denn dahinter reihte sich eine weitere Person ein.

Je näher sie zum Tisch vorrückten, desto mehr stieg Rubens Nervosität. Seine Hände wurden feucht und sein Herzschlag beschleunigte sich.

Der Fan vor ihnen bat um ein Foto. Er stellte sich an Zauners Seite, der wie zuvor bei den anderen Fotografiewünschen für das Bild aufstand. Senger nahm das Handy des Lesers an sich. Dabei fiel sein Blick auf Ruben. Die Augen des Literaturagenten zogen sich zusammen. Hatte er Ruben erkannt? Bestimmt hatte Senger vor der Lesungsorganisation Fotos oder Videos von ihm gesehen.

Der Fan bedankte sich und trat vom Tisch weg.

»Hallo, Herr Zauner!«, sagte Ruben.

»Hallo!«, quiekte Annika neben ihm.

»Könnten Sie hier unterschreiben?« Obwohl er gegen den Impuls ankämpfte, schaute Ruben zu Senger, der ihn misstrauisch musterte.

»Na klar«, sagte Zauner.

Ruben schlug das Buch an der richtigen Stelle auf und legte es vor dem Schriftsteller auf den Tisch.

Der bemerkte den Text. Er las ihn durch und blickte zunächst zu Ruben und Annika hoch.

»Ole?«, sagte er dann.

Senger trat näher und überflog die Botschaft ebenfalls. Rubens Herz raste. Er zupfte Annika am Ärmel.

»Weg hier!«

Die reagierte sofort. Sie drehten sich um und liefen zum Ausgang.

»Hey!«, brüllte ihnen Senger hinterher. »Bleiben Sie stehen!«

Sie erreichten den Ausgang des blauen Salons. Bis zum Hauptausgang waren es nur zehn Meter.

»Stehen bleiben!«

Ruben schaute über die Schulter. Senger verfolgte sie.

»Schneller!«, trieb er Annika an. »Die wollen uns ans Leder.«

Die Empfangsdame stellte sich ihnen in den Weg. »Was geht da vor sich?«

Ruben steuerte direkt auf sie zu. Die Frau wich im letzten Moment aus.

»Hören Sie mal!«

Ruben und Annika liefen ins Freie.

»Wohin jetzt?«, wollte sie wissen.

»Zum Taxistand.« Erneut sah Ruben über die Schulter. Senger folgte ihnen noch immer, allerdings hatten sie den Vorsprung vergrößert.

»Los! Weiter!«, brüllte Ruben. »Wir hängen ihn ab.«

Sie rannten den gepflasterten Zugangsweg entlang und erreichten den Bürgersteig. Am Taxistand wartete ein einziges Fahrzeug.

Ruben riss die Hand hoch. Der Fahrer nickte ihm zu.

»Steig du auf der Beifahrerseite ein.«

Sie würden durch das Einsteigen Zeit verlieren. Ob Senger ihre Abfahrt zu verhindern suchte, indem er sich auf die Straße stellte?

Ruben riss die Tür auf.

»Fahren Sie sofort los! Unser Ziel nennen wir Ihnen gleich.«

»Schnell!«, flehte auch Annika.

Der Taxifahrer startete gedankenschnell den Motor. In dieser Sekunde erreichte Senger den Bürgersteig.

Das Taxi fuhr los. Gleichzeitig stoppte Senger ab.

»Was hatte das zu bedeuten?«, fragte der Fahrer an der nächsten Kreuzung. »Aber noch wichtiger: Wohin soll ich Sie bringen?«

Ruben nannte Emils Adresse. »Wir hatten gerade auf einer Veranstaltung einen kleinen Disput.« Er wandte sich Annika zu. »Ich bin sicher, Ole ist unser Mann.« Er benutzte absichtlich den Vornamen des Agenten, um dem Fahrer keine Anhaltspunkte zu liefern. »Florian ist dem ja völlig untergeben. Boah, wer weiß schon …« Er hielt inne.

Annika wirkte erschüttert.

»Was ist los?«, fragte Ruben leise.

Sie schüttelte den Kopf. »Nichts. Mein Herz muss sich beruhigen.«

»Das war heavy. Wie der uns hinterhergerannt ist. Warum sollte er das tun, wenn er keinen Dreck am Stecken hat? Wahrscheinlich hat er Florian angewiesen, jede kritische Frage an ihn weiterzuleiten, und dann kommen wir und ...«

»Gibst du mir einen Moment?«, bat Annika. »Ich muss nachdenken. Eindrücke verarbeiten.«

»Na klar.«

Während der nächsten schweigsamen Minuten ließ auch Ruben die Veranstaltung auf sich wirken. Vielleicht war Annikas Wunsch nach Stille sogar hilfreich. Immer wieder tauchten in seinem Kopf Bilder auf, die seinen Eindruck festigten. In der Beziehung zwischen dem Literaturagenten und dem Autor gab Senger den Ton an.

»Es ist Ole«, sagte Ruben nach einer Weile. »Das ist für mich eindeutig. Bei dem habe ich ein mieses Gefühl.«

Annika schaute ihn an, ohne etwas zu sagen. Sie wirkte traurig.

»Was ist los?«, fragte Ruben.

»Kannst du dir das nicht denken?« Sie wandte den Kopf und blickte nach draußen.

Der Fahrer brachte sie in die Straße, in der Emil wohnte.

»Welche Hausnummer?«

»Die siebzehn. Auf der linken Seite.« Ruben zog aus seiner Jackentasche das Portemonnaie.

Annika legte ihre Hand auf seine. »Diesmal übernehme ich. Du hast die letzten Taxirechnungen bezahlt.«

»Danke«, sagte er. Ihm kam Annikas Geste sehr gelegen, denn sein Konto näherte sich immer mehr der Dispogrenze.

Der Wagen hielt und der Fahrer nannte ihnen den Preis.

»Kann ich mit EC-Karte bezahlen?«, erkundigte sich Annika.

»Kein Problem.«

Ruben löste den Gurt. Annika reichte dem Mann die Karte, der sein Kartenlesegerät aktivierte.

»Warte ruhig schon mal draußen«, schlug Annika vor.

»Vielen Dank«, sagte Ruben zu dem Fahrer. »Ihre schnelle Reaktion hat uns einige Scherereien erspart. Gute Nacht!«

»Gern geschehen.« Der Mann nahm Annikas Karte und steckte sie in das Gerät.

Ruben öffnete die Tür und stieg aus. Als Annika ihre PIN eintippte, warf er die Tür zu und legte seinen Kopf in den Nacken. Sie hätten viel mit Emil zu besprechen.

Plötzlich fuhr das Taxi wieder an, obwohl Annika noch nicht ausgestiegen war. Mit durchdrehenden Reifen schoss der Wagen davon.

»Was zum Teufel!«, schrie Ruben. Er rannte dem Auto ein Stück hinterher. »Bleiben Sie stehen!«, brüllte er. Was hatte das zu bedeuten?

Der Vorsprung des Taxis wuchs zu schnell. Ruben stoppte und zog sein Handy aus der Jackentasche. Er wählte aus den Kontakten Annikas Telefonnummer. Das Freizeichen erklang ein paar Sekunden, dann sprang die Mailbox an.

Hatte Annika ihn weggedrückt?

Fassungslos fuhr sich Ruben durchs Haar und starrte dem wegfahrenden Auto hinterher.

Was hatte das zu bedeuten?

Teil 2

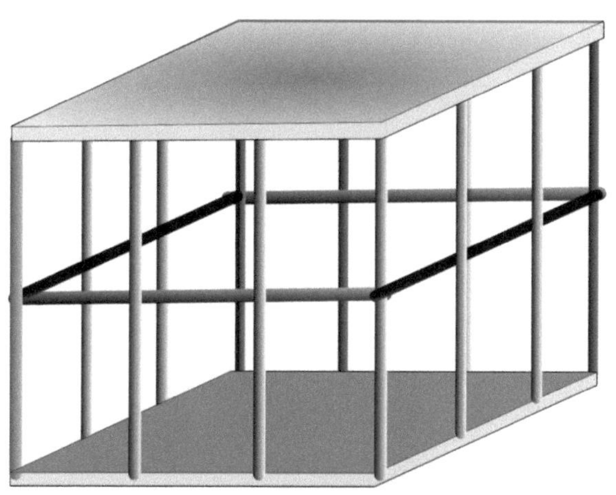

Vater und Tochter

Kapitel 15

»Würden Sie mich nach Leipzig fahren?«, fragte Annika. Sie schaltete ihr Handy aus. Sobald es heruntergefahren war, steckte sie es in die Jackentasche.

»Leipzig? Das ist verdammt weit weg und wird sehr teuer.«

»Mir egal.«

»Okay, aber ich werde zwischendurch vermutlich zur Toilette müssen. Nicht, dass Sie mir irgendwo auf einer Raststätte davonlaufen.«

»Das mache ich nicht. Versprochen.«

»Leben Sie in Leipzig?«

»Nein. Mein Vater.«

»Sagen Sie mir die Adresse, zu der ich Sie fahren soll. Ohne Navi finde ich den Weg nicht.«

Annika nannte ihm nur die Straße, die der Fahrer eintippte. Das Navigationssystem errechnete eine Fahrtzeit von zweieinviertel Stunden.

»Wollen Sie mir erzählen, was das zu bedeuten hatte?«

»Lieber nicht«, antwortete Annika. »Denn ich weiß das selbst noch gar nicht.« Sie lehnte ihren Kopf gegen die Fensterscheibe.

»Stört es Sie, wenn wir Musik hören?«

»Nein. Aber bitte etwas Ruhiges.«

»Mal gucken, was ich da finde. Falls es Ihnen nicht gefällt, sagen Sie einfach Bescheid.«

Im nächsten Moment erklang eine melancholische Ballade, die gut zu ihrer Stimmung passte.

»Das ist perfekt«, murmelte sie müde.

Da der Fahrer keine Pause an einer Raststätte machte, kamen sie sogar kurz vor der berechneten Zeit in Leipzig an.

»Wo soll ich Sie absetzen?«, fragte der Mann.

»An dem weißen Gebäude. Hausnummer sechs.«

Er hielt dort an und stoppte das Taxameter. Wie schon in Berlin reichte Annika ihm die EC-Karte. »Nun waren Sie nicht auf Toilette.«

»Ich mache gleich eine längere Pause.« Der Fahrer gähnte.

Annika gab ihre PIN ein. Als sie die Karte zurück in ihr Portemonnaie schob, zog sie einen Zwanziger heraus. »Das ist für Sie. Danke für alles. Auch für Ihr Schweigen und die passende Musik.«

»Herzlichen Dank. Ihnen alles Gute!«

Annika stieg aus. Sie wartete, bis das Taxi losfuhr. Dann ging sie langsam auf Hausnummer sechs zu – und daran vorbei. Fünfzig Meter weiter vorn wechselte sie die Seite. Ihr Vater lebte zwar in dieser Straße, allerdings in Hausnummer fünfzehn. Ob dieses kleine Verwirrspiel ihnen zusätzlichen Schutz bot, falls Ruben je herausfände, wohin der Taxifahrer sie gebracht hatte? Vermutlich nicht. Trotzdem fühlte sie sich damit besser.

Der Bewegungsmelder sprang an. In der obersten Reihe der Klingelschilder stand der Name *Schneider*. Sie drückte die Klingel und nahm sekundenlang den Finger nicht von dem Schild. Ihr Vater ging normalerweise nicht vor Mitternacht ins Bett. Eigentlich dürfte sie ihn um diese Uhrzeit zumindest nicht aus dem Tiefschlaf reißen.

Die Videogegensprechanlage erwachte rasch zum Leben.

»Annika?«, erklang die überraschte Stimme ihres Vaters.

»Ja, Papa. Machst du bitte auf? Ich muss dringend zur Toilette.«

Der Türöffner summte. Annika lehnte sich gegen die Glastür, die mit leichtem Widerstand aufsprang. Ihr Vater wohnte im Dachgeschoss. Um ihre Gedanken ein letztes Mal zu sammeln, verzichtete sie auf den Fahrstuhl und ging die vier Etagen hoch. Oben wartete ihr Vater an der offenen Wohnungstür.

»Bist du schwanger?«, fragte er.

Die Anspannung fiel von ihr ab. In den letzten Jahren ihres Zusammenlebens hatten sie manchmal darüber geredet, wie dankbar Familien sein konnten, in denen ungewollte Schwangerschaften das größte Problem darstellen würden. Nun hatte er sich nicht nur an diese ernsten Gespräche erinnert, sondern sie auch noch zu einem Scherz umgewandelt.

»Wenn's mal so wäre«, sagte Annika.

Sie nahm ihren alten Herrn in die Arme. »Hallo, Papa! Es ist so schön, dich zu sehen.«

»Das finde ich auch. Komm rein. Und mach dir nicht in die Hose. Erinnerst du dich? Hinten links die letzte Tür.«

»Solange ist mein letzter Besuch noch nicht her.«

»Darüber kann man geteilter Ansicht sein. Gib mir deine Jacke.«

Annika schlüpfte aus der Jacke und reichte sie ihm. »Es könnte sinnvoll sein, Kaffee aufzusetzen.«

Er wartete in der Küche auf sie. Die Kaffeemaschine lief. Auf dem Küchentisch standen neben den noch leeren Kaffeebechern auch eine Packung Schokokekse und eine Glasflasche Milch.

»Was ist passiert?«, fragte er. Small Talk war nie seine Stärke gewesen.

»Hast du schon geschlafen?«, erkundigte sie sich.

»In Jogginghose und mit Pullover? Wohl kaum. Ich habe gelesen.«

»Entschuldige mein abruptes Auftauchen. Ich konnte nicht anrufen, weil mein Handy ausgeschaltet ist. Papa, ich sag's nur ungern, aber ich fürchte, wir schweben beide in Gefahr.«

»Weswegen?«

»Ich glaube, ich hatte Kontakt zu Mamas Mörder. Engen Kontakt. Vielleicht wäre es sogar das Beste, wenn wir von hier verschwinden.«

»Hast du irgendwem gegenüber fallen lassen, dass ich in Leipzig lebe?«

»Nein.«

»Dann sehe ich keine große Gefahr. Außerdem ist Schneider ein Allerweltsname. In Hausnummer acht wohnt jemand mit dem gleichen Namen.«

Gurgelnd vollendete die Kaffeemaschine ihren Dienst. Statt sie weiter auszufragen, trat ihr Vater an die Maschine und zog die Glaskanne heraus. Er füllte die Becher und ließ genug Platz für den Schuss Milch, den Annika gerne zum Kaffee hinzufügte.

»Erzähl mir alles ganz genau«, bat er.

»Ich glaube, ich habe mich im Netz einer toxischen Spinne verheddert.« Sie schüttete Milch in den Kaffee und nippte daran. »Das ist perfekt.« Annika seufzte. »Angefangen hat es wohl vor Monaten. Torben und ich hatten eine Kreuzfahrt gebucht und du weißt, manche privaten Dinge teile ich in den sozialen Medien.«

»Zu meinem Missfallen. Eine Urlaubsreise anzukündigen,

ist ziemlich du...« Er bremste sich. »Du bist alt genug und wirst hoffentlich wissen, was du tust.«

»Von solchen Postings profitiere ich auch geschäftlich. Torben und ich sind übrigens kein Paar mehr.«

Er riss seine Augen auf. »Und das erfahre ich in einem Nebensatz?«

»Entschuldige. Ohne die Ereignisse der letzten Tage hätte ich es dir bei unserem nächsten Telefonat erzählt.«

»Wann startet die Kreuzfahrt?«

»Letzten Freitag.«

»Ich kapiere gar nichts mehr.«

»Mir geht's nicht viel besser.« Annika trank noch einen Schluck Kaffee und nahm einen Keks aus der Packung. Sie biss ein Stück ab, kaute und setzte ihre Erzählung fort.

»Was ist dann passiert?«, erkundigte sich ihr Vater.

»In seiner Wohnung ist mir ... na ja, oh Papa, das ist mir in deiner Gegenwart etwas peinlich.«

Als erfahrener Kriminalist verstand er sofort, worauf sie hinauswollte. »Das muss mir nicht unbedingt gefallen, aber ich kann mir genau vorstellen, dass meine erwachsene Tochter im Gegensatz zu ihrem alten Herrn ein Sexleben hat. Insofern frage ich noch mal: Was ist in seiner Wohnung passiert?«

»Er hat mich plötzlich auf den Bauch gedreht, meine Arme gepackt und die Hände hinter meinem Rücken umklammert, während er wieder in mich eindrang«, sagte Annika leise.

»Der Brief vom achten Tag.«

»Es stimmte überein mit dem, was Mama dir damals schicken musste.«

»Hast du dir etwas anmerken lassen?«

»Nein. Kurz darauf war es vorbei und er verhielt sich sehr liebevoll. Ich war hin- und hergerissen. Von da an achtete ich extrem kritisch auf sein Verhalten und mir fielen weitere Einzelheiten auf, die mein Misstrauen Ruben gegenüber weckten.«

»Welche?«

»Er hat manchmal in völlig unpassenden Situationen nach meiner Hand gegriffen. Sich Berührungen erschlichen. Aber am schlimmsten fand ich sein Verhalten bei einer Veranstaltung, die wir vor ein paar Stunden besucht haben.« Sie erzählte ihrem Vater vom Ablauf des Abends. »Es war, als würde er mich mit der Nase darauf stoßen wollen, dass der Literaturagent schuldig ist. Oder zumindest der Schriftsteller. Dabei fand ich an ihrem Verhalten höchstens Kleinigkeiten merkwürdig. Verstehst du, was ich meine?«

Ihr Vater nickte. »Das war früher mein tägliches Brot. Ich saß zahlreichen Verdächtigen gegenüber, die krampfhaft versucht haben, den Scheinwerfer auf jemand anderen zu lenken.«

»Genau so war es bei der Signierstunde.«

»Dieser Literaturagent ist hinter euch hergerannt?«

»Ja. Vermutlich wegen der Botschaft in dem Buch.«

Ihr Vater sagte nichts. Sie kannte ihn allerdings gut genug, um die Spuren des Zweifels in seinem Gesicht zu erkennen. Die Mundwinkel hingen etwas tiefer als gewöhnlich und die Augenbrauen hatte er leicht zusammengezogen.

»Glaubst du, ich bin auf dem Holzweg?«, fragte sie besorgt.

Er kratzte sich sein schütter gewordenes Haar. Ein weiteres schlechtes Zeichen.

»Irgendwie muss irgendwer Kenntnis über Mamas Briefe erhalten haben«, sagte er leise.

»Der Mörder«, antwortete sie. »Oder glaubst du, im Präsidium könnte es eine undichte Stelle gegeben haben?«

»Man sollte zu Beginn einer Ermittlung ja niemals nie

sagen, aber die Variante halte ich zum jetzigen Zeitpunkt für sehr weit hergeholt.«

»Was vermutest du?«

»Ich benötige mehr Informationen, bevor ich darauf antworte. Dein Handy willst du gerade nicht einschalten?«

»Mir wäre es lieber, Ruben keine Kontaktmöglichkeit zu geben.«

»Kannst du dich an meinem Laptop in deine sozialen Profile einbuchen?«

»Klar.«

»Ich bin gleich wieder da.«

Ihr Vater verließ den Raum. Annika schaute ihm zweifelnd hinterher. Hatte sie falsche Schlussfolgerungen gezogen und Ruben grundlos vor den Kopf gestoßen? »Scheiße!«, flüsterte sie. Annika wollte kein vorschnelles Urteil fällen, doch sie ahnte, sich demnächst bei Ruben entschuldigen zu müssen. Obwohl es für ihr Verhalten wahrscheinlich keine angemessene Entschuldigung gab.

Ihr Vater kehrte zurück. Links hielt er einen zusammengeklappten Laptop, rechts eine längliche Verpackungsrolle und einen Stift. Er reichte ihr den Computer und lehnte die Rolle gegen eine Wand. Annika startete den Laptop.

»Das Passwort ist dein Geburtstag mit voller Jahreszahl, aber ohne Punkte.«

Annika lächelte. »Süß von dir.« Sie gab die Geheimzahl ein. Kurz darauf loggte sie sich in ihren Account ein. »Wieso soll ich mich in mein Social Media einbuchen?«

»Ich benötige einige Informationen.« Er öffnete die Verpackung und nahm ein eingerolltes, großes Stück Papier heraus, das er an die Wand hängte und glatt strich.

»Was ist das?«, fragte Annika.

»Statisch aufgeladene Folie. Der Ersatz für mein geliebtes Whiteboard im Präsidium. Man kann es genau wie ein solches Whiteboard nutzen.«

»Wie cool. Das muss ich mir auch besorgen.«

Ihr Vater nahm die Kappe vom Stift und schrieb und unterstrich die Wörter *zeitliche Zusammenhänge.*

»Wann hast du das Posting veröffentlicht, in dem du deine Kreuzfahrt ankündigst?«

Sie suchte danach und nannte ihm das konkrete Datum, das er auf der Folie notierte.

»Wann hat der Verlag das erste Mal Zauners neues Buch angekündigt? Findest du das heraus?«

»Probieren wir's.«

Ihre Suchanfrage brachte zwar zahlreiche Ergebnisse, allerdings ließ sich der genaue Zeitpunkt nicht herausfiltern. Annika passte die benutzten Schlüsselwörter an.

»Hier ist es.« Der Termin lag zwei Monate vor der Reiseankündigung. »Zumindest ist das der früheste Tag, den ich finde.«

Ihr Vater schrieb auch dieses Datum auf die Folie.

»Was hat das zu bedeuten?«, fragte Annika.

»Reus kann sein Vorgehen nicht von Anfang an geplant haben«, antwortete ihr Vater. »Im Prinzip war mir das schon klar, denn ein Buch schreibt sich ja nicht in wenigen Wochen. Trotzdem bin ich froh über diese Bestätigung. Die Ankündigung deiner Reise hat lediglich neue Möglichkeiten erschaffen. Für wen auch immer.«

»Oh, oh!«, sagte Annika.

»Nach allem, was du mir erzählt hast, hat der Schriftsteller beziehungsweise der Literaturagent darauf gedrängt, dass Reus bei der Kreuzfahrt aus der Neuerscheinung liest?«

Sie nickte. »Also habe ich den armen Kerl völlig zu Unrecht beschuldigt. Wie peinlich.« Annika senkte den Blick. Auf das Urteil ihres Vaters würde sie sich blind verlassen. »Jetzt ist es wohl zu spät, mich bei ihm zu melden. Das mache ich morgen früh.« Sie bemerkte das amüsiert wirkende Kopfschütteln ihres Vaters. »Was?«, fragte sie ihn verunsichert.

»Hab ich dir nicht beigebracht, nicht vorschnell zu urteilen?«

»Wie meinst du das?«

»Ich wollte dir nur klarmachen, dass du bislang von falschen Voraussetzungen ausgegangen bist.« Er griff zu einem Küchentuch und wischte die aufgeschriebenen Seiten weg. »Mit einem Schwamm geht's besser, aber ich bin zu faul, ihn zu suchen.«

»Papa, ich versteh gar nichts mehr«, bekannte sie. »Ist Ruben in Mamas Entführung verwickelt oder nicht?«

Kapitel 16

Johannes Schneider schrieb links oben das Wort *Buchveröffentlichung* und rechts oben *Annikas Anwesenheit Lesung*.

»Für dich besteht zwischen diesen beiden Ereignissen ein kausaler Zusammenhang, richtig?«, fragte er.

Annika nickte unsicher.

»Von diesem Gedanken musst du dich lösen. Ich kenne mich in der Verlagsbranche nicht aus. Aber du hast die Kreuzfahrt deutlich später angekündigt als der Verlag die Buchveröffentlichung. Wenn du sie schon letztes Jahr gebucht hättest, würde ich einen Zusammenhang vermuten. So wie es gelaufen ist, halte ich das für ausgeschlossen. Dein Posting hat allerdings bei dem Täter etwas anderes ausgelöst.«

Annika nippte an ihrem nur noch lauwarmen Kaffee und hörte gebannt zu.

»Betrachten wir es aus einem anderen Blickwinkel. Ist es wahrscheinlich, dass du zufällig in einer Lesung landest, in der du die Worte deiner Mutter zu hören bekommst? Ich halte das für ausgeschlossen!«

»Das hat Ruben auch gesagt«, erinnerte sie sich.

»Klug von ihm.« Johannes räusperte sich. »Wir haben den Mörder leider nie gefasst. Aber unseres Wissens hat es in all den Jahren keine zweite Tat gegeben, die Parallelen zu Mamas Entführung aufwies. Im ganzen Bundesgebiet nicht. Polizisten füttern Datenbanken, um solche Zusammenhänge zu erkennen. Der Täter wird uns vor diesem schrecklichen Abend beobachtet haben. Wahrscheinlich sogar ziemlich lang. Wir haben es immer für möglich gehalten, dass er uns auch nach dem Mord nicht aus den Augen gelassen hat. Vor allem dich.«

Annikas Magen krampfte sich zusammen. Sie stellte die Tasse beiseite.

»Der Täter ist kein Serienmörder«, fuhr ihr Vater fort. »Wie gesagt, unseres Wissens gab es kein vergleichbares Vorgehen. Weder davor noch danach. Daraus folgere ich ein persönliches Interesse an unserer Familie. Warum sollte das mit Mamas Tod enden? Das erscheint mir nicht logisch. Ganz im Gegenteil. Er reißt uns im wahrsten Sinne des Wortes das Familienherz heraus. Will er anschließend nicht wissen, wie wir damit umgehen? Ob wir daran zerbrechen?«

»Du hast mich nie gewarnt, vorsichtig zu sein. Zumindest nicht mehr, als andere Väter ihre Töchter warnen.«

»Hätte ich das getan, hättest du das Leben einer Gefangenen geführt. Das wollte ich dir ersparen. Obwohl ich furchtbare Angst um dich hatte.«

»Wie konntest du das ertragen?«

»Mir hat ein Gedanke Trost gespendet. Wenn er auch dich entführt und getötet hätte, wäre mein Leben vorbei gewesen. So etwas kann tröstlich wirken. Zu wissen, dass ich im schlimmstmöglichen Fall einen Ausweg gehabt hätte.«

»Einen sehr schrecklichen Ausweg.«

Ihr Vater zuckte lediglich die Achseln.

»Deine Worte eben erinnern mich an Zauner«, wechselte Annika das Thema. »Dass du mir das Leben einer Gefangenen ersparen wolltest. Genau darüber schreibt er in seinen

Büchern. Innere und äußere Gefangenschaft. Sei es durch psychische Krankheiten oder durch Drogenmissbrauch oder aufgrund eines Verbrechens.«

»Das ist interessant«, bekannte er.

»Aber bedeutet es etwas?«

»Keine Ahnung. Nur, wenn Zauner der Gesuchte ist.« Ihr Vater schrieb die Stichworte *Buch = Wortlaut Briefe* auf die Whiteboardfolie.

»Und zwar der exakte Wortlaut«, konkretisierte Annika.

Darunter notierte Johannes *Zufall* und strich das Wort direkt durch. »So etwas kann kein Zufall sein. Welche Möglichkeiten gibt es sonst? Der Schriftsteller könnte der Mörder sein, der seine eigene Tat nun literarisch verwertet. Klug wäre das nicht, aber ausschließen kann man es auch nicht. Vielleicht zieht er daraus einen besonderen Kick. Oder der Erfolg ist ihm so zu Kopf gestiegen, dass er sich für unbesiegbar hält.« Er fasste seine Gedanken stichwortartig zusammen. »In diesem Fall ist Zauner der Täter. Nun müssen wir die anderen Seiten des Würfels betrachten und unterstellen, dass Zauner nichts mit Mamas Entführung zu tun hat. Jemand könnte ihm Kopien der Briefe zugespielt haben. Zauner beschließt, sie wortwörtlich zu verwenden. Warum? Hat er keine eigenen Ideen oder findet er den Inhalt einfach nur faszinierend?«

»Ruben, sein Agent und ich haben interessante Sachen über Zauner herausgefunden. Kurz zusammengefasst: Er hat anscheinend Schwierigkeiten, mit dem Erfolgsdruck umzugehen. Der Zeitraum zwischen den einzelnen Romanen ist für die heutige Zeit ungewöhnlich.«

»Die klassische Schreibblockade«, sagte ihr Vater amüsiert. »Davon liest man ja immer wieder. Das halte ich übrigens für Unfug! Als Ermittler konnte ich mir auch keine Ermittlungsblockade leisten. Und ein Taxifahrer leidet nicht unter Taxifahrblockade, sondern hat einfach an manchen

Tagen keine Lust auf seinen Job. Wenn man nicht vorwärtskommt, sollte man lieber ein paar Schritte zurücktreten und alles aus einem anderen Blickwinkel betrachten. Das gilt wohl auch für Schriftsteller. Aber prinzipiell passt das gut zu unseren Überlegungen. Wer könnte ihm die Seiten zugespielt haben? Der Mörder oder jemand aus dem Präsidium, der Zugriff auf die Akten hat. Ich halte die zweite Variante für unwahrscheinlich, werde allerdings meine Beziehungen spielen lassen. Man kann immer herausfinden, wann und von wem eine Ermittlungsakte zuletzt bearbeitet worden ist. Wenn es der Täter war, muss er etwas mit der Lesung zu tun haben. Denn ansonsten sind wir wieder bei der Frage nach dem Zufall, dass du ausgerechnet bei dieser Veranstaltung anwesend bist. Wer hatte, von Zauner abgesehen, mit der Organisation der Lesung zu tun?«

Annika überlegte nicht lange. »Zunächst einmal Ruben als auftretender Künstler.«

Ihr Vater notierte den Namen. »Wer noch?«

»Zauners Agent. Der heißt Ole Senger. Er hat großes Engagement gezeigt, um die Lesung zu organisieren.«

Auch diese Information vermerkte Johannes auf der Folie. »Und sonst?«

»Emil Kohr.«

»Rubens Agent?«

»Genau. Der organisiert immer die Lesungsauftritte und erhält dafür einen prozentualen Anteil an der Gage.«

»Was weißt du über ihn?«

»Ruben und er arbeiten schon seit Jahren zusammen. Sie wirkten auf mich wie Freunde. Er hat Ruben und mich bei sich schlafen lassen.«

»Wo lebt er?«

»In einem Einfamilienhaus. Das Haus hat er mit seiner Ex-Frau gekauft und nach der Scheidung gegen eine hohe Abschlagszahlung an seine Ex behalten.« Sie erwähnte weitere Einzelheiten. »Als Verdächtigen habe ich ihn bislang nicht eingestuft.«

»Das macht nichts. Wir sammeln ja nur Informationen.« Ihr Vater schrieb auch Kohrs Namen auf die Folie und stichpunktartig einige Details. *Befreundet mit Ruben, Einfamilienhaus, geschieden.* »Fällt dir sonst noch jemand ein?«

»Nicht konkret. Irgendwer, der für die Reederei arbeitet, muss grünes Licht für Rubens Engagement erteilt haben.«

»Das ist wirklich zu unkonkret. Deshalb lassen wir es außen vor.« Johannes steckte die Kappe auf den Stift und trat zurück, um seine eigenen Notizen besser lesen zu können. »Wir haben die Namen von vier Männern und meiner Meinung nach kommt jeder einzelne von ihnen als Täter in Betracht.«

»Dann sind wir kein Stück weitergekommen. Als ich aus Berlin geflüchtet bin, hatte ich drei Männer im Kopf und mich dabei auf Ruben konzentriert.«

»Ich bin im Gegensatz zu dir sehr zufrieden«, entgegnete ihr Vater.

»Wieso?«

»Das ist der erste Durchbruch seit so vielen Jahren. Endlich!«

»Du klingst wirklich total optimistisch.«

»Das bin ich auch.«

Er nahm sie in den Arm. Die Berührung half ihr, die innere Anspannung zu verdrängen. Sie schmiegte sich an ihren Vater und fühlte sich wieder wie ein Kind, das sich trösten ließ.

»Du musst todmüde sein«, stellte er fest. »Hilfst du mir, das Gästezimmer herzurichten?«

Sie gingen zu dem kleinsten Raum der Wohnung, in dem lediglich ein Bett, ein Tisch und eine Stehlampe standen. Annika nahm eine Flasche Wasser mit, die sie neben das Bett auf den Boden stellte. Die Frau des Vormieters hatte das Zimmer als begehbaren Kleiderschrank benutzt. Da es über ein Fenster verfügte, hatte Johannes den Raum zum Gästezimmer umgewandelt.

»Ich hole eben frische Bettwäsche.«

Annika sah ihrem Vater hinterher. Woher kam sein Optimismus? Ihrer Meinung nach waren sie keinen Schritt weitergekommen. Statt sich auf einen der Männer konzentrieren zu können, gab es nun vier verdächtige Personen. Keiner von ihnen schien herauszustechen.

Ihr Vater kehrte mit Bettwäsche zurück und pfiff sogar leise eine Melodie.

»Du verschweigst mir etwas«, sagte Annika vorwurfsvoll. »Lass mich an deinen Gedanken teilhaben.«

»Morgen, mein Schatz. Du musst dringend schlafen. Ich übrigens auch.«

»Wieso bist du so gut gelaunt?«

»Du vergisst einen entscheidenden Aspekt aus den damaligen Ermittlungen.«

»Welchen?«

Ihr Vater zog das Spannbetttuch über die Matratze. Annika griff unterdessen zur Decke, um sie zu beziehen.

»Jetzt ist Schlafenszeit. Morgen früh reden wir weiter.«

»Papa! Ich bin kein kleines Mädchen mehr, dem du die Schlafenszeit vorschreiben kannst.«

»Du wirst immer mein kleines Mädchen sein«, entgegnete er amüsiert. »Deswegen muss ich dich auch ans Zähneputzen erinnern. Ich lege dir einen neuen Bürstenkopf für die elektrische Zahnbürste aufs Waschbecken. Worin willst du schlafen?«

»Hast du ein T-Shirt für mich? Das würde mir reichen. Der Raum wird ziemlich schnell warm und stickig.«

»Bringe ich dir.«

Erneut verließ er den Raum. Als er zurückkam, reichte er ihr ein dunkelblaues T-Shirt.

»Meine Güte!«, sagte sie lachend. »Du schmeißt wirklich nie etwas weg.« Annika erinnerte sich daran, ihm das Kleidungsstück von einer Oberstufenklassenfahrt aus Paris mitgebracht zu haben.

»Nachhaltigkeit ist das Zauberwort der heutigen Zeit«, entgegnete er.

»Verrätst du mir noch den Grund für deine gute Laune?«

»Meine Tochter ist bei mir. Wie könnte ich also schlecht gelaunt sein? Den Rest besprechen wir morgen. Ich will selbst drüber nachdenken, bevor ich dir einen Floh ins Ohr setze.«

Im Bett starrte Annika an die Decke. Das Licht der Lampe war dimmbar, weswegen sie es weit heruntergeregelt, aber noch nicht ausgeschaltet hatte. Sie wälzte Erinnerungen der vergangenen Tage. Bei manchen war sie absolut sicher, dass nur Ruben als Täter infrage kam. Bei anderen spürte sie Scham, falls sie ihn ungerechtfertigt verdächtigt hatte.

»Was habe ich getan?«, wisperte sie.

Hatte sie Sex mit dem Mörder ihrer Mutter gehabt? Oder einem Mann, der sich nach Liebe sehnte, das Herz gebrochen? Beides war möglich.

Um sich aus dieser gedanklichen Zwickmühle zu befreien, drehte sie sich zur Seite. Was hatte ihr Vater gemeint? Welchen entscheidenden Punkt aus den damaligen Ermittlungen berücksichtigte sie nicht?

Annika tastete mit der Hand zum Lichtschalter. Doch selbst im Dunkeln gaben ihre Gedanken keine Ruhe. Obwohl sich ihr Körper bleischwer anfühlte, dauerte es ewig, bis sie endlich einschlief.

Kapitel 17

Nach einer Nacht voller wirrer Träume erwachte Annika, ohne eine Ahnung zu haben, wie spät es sein könnte. Sie tastete zum Boden, auf dem sie ihre Armbanduhr hingelegt hatte. Es war erst Viertel vor fünf.

»Oh nein«, stöhnte sie leise. »Viel zu früh.«

Sie drehte sich zur Seite und zwang sich, die Augen zu schließen. Allerdings führten ihre Gedanken ein Eigenleben, das sich nicht einfach abschalten ließ. Immer wieder dachte sie an Ruben und seine seltsamen Verhaltensweisen, die ihr Misstrauen geweckt hatten. Konnte das Zufall sein? Angeblich hatte er Zauners Buch nur bis zu einer gewissen Stelle gelesen. Aber wieso hatte er sie dann schon bei ihrem zweiten Akt auf den Bauch gedreht und ihre Hände am Rücken festgehalten?

Für Annika war das ein starkes Indiz. Ruben erschien ihr nicht wie der Typ, der sich auf ihre Kosten einen üblen Scherz erlaubte. Oder stand er manchmal auf etwas gröberen Sex?

Gedanklich wanderte sie weiter zu Florian Zauner. Was konnte einen Schriftsteller dazu veranlassen, die Worte eines anderen exakt zu kopieren? Wieso hatte er sie nicht zumindest leicht verändert? Vor allem dann, wenn er der Mörder war? Gab ihm das einen unvergleichlichen

Nervenkitzel? Wartete er nun jeden Tag darauf, dass Polizisten an seiner Haustür klingelten, um ihn zu den seltsamen Parallelen zu befragen? Freute er sich vielleicht sogar auf das Duell, das er sich mit den Beamten liefern könnte?

Annika dachte an den Literaturagenten Senger. Sie hatte nach der Flucht nur einen kurzen Blick auf ihn erhascht, als sie im Taxi gesessen hatte und er auf den Bürgersteig gerannt war. Die Wut in seinem Gesicht war unverkennbar gewesen. Der zornige Ausdruck hätte zu einem überführten Mörder gepasst, aber machte ihn das automatisch verdächtig? Welches Interesse sollte Senger daran haben, die Briefe in Zauners neuen Roman zu schmuggeln? War das wieder eine Frage des Nervenkitzels oder steckte ein rein geschäftliches Denken dahinter? Wie viel von dem Honorar hätte Zauner zurückzahlen müssen, wenn er kein drittes Manuskript abgegeben hätte, und wie hoch wäre Sengers Verlust gewesen?

Während sie endlich wieder müde wurde, tauchte Emil Kohr in ihren Gedanken auf. Auch er hatte mit der Organisation der Lesung zu tun. Machte ihn das automatisch zu einem Verdächtigen? Was hätte ihn angetrieben, die Briefe veröffentlicht zu sehen? Und wie hätte er es geschafft, dass Zauner bereit war, den exakten Wortlaut wiederzugeben? Fragen über Fragen, auf die sie keine Antworten besaß.

Sie gähnte und schlief kurz darauf noch einmal ein.

Zu ihrer eigenen Überraschung war es schon halb neun, als Annika erneut erwachte. Diesmal fühlte sie sich deutlich ausgeschlafener. Sie schwang die Beine vom Bett und setzte sich hin. So wie sie ihren Vater kannte, war der bereits wach. Sie stand auf und trat an die Tür, die sie leise öffnete – nur für den Fall, dass ihr Vater noch im Schlafzimmer lag.

Seine Stimme drang zu ihr.

»Es wäre allerdings gut, das heimlich zu prüfen«, sagte er.

In den nächsten Sekunden schwieg er, bevor Annika sein zustimmendes Brummen vernahm.

»Ja, genau. Wenn jemand Zugriff auf die Akten genommen hat, dürfte das mindestens ein halbes Jahr her sein, eher länger.«

Wieder schwieg er eine Weile.

»Wunderbar. Danke. Ich melde mich bei dir. Wiederhören! Guten Morgen, mein Schatz!«

Annika grinste. Die letzten Worte hatte er wohl an sie gerichtet. Sie fand es erstaunlich, wie gut seine Sinne noch immer funktionierten. Obwohl er telefoniert und sie sich leise verhalten hatte, war ihrem Vater nichts entgangen.

»Guten Morgen! Ich gehe eben zur Toilette, dann komme ich zu dir.«

Annika betrat das Badezimmer und setzte sich aufs Klo. Als sie fertig war, musterte sie im Spiegel über dem Waschbecken ihr Gesicht. Die Spuren der vergangenen Tage zeigten sich im Ansatz von Augenringen. Auch die Haut wirkte etwas fahler als sonst. Oder lag das an den Leuchtmitteln? Ihr Vater hatte eine viel zu grelle Lampe montiert.

An einem Haken hing ein schwarzer Bademantel. Sie schlüpfte hinein und band ihn am Bauch zu. So konnte sie vor der Dusche in den Tag starten. Es stellte sich allerdings die Frage, wie sie an frische Kleidung käme. Ihr Koffer stand in Kohrs Gästezimmer in Berlin.

Um ihren Vater nicht noch länger warten zu lassen, verließ sie das Badezimmer.

»Ich bin in der Küche«, rief er.

Annika folgte seiner Stimme. Er hatte den Tisch bereits gedeckt. In einem Korb lagen Brötchen, auf einer Servierplatte verschiedene Käse- und Wurstsorten.

»Hat dich mein Telefonat geweckt?«

»Nein.« Sie trat zu ihm und gab ihm einen Kuss auf den Kopf. Dann setzte sie sich ihm gegenüber. »Mit wem hast du so früh am Morgen geredet?«

»Hauptkommissar Martin Lemke.«

»Der Name sagt mir nichts.«

»Er hat vor sieben Jahren die Leitung in einigen *Cold Cases* übernommen.«

»Kalte Fälle«, übersetzte Annika. »Das klingt schrecklich.«

»Aber es ist eine treffende Bezeichnung. Lemke wird sich Mamas Akte vornehmen und nachschauen, wann sie von wem das letzte Mal geöffnet worden ist.«

»Und wenn *er* derjenige ist, der die Informationen an Zauner weitergeleitet hat?«

»Es spricht die Tochter eines Hauptkommissars a. D. aus dir«, sagte ihr Vater stolz. »Für Martin würde ich allerdings meine Hand ins Feuer legen. Ich habe ihn als jungen Kommissar kennengelernt. Das ist jetzt bestimmt fünfundzwanzig Jahre her. Ich war mehrere Jahre lang sein Mentor und habe ihm beim beruflichen Aufstieg geholfen. Er würde mich niemals verraten.«

»Ich bin gespannt, was er herausfindet. Soll ich die Kaffeemaschine anstellen?«

»Willst du nicht erst duschen und frische Kleidung anziehen?«

»Das mit der Kleidung ist ein Problem.«

»Ganz im Gegenteil«, sagte ihr Vater lächelnd. »Meine Marotte, nichts wegzuwerfen, hat überwiegend gute Seiten. Ich hab's dir auf dein Bett gelegt.«

Überrascht ging Annika ins Gästezimmer. Auf dem Bett lagen eine blaue Jeanshose, Sneakersocken, ein Slip, ein weißes T-Shirt und eine blassgelbe Bluse. Sie hatte diese Kleidung in der letzten Wohnung ihres Vaters deponiert, um dort Ersatzkleidung zu besitzen. Das war zwar acht

Jahre her, aber da sie kaum zugenommen hatte, dürften ihr die Sachen noch passen.

»Du bist der Allerbeste«, rief sie. »Ist es okay, wenn ich zuerst dusche?«

»Lass dir ruhig Zeit. Wenn du fertig bist, werfe ich deine getragene Wäsche in die Maschine. Dann hast du morgen wieder saubere Kleidung.«

Frisch geduscht und umgezogen, fühlte sich Annika gleich besser. Mit gewecktem Appetit setzte sie sich ihrem Vater gegenüber.

»Hat sich dieser Lemke schon zurückgemeldet?«

»Nein. Wir haben vereinbart, dass ich ihn zur Mittagszeit kontaktiere, während er nicht im Präsidium ist. Man weiß schließlich nie, wer alles zuhört.«

»Verrätst du mir jetzt, welchen entscheidenden Aspekt ich nicht bedacht habe?«

»Mama hatte in ihrem vierten Brief geschrieben, dass sich der Mörder schon bei ihrer ersten Begegnung in sie verliebt hätte.«

»Ich kann mich dran erinnern. Trotzdem verstehe ich nicht, wieso du deswegen gestern gute Laune hattest.«

»Die Verantwortlichen haben damals viel Energie in diesen Hinweis gesteckt. Mit meiner Hilfe. Ich habe das vor dir verheimlicht, weil wir zwangsläufig auch in deinem Umfeld recherchieren mussten.«

»Inwiefern?«

»Deine Lehrer, ältere Brüder und die Väter von Klassenkameradinnen und Freundinnen. Solchen Spuren sind wir nachgegangen. Außerdem haben wir den kompletten VHS-Englischkurs durchleuchtet, alle Mitglieder des Tennisvereins, in dem wir damals gespielt haben. Es war die berühmte Suche im Heuhaufen, die viel Zeit gekostet, aber nichts gebracht hat.«

»Und?« Annika verstand es noch immer nicht.

»Jetzt haben wir vier konkrete Namen. Hätten wir die vor achtzehn Jahren gehabt, wäre es einfacher gewesen. Aber vielleicht finden wir bei einem der Männer eine Verbindung zu unserer Vergangenheit.«

Nachdenklich biss Annika in ein mit Käse belegtes Brötchen. »Ich habe vieles verdrängt«, bekannte sie. »Wie hat Mama am liebsten ihre Freizeit verbracht?«

»Tennis hat sie geliebt. Von uns dreien war sie die beste Spielerin, die in der Freiluftsaison mindestens dreimal in der Woche auf dem Platz stand.«

»Und ihr habt alle Vereinsmitglieder durchleuchtet?«

Ihr Vater nickte. »Außerdem hatte sie ja während der Entführung die Möglichkeit, mir ein paar Informationen durchs Telefon zuzurufen. Hätte sie ihn erkannt, hätte sie den Clubnamen erwähnt. Ein Mitglied unseres Clubs war es wohl eher nicht.«

»Was hat ihr ansonsten besonders gut gefallen?«

»Sie hat das Viertel geliebt, in dem wir gelebt haben. Das war ja wie ein Karree angelegt. Ein Neubaugebiet, in das viele junge Familien zogen.«

»Ich erinnere mich.«

»In diesem Karree lebten bestimmt ein Dutzend Familien mit Kindern in deinem Alter. Ständig war irgendwo ein Kindergeburtstag, ein Hochzeitstag oder ein Erwachsenengeburtstag, der groß gefeiert wurde. Da ich wegen des Jobs nie Energie in die Organisation solcher Feierlichkeiten stecken konnte, hat Isabel das doppelt übernommen. Ihr hat das ...« Er hielt inne. »Woran denkst du? Du siehst so aus, als hättest du gerade einen Gedankenblitz.«

»Bei einigen dieser Partys waren auch Künstler engagiert, oder? Zum Beispiel Clowns für die Kindergeburtstage.«

»Das kam schon mal vor. Und nicht nur bei Kinderfeiern.

Ich erinnere mich an einen richtig guten Karikaturisten, den Mama zu meinem Geburtstag gebucht hatte.«

»Ruben hat früher Geld mit solchen Engagements verdient. Ich habe Fotos alter Auftritte in seiner Wohnung gesehen. Vielleicht kam es mir auch nur so vor, aber er hat mich ziemlich schnell davon abgelenkt, als ich sie mir angesehen habe.«

»Gut zu wissen. Während du noch selig geschlummert hast, habe ich mich über ihn im Internet schlaugemacht.«

»Und?«

»Das muss ich dir am Computer zeigen. Wenn man seinen Namen eingibt, findet man wahnsinnig viel über ihn. Obwohl er erst zweiundvierzig ist, sind die ältesten Sachen gut zwanzig Jahre her.«

»Er wäre bei Mamas Entführung Mitte zwanzig gewesen.«

»Was passen würde.«

»Oh, Papa«, sagte Annika bedrückt, »ich habe richtige Panik, mich auf den Mörder eingelassen zu haben.«

»Wenn es so wäre, könntest du auch nichts dafür.«

Sie schob den Teller von sich. »Mir vergeht gerade der Appetit. Zeig mir bitte, was du im Internet herausgefunden hast.«

Ihr Vater hatte insgesamt siebzehn Fenster im Browser geöffnet.

»Das hier ist der älteste Beitrag über ihn, bei dem ich ein Foto gefunden habe. Da hatte er seine Schauspielausbildung abgeschlossen. Er ist der Dritte von links.«

Annika schaute sich das Bild an, das insgesamt zwölf junge Menschen zeigte. Sie erkannte Ruben sofort. Er hatte sich in dem langen Zeitraum nicht großartig verändert.

»Von der Ausbildung hat er mir berichtet«, sagte sie. »Was hast du sonst noch so gefunden?«

»Guck's dir selbst an. Ich gehe mal eben runter zum Briefkasten. Um diese Uhrzeit war meistens schon die Postzustellerin da.«

Annika wechselte durch die geöffneten Fenster. Ihr Vater hatte sie chronologisch angeordnet. Es waren Nachrichten über Engagements von Ruben Reus, einmal wurde er als dritter Preisträger für seine Leistung als Hörbuchsprecher ausgezeichnet. Nichts von dem, was ihr Vater gefunden hatte, ließ Ruben verdächtig wirken.

Mit drei Briefen in der Hand kehrte er zurück.

»Wichtige Post?«, fragte sie.

»Zum Glück nicht. Nur der übliche Kram.« Ungeöffnet legte er die Briefumschläge auf den Schreibtisch. »Fällt dir etwas auf, was ich übersehen habe?«

»Als würdest du Hinweise übersehen«, erwiderte sie. »Ich weiß gar nicht, was ich schlimmer finden würde: mit Mamas Mörder Zeit verbracht oder Ruben fälschlicherweise beschuldigt zu haben.«

»Mir wäre die zweite Variante lieber.«

»Für mich wäre das ziemlich peinlich.«

»Lieber peinlich als lebensgefährlich.« Er streichelte ihr sanft über den Kopf. »Deinen Hinweis auf seinen früheren Geldverdienst finde ich übrigens spannend. Wäre er irgendwo auf einer Feier in der Nachbarschaft engagiert gewesen, hätte er Mama begegnen können, ohne in den Ermittlungen eine Rolle zu spielen. Dafür wäre die Schnittmenge vermutlich zu klein gewesen.«

»Aber wie bringt uns das jetzt weiter?«, fragte Annika.

»Wenn du glaubst, nur ich würde Sachen sammeln und nichts wegwerfen, hast du vergessen, wie Mama in dieser Hinsicht war. Im Vergleich zu ihr bin ich in dieser Disziplin ein Anfänger.«

»Ich verstehe bloß Bahnhof. Auf was spielst du an?«

»Mama hat besonders gerne Visitenkarten gesammelt.

Vom Schornsteinfeger, von Fensterputzern, Haushaltshilfen. Ich bin sicher, sie hat sich auch von jedem Künstler, den jemand in der Nachbarschaft engagiert hatte, eine Karte geben lassen.«

»Und du hast das aufbewahrt?«, vergewisserte sich Annika.

»Drei Viertel meines Kellers stehen mit Mamas Sachen voll. Ich habe mir immer eingeredet, sie nicht wegwerfen zu dürfen, weil sich darin der Schlüssel zur Auflösung befinden könnte. Und wie recht ich damit hatte.«

»Wenn wir in den Unterlagen Rubens Visitenkarte finden würden, wäre das der Beweis, dass sie sich begegnet sind.« Annika sprang vom Stuhl auf. »Worauf warten wir noch? Lass uns im Keller danach suchen. Oder hast du das schon getan?«

»Ich hatte auf deine Hilfe gehofft. Denn ich habe keine Ahnung, wo ich den Visitenkartensammler hingesteckt habe. Allerdings kann ich mich dran erinnern, wie er aussah. Ein schwarzes Lederetui.«

»Das finden wir. Komm. Gehen wir in den Keller.«

Kapitel 18

Johannes Schneider schloss die Kellertür auf und tastete nach dem Lichtschalter. Die Deckenlampe warf ein helles Licht in den Raum. Unwillkürlich lachte Annika.

»Was ist los?«, fragte ihr Vater.

»Der Keller quillt über. Das ist ja fast wie bei einem Messi und passt überhaupt nicht zu dir. Oben in der Wohnung ist es schließlich auch ordentlich.«

»So ein Quatsch!«, widersprach er. »Bei einem Messi steht alles kreuz und quer rum. Ich hingegen nutze den vorhandenen Platz effektiv aus.«

Annika erwiderte nichts. Völlig unrecht hatte ihr Vater mit diesem Argument nicht. In dem Raum waren zahlreiche Schränke und Regale untergebracht. Jedes der offenen Regale war bis auf den letzten Zentimeter gefüllt. In der Mitte des Kellers hatte er einen etwa anderthalb Meter breiten Gang freigelassen, über den man jede Stelle erreichen konnte. Doch sie entdeckte in einem Regalsystem ihr altes Bobbycar und andere Gegenstände, mit denen sie in ihrer Kindheit gespielt hatte.

»Für wen bewahrst du das Bobbycar auf?«, fragte sie. »Und das ganze Spielzeug?«

»Ich will dich nicht unter Druck setzen, aber das Zauberwort heißt *Enkel*.«

»Bei meinem Glück mit Männern wird daraus wohl nichts.«

»Du bist ja noch jung«, tröstete er sie. »Heutzutage kriegen viele Frauen erst mit vierzig oder später Kinder.«

»In welchen Schränken befinden sich Mamas Habseligkeiten?«, erkundigte sie sich, um dieses Thema nicht zu vertiefen.

»Links in dem Kiefernholzschrank und rechts in dem weißen Landhausstilschrank.«

Annika trat an den rechten Schrank und öffnete beide Türen.

»Oh mein Gott!«, sagte sie leise. Ihr schossen Tränen in die Augen.

Ihr Vater hatte die Sachen seiner Frau ordentlich aufbewahrt. An den Schranktüren hingen ein paar der *Malen-nach-Zahlen*-Ölgemälde, die sie angefertigt hatte. Annika erinnerte sich auch sofort an die verzierte Schmuckkassette. Sie nahm sie heraus und öffnete den Schnappverschluss. Darin lagen Bernsteinketten, Ringe und Armreife.

Ihr Vater trat an ihre Seite. »Deine Mutter war eine tolle Frau und hatte einen fantastischen Geschmack«, sagte er mit belegter Stimme. »Es hat mir immer großen Spaß gemacht, sie zu beschenken.«

»Und vor allem war sie die beste Mutter, die ich mir hätte wünschen können.« Sie legte die Schatulle wieder zurück und lehnte ihren Kopf gegen die Schulter ihres Vaters.

»Ich wollte dich schon längst fragen, ob du Mamas Schmuck haben möchtest. Du wirst das eines Tages erben, aber wenn du …«

»Darüber denke ich ein anderes Mal nach.« Annika strich sich die Tränen aus den Augen.

»Ich bin vor allem deswegen zur Kriminalpolizei gegangen«, erklärte er leise. »Geliebte Mitmenschen plötzlich durch die Hand eines Anderen zu verlieren, gehört zu den schlimmsten Schicksalsschlägen, die einem passieren können. Aber zumindest sollte jeder, dem das passiert, die Möglichkeit haben, dem Schuldigen in die Augen zu sehen. Es macht mich wahnsinnig, nicht zu wissen, wer uns das angetan hat. Ich will ihm in einem Gerichtssaal gegenübertreten und dabei zusehen, wie er in Handschellen nach dem Schuldspruch abgeführt wird.«

»Komm«, sagte sie leise. »Vielleicht gelingt uns heute der Durchbruch.«

Annika wandte sich wieder dem Schrank zu. Sie wühlte sich in den folgenden Minuten durch einen Haufen Erinnerungen. Obwohl achtzehn Jahre vergangen waren und sie zur besseren Bewältigung viel verdrängt hatte, prasselten nun reihenweise sentimentale Eindrücke auf sie ein. Bei einer Spieluhr, die sie ihrer Mutter wenige Monate vor deren Verschwinden zum Geburtstag geschenkt hatte, konnte sie ihre Tränen erneut nicht zurückhalten.

»Alles in Ordnung?«, fragte ihr Vater.

»Dieser Mistkerl hat mir so viel gestohlen. Uns beiden.«

»Das hat er. Aber irgendwann muss er dafür bezahlen. Ich hab's gefunden.«

Annika drehte sich zu ihrem Vater um. Er hielt ein Lederetui in der Hand.

»Lass uns nach oben gehen«, bat sie. »Ich in froh, dass du von Mamas Habseligkeiten nichts weggeworfen hast. Wenn das alles hinter uns liegt, will ich es mir in Ruhe ansehen.«

»Das machen wir dann gemeinsam«, versprach er. »Und egal, was du von ihren Sachen haben möchtest, bekommst du.«

Im Wohnzimmer zog Johannes jede einzelne Visitenkarte aus den Fächern und legte sie auf einen großen Haufen. Als das Buch geleert war, teilte er die Karten auf.

»Siebenundachtzig Visitenkarten für dich, sechsundachtzig für mich. Isa war eine leidenschaftliche Sammlerin.«

Annika musterte jede ihrer Karten genau. Sie schaute sich beide Seiten an, ob ihre Mutter irgendwo Notizen hinterlassen hatte. Selbst die Geschäftskarten einer Fußpflegerin, eines Friseurs oder einer Floristin legte sie nicht vorschnell beiseite, weil darauf mit Kugelschreiber notierte Rufnummern standen. Je mehr dieser Karten auf dem Stapel mit den geprüften Exemplaren landeten, desto stärker schwand ihr anfänglicher Optimismus.

»Nichts«, sagte sie schließlich frustriert. »Kein Reus, kein Kohr, kein Zauner, kein Senger.«

»Bei mir auch nicht«, bestätigte ihr Vater. »Aber den Versuch war's wert.« Er blickte auf seine Uhr. »Ich rufe jetzt gleich Martin an. Vielleicht hat er Neuigkeiten für uns.«

Enttäuscht von einem weiteren Fehlschlag, zog sich Annika zur Mittagszeit ins Gästezimmer zurück. Sie legte sich aufs Bett und starrte an die Decke. Hauptkommissar Lemke hatte ihren Vater informiert, dass die Akte zuletzt vor anderthalb Jahren geöffnet worden war. Routinemäßig von Lemke persönlich. Es gab keine Anzeichen für ein Leck im Kriminalkommissariat. Also konnte Zauner die Informationen nur vom Mörder haben – oder selbst der Täter sein.

Sie konzentrierte sich auf die positiven Seiten dieser Nachricht. Wäre ein Beamter die Quelle gewesen, hätte das die Liste der Verdächtigen verlängert.

Annika nahm ihr noch immer ausgeschaltetes Smartphone in die Hand. Wie hatte Ruben nach ihrer Flucht reagiert? Bestimmt hatte er mehrfach versucht, sie zu erreichen, und wahrscheinlich hatte er mindestens eine Nachricht hinterlassen. Sie tippte sogar auf deutlich mehr als nur eine Mitteilung.

Würde der Inhalt solcher Nachrichten sie weiterbringen? Oder könnte es ihm irgendwie gelingen, ihren Verdacht gegen ihn zu zerstreuen?

Frustriert von den letzten Fehlschlägen, drückte sie die Einschalttaste des Geräts, bis das Firmenlogo des Handyherstellers im Display erschien. Kurz darauf forderte das System die PIN. Annika gab die ersten beiden Ziffern ein. Dann hielt sie inne. Es wäre besser, keine vorschnellen Handlungen zu unternehmen. Statt die Sperre durch den vierstelligen Code aufzuheben, schaltete sie das Telefon wieder aus. Sie wälzte einen anderen Gedanken im Kopf. Da es anscheinend keine undichte Stelle im Präsidium gab, sprach vieles für die Täterschaft eines ihrer Verdächtigen.

Annika verließ das Gästezimmer. »Papa?«

»Ich bin im Wohnzimmer.« Ihr Vater saß am Laptop. »Hast du kurz gedöst?«

»Nein. Wie stehen die Chancen auf Durchsuchungsbefehle?«

Er grinste.

»Was ist?«, fragte sie verunsichert.

»Der richtige Ausdruck heißt Durchsuchungs*beschluss*. Nicht *-befehl*. Das sagen nur schlechte Kommissare in noch schlechteren Fernsehfilmen.«

Annika verdrehte die Augen. »Vielen Dank für diese wahnsinnig hilfreiche Belehrung. Ich werd's mir merken. Wie stehen die Chancen auf Durchsuchungsbeschlüsse?«

»Für wen?«

»Na für alle. Der Täter muss einer unser vier Männer sein.«

»Hast du gerichtlich verwertbare Beweise, die deine Annahme untermauern?«

»Ergibt sich das nicht von selbst? Wir haben festgestellt …«

»Schatz«, unterbrach er sie. »Die Unverletzlichkeit der Wohnung ist eines unserer höchsten Rechtsgüter. Grundgesetz Artikel dreizehn. Dieses Freiheitsrecht darf nur bei einem stark begründeten Verdacht verletzt werden. Oder zur Gefahrenabwehr in Notsituationen. Beides ist hier nicht gegeben.«

»Und wenn der Mörder Andenken an seine Tat behalten hat?«

»Nichtsdestoweniger würdest du bei drei Unschuldigen ein grundgesetzlich garantiertes Recht verletzen. Kein Richter wird das genehmigen. Worüber wir sehr froh sein können, denn das bedeutet, dass wir in einem Rechtsstaat leben.«

Annika setzte sich mit verschränkten Armen auf die Couch. Ihr Vater grinste.

»Was?«, fragte sie genervt.

»Du erinnerst mich gerade an meine pubertierende Tochter, die nicht ihren Willen bekommt. Fehlt bloß noch der Schmollmund.«

Annika zog die Unterlippe über die Oberlippe. »So?«, fragte sie kaum verständlich, ohne den Mund zu öffnen. Ihre schlechte Laune verflog. »Was schlägst du stattdessen vor?«

»Ich habe die Zeit genutzt, um über den Schriftsteller zu recherchieren. Immerhin war er es, der Mamas Briefe originalgetreu übernommen hat. Von all den Indizien, die uns vorliegen, ist der exakt übereinstimmende Wortlaut das schwerwiegendste.«

»Wo sind eigentlich die Kopien der Briefe?«

»Im Tresor. Willst du sie überprüfen, ob sie tatsächlich eins zu eins …«

»Nein! Ich kenne den Wortlaut auswendig.«

»Es wäre wohl besser gewesen, wenn ich sie dir nie gezeigt hätte. Aber du warst in dieser Hinsicht so ein Dickkopf.«

»Als 19-Jährige hatte ich jedes Recht der Welt, sie zu sehen«, entgegnete Annika. »Hast du etwas über den Schriftsteller herausgefunden, was Ruben und ich nicht entdeckt haben?«

»Die Frage ist, ob ihr bei der Suche ähnliche Prioritäten wie ich gesetzt habt. Was sagt dir der Name Vanessa Zauner?«

»So heißt seine Ex-Frau.«

»Habt ihr nach Informationen über sie gesucht?«

»Nein«, bekannte Annika.

»Es gibt keine besseren Informationsquellen als verbitterte Ex-Ehefrauen«, erklärte er. »Die beide waren neun Jahre verheiratet. Haben in ganz normalen Verhältnissen gelebt. Keine Kinder. Sie hat im Innendienst einer großen Versicherung gearbeitet, während er als Lehrer einer höheren Handelsschule in seiner Freizeit an Romanen geschrieben hat.«

»Woher hast du die Informationen über Vanessa gefunden?«

»Sie gibt seit vielen Jahren sehr umfangreich in den sozialen Medien über sich Auskunft. Worauf ich hinauswill: In einem der früheren Interviews nach dem schlagartigen Erfolg seines ersten Romans lobt Zauner seine damalige Ehefrau in den höchsten Tönen. Sie habe ihn immer unterstützt und ohne ihre Hilfe hätte er es niemals geschafft, das Buch zu veröffentlichen.«

»Bla, bla, bla«, sagte Annika.

Ihr Vater lächelte. »So ist es. Denn nur Monate später trennen sich die beiden. Wenige Tage nach der Scheidung, deren genauen Termin ich dank Vanessas Profil herausgefunden habe, geben der Literaturagent Ole Senger und der

Verlag eine Pressemitteilung heraus. Inhalt ist der ungewöhnliche gut dotierte Zweibuchvertrag, den sie miteinander abgeschlossen haben. Nur Tage später postet Vanessa folgende schwarz hinterlegte Wörter in ihrem Profil.«

Ihr Vater drehte den Laptop zu Annika und zeigte ihr den Beitrag.

Bin selten so verars...t worden.

»Wow!«, reagierte sie amüsiert. »Da war jemand sauer.«

»Und sie hat das Posting nie gelöscht. Dafür hat sie gelegentlich Links zu negativen Buchkritiken des zweiten Thrillers geteilt. Ich behaupte, sie gönnt ihrem Ex-Mann nicht unbedingt den großen Erfolg.«

»Wie hilft uns das weiter?«

»Ich würde mich gern persönlich mit ihr unterhalten. Wenn jemand intime Informationen über Zauner und dessen Verhältnis zu Senger kennt, dann Zauners Ex-Ehefrau Vanessa.«

»Hast du ihre Adresse herausgefunden?«

»Eine einfache Adresssuche hat leider zu keinem Ergebnis geführt. Ich schätze allerdings, sie lebt noch in Berlin. Sie postet oft Selfies, bei denen sie als Ortsangabe den Tiergarten oder die Spree angibt. Ich habe bei einem alten Kollegen angerufen und ihn gebeten, die Adresse plus eine Telefonnummer für mich herauszufinden.«

»Was wahrscheinlich nicht ganz legal ist«, vermutete Annika.

Ihr Vater zuckte lediglich die Achseln.

»Wird er dir helfen?«

Als würde jemand ihr Gespräch belauschen, klingelte plötzlich das Handy ihres Vaters. Er grinste zufrieden.

»Hallo, Wolfgang!«, begrüßte er den Anrufer. Er griff zu einem Kugelschreiber und notierte sich Sekunden später zunächst eine Adresse und danach eine Mobilfunknummer. »Du hast etwas gut bei mir«, bedankte er sich. »Bis bald!«

»Alte Seilschaften«, sagte Annika amüsiert. »Was hast du jetzt vor?«

»Wir müssen uns persönlich mit der Frau treffen. Also auf nach Berlin.«

»Äh, Moment«, reagierte Annika überrumpelt. »Wäre es nicht besser, sie zuerst telefonisch zu kontaktieren? Vielleicht ist sie derzeit gar nicht in Berlin oder hat kein Interesse, mit uns zu sprechen.«

»Sie hat erst gestern wieder etwas aus dem Tiergarten gepostet. Und wenn ich ihr ein Treffen vorschlage, sollten nicht zu viele Stunden zwischen dem Anruf und der Verabredung liegen. Bevor sie es sich währenddessen anders überlegt.«

»Aber selbst wenn sie in Berlin ist, weißt du nicht, ob sie mit dir reden will.«

»Glaub mir, sie wird sich mit uns unterhalten wollen. Verbitterte Frauen lassen keine Rachegelegenheit ungenutzt verstreichen.«

Kapitel 19

»Warum kontaktierst du Vanessa Zauner nicht von hier aus?«, hakte Annika nach. Der Gedanke, so schnell nach Berlin zurückzukehren, bereitete ihr Unbehagen.

»Selbst wenn wir sie dieses Wochenende verpassen, weil sie sich nicht in der Stadt aufhält, spielt die Musik in unserer alten Heimat«, entgegnete ihr Vater. »Zauner, Senger und Kohr leben dort. Vielleicht ist sogar noch Reus in Berlin geblieben.«

»Genau davor habe ich Angst«, sagte Annika.

»Ich bin die ganze Zeit bei dir und passe auf dich auf«, versprach er. »Das ist vermutlich unsere letzte Chance, Mamas Mörder zu finden, nachdem sich jahrelang nichts getan hat. Für diese Gelegenheit bin ich sehr dankbar. Die kann ich nicht verstreichen lassen.«

Annika nickte verständnisvoll. Das hatte sie geahnt. Ihr Vater sehnte sich noch viel mehr danach, mit dem Mord abzuschließen, als sie selbst. »Wo wollen wir schlafen?«

»In einem luxuriösen Ambiente. Das wird dir gefallen. Ich reserviere uns zwei Zimmer zur Alleinnutzung in einem schönen Fünfsternehotel.«

»Quatsch!«, widersprach sie. »Wir können uns auch ein Apartment nehmen. Oder in einem Dreisternehotel unterkommen.«

»Nein«, entgegnete ihr Vater. »Das luxuriöse Ambiente ist wichtig. Ich will Vanessa Zauner für das Gespräch in ein Hotel mit exzellentem Ruf und einem beeindruckenden Aufenthaltsbereich einladen.«

»Ist das nicht fast wie Bestechung?«

»Ich bin ja nicht mehr im Dienst.«

»Aber das ist viel zu teuer.«

»Mach dir keine Sorgen um meine Finanzen. Dein alter Herr hat gut vorgesorgt. Und jetzt keine Widerrede!«

»Dann muss ich heute Abend noch in die Innenstadt, um mir ein gehobeneres Outfit zu besorgen. Mit diesen Klamotten betrete ich kein Luxushotel.« Sie zupfte an ihrer Bluse.

Am nächsten Morgen brachen sie nach dem Frühstück um zehn Uhr nach Berlin auf. Annika hatte sich von ihrem Vater einen kleinen Koffer ausgeliehen, in dem nun Unterwäsche für drei Tage und zwei komplette Outfits steckten. An der Kasse des Modehauses hatte er tags zuvor darauf bestanden, die Rechnung zu begleichen, und es als verfrühtes Weihnachtsgeschenk bezeichnet.

»Wie sieht's bei dir eigentlich mit Frauenbekanntschaften aus?«, fragte Annika während der Autobahnfahrt.

»Das wird jetzt ein kurzes Gespräch«, erwiderte Johannes.

»Weil du nicht darüber reden willst?«

»Weil ich nichts zu erzählen habe. Leider.« Er nahm eine Hand vom Steuer und kratzte sich am Nasenflügel.

Annika lächelte. Diesen Tick hatte ihr Vater, seit sie sich erinnern konnte. Sobald ihm ein Gesprächsthema unangenehm wurde, juckte seine Nase.

»Woran liegt's? Du bist ein attraktiver Mann, finanziell

abgesichert, Witwer, hast eine ganz ausgezeichnet geratene, schon erwachsene Tochter. Eigentlich müssten die Damen Schlange stehen.«

»Dazu müsste ich wahrscheinlich in irgendeine Disco – oder wie auch immer man das heute nennt – gehen, um jemanden kennenzulernen.«

»Das ist dank des Internets nicht mehr nötig.«

»Keine Ahnung«, gestand er. »Irgendwie hoffe ich, beim Einkaufen eine Frau am Wochenmarkt zu treffen. Oder im Supermarkt. Wäre mir tausendmal lieber als diese neumodischen Wege.«

»Ach ja, schon vergessen. Das Internet ist ja Neuland«, sagte Annika grinsend. »Wenn das hier vorbei ist, erstellen wir dir ein Profil auf einer Partnerbörse deiner Wahl.«

Ihr Vater seufzte. »Vielleicht.«

Offenbar war er nicht abgeneigt. Sie würde das Thema bei ihrem nächsten Besuch wieder ansprechen und nicht eher lockerlassen, bis er sich für die Partnersuche registriert hatte.

»Und wie sieht's bei dir aus? Woran ist es mit Torben gescheitert?«

Sie erzählte von seiner Arbeitsaffäre, die irgendwann zu etwas Ernstem geworden war.

»Ein dummer Mensch, wenn er dich auf diese Weise gehen lässt.«

»Sehr dumm sogar.«

»Und dieser Ruben? Sobald du von ihm sprichst, verändert sich etwas in deinem Gesicht. Ich kann's nicht besser beschreiben, aber du findest ihn ziemlich interessant, oder?«

Annika unterdrückte den Impuls, direkt zu widersprechen. »Du meinst also, losgelöst von dem Problem, dass ich ihn für Mamas Mörder halte?«

»Gehen wir von seiner Unschuld aus. Wäre er ein Mann, mit dem du dir eine gemeinsame Zukunft vorstellen könntest?«

Sie starrte aus dem Fenster nach draußen. Ihr Vater fuhr auf der linken Spur und überholte immer wieder Lkws und langsame Pkws. Er war schon früher ein rasanter Autofahrer gewesen, der selten die rechte Spur benutzte.

»Ich finde ihn attraktiv. Er hat eine gewisse Ähnlichkeit zu einem Schauspieler, dessen Name dir vermutlich nichts sagt: Mark Ruffalo.«

»Nie gehört«, bekannte ihr Vater.

Annika lächelte. »Wann warst du zuletzt im Kino?«

»Kein einziges Mal, seit ich in Leipzig wohne.«

»Och, Papa!«

»Lenk jetzt nicht ab.«

Sie seufzte. »Ruben ist ein interessanter Mensch mit einem faszinierenden Beruf. Allerdings ist sein Leben finanziell knapp auf Kante genäht. Aufgrund seines Jobs ist er viel unterwegs. Klar, ich kann meine Aufträge von jedem Ort dieser Welt ausführen, solange ich Zugriff auf meinen Laptop habe. Aber könnte ich mir vorstellen, mit ihm Dauerhaftes anzufangen? Ich weiß es nicht. Außerdem hat Ruben seit vorgestern ebenfalls jedes Interesse an mir verloren. Denn er will kaum eine Beziehung mit einer Frau führen, die Hals über Kopf vor ihm geflohen ist, weil sie in ihm einen Mörder sah.«

»Das ist jetzt reine Spekulation von dir«, widersprach ihr Vater.

»Wahnsinn!«, sagte Annika, als sie die Lobby des Fünfsternehotels betraten. »Hast du hier schon einmal übernachtet?«

»Bei meinen wenigen Berlin-Besuchen gönne ich mir diesen Luxus«, bekannte ihr Vater. »Mir gefällt das Ambiente.«

»Das verstehe ich.« Annika konnte sich gar nicht sattsehen. Die Kombination aus einem edlen Teppich, hochwertig wirkenden Holzmöbeln, stilvollen Deckenleuchten und wunderschönen Blumenarrangements beeindruckte sie.

Ihr Vater trat an einen der Empfangsplätze, an dem eine attraktive, junge Frau hinter einem Apple-Rechner stand, die ihnen freundlich zulächelte.

»Herzlich willkommen!«, begrüßte sie die neuen Gäste. »Hatten Sie eine entspannte Anreise?«

»War zum Glück wenig los auf der Autobahn. Johannes Schneider. Ich habe für meine Tochter Annika und mich zwei Zimmer zur Einzelnutzung gebucht.«

»Ist das schön«, sagte Annika, als sie ihr Zimmer betrat. Sie fühlte sich sofort aufs Kreuzfahrtschiff zurückversetzt. Ihr Vater hatte vier Übernachtungen eingeplant und an der Rezeption mitgeteilt, sich gern eine Verlängerungsoption offenzuhalten.

Annika schob ihren neuen Handgepäckkoffer in den Raum. Sie würde so schnell wie möglich gemeinsam mit ihrem Vater Emil Kohr aufsuchen. Mit den Kleidungsstücken, die sie für die Kreuzfahrt eingepackt hatte, wäre sie auch für dieses Hotel perfekt ausgestattet.

Annika schaute sich alles in Ruhe an und räumte danach die wenigen Stücke aus, die sie im Handgepäck mitgebracht hatte. Dann verließ sie das Zimmer. Ihr Vater übernachtete auf derselben Etage, allerdings in einem Raum am Ende des Gangs, während ihr Zimmer deutlich näher an den Fahrstühlen lag. Sie klopfte bei ihm an.

»Moment!«, erklang seine Stimme. Sekunden später öffnete er ihr. Die Hälfte seines Gesichts war mit Rasierschaum bedeckt.

»Ich bin gleich bei dir und dann rufen wir Zauners Ex an. Mach's dir bequem.«

Er verschwand im Badezimmer. Annika setzte sich auf einen bequemen Sessel. Während sie wartete, dachte sie an Ruben. Ob er bei seinem Agenten geblieben war? Oder hatte er den Heimweg angetreten? In dem Koffer, der vermutlich noch bei Kohr lagerte, steckte ihr iPad. Ihren Laptop hatte sie für die Reise nicht mitgenommen, um nicht in Versuchung zu geraten, Arbeit zu erledigen. Nun vermisste sie das Tablet oder den Computer. Sie wollte nach Rubens Aktivitäten der letzten Tage recherchieren, ohne ihr Telefon anzuschalten. Also würde sie ihren Vater bitten, ihr seinen Laptop auszuleihen.

Er kam zu ihr. »Immer wenn ich etwas Wichtiges vor der Brust habe, muss ich mich rasieren. Verrückt, oder?« Er lachte über seine Angewohnheit. »Drück mir die Daumen, dass ich Zauners Ex erreiche. Ich lasse den Lautsprecher ausgeschaltet, einverstanden? Manche Gesprächspartner verschließen sich, wenn sie das Gefühl haben, es hört ihnen jemand zu.«

Annika nickte. Johannes setzte sich auf die Bettkante und holte aus seiner Geldbörse den Zettel mit Vanessa Zauners Kontaktdaten. Er tippte ihre Nummer ins Handy ein. Sekunden später hob er den Zeigefinger.

»Guten Tag, Frau Zauner! Hier spricht Kriminalhauptkommissar a. D. Johannes Schneider, Kripo Berlin. Haben Sie kurz Zeit für mich? Es geht um Ihren Ex-Ehemann Florian Zauner.«

Er lauschte eine Weile und nickte Annika zu. »Wunderbar. Florian Zauner ist im Rahmen einer Ermittlung aufgetaucht und wir suchen gerade nach Hintergrundmaterial. Wären Sie bereit, sich mit mir und meiner Assistentin persönlich zu treffen? Das könnte uns dabei helfen, den Verdacht gegen Herrn Zauner auszuräumen oder gegebenenfalls zu untermauern.«

Wieder lauschte er. Dann grinste Johannes und streckte einen Daumen aus. Er nannte seiner Gesprächspartnerin das Hotel und schlug ihr ein Treffen in einer Stunde vor.

»Sie schaffen es erst in zwei Stunden? Das ist kein Problem. Sagen Sie am Empfang einfach Bescheid, dass Sie mit Johannes Schneider verabredet sind. Ich freue mich auf unser Treffen.«

Er beendete das Gespräch. »Wenn man sich auf jemanden verlassen kann, dann auf Ex-Ehefrauen«, erklärte er amüsiert. »Als ich meinen Spruch wegen des auszuräumenden oder zu untermauernden Verdachts aufsagte, erwiderte sie, es wäre ihr eine große Freude, unsere Spekulationen zu untermauern. Ich bin gespannt, was wir von ihr erfahren.«

»Kann ich mir deinen Laptop ausleihen? Oder benötigst du ihn selbst?«

»Was hast du vor?«

»Ich will mal nach Rubens letzten Aktivitäten im Netz suchen. Unser Gespräch von der Fahrt hierher geht mir nicht mehr aus dem Kopf.«

»Du magst ihn«, stellte ihr Vater fest. »Das merkt ein Blinder.«

»Ich würde ihn gerne mögen, wenn er nicht Mamas Mörder ist und mir verzeihen könnte.«

»Nimm den Laptop mit in dein Zimmer. Das Passwort kennst du.«

Ruben hatte am frühen Vormittag ein Video hochgeladen. Annika erkannte anhand der Möbelstücke im Hintergrund, dass er sich wieder in seiner Wohnung aufhielt.

»Hey, ihr Lieben!«, begrüßte er die Zuschauer seines Livevideos. »Es ist Samstagvormittag und für alle, die ich auf andern Wegen nicht erreiche, ist dieses Video gedacht. Ich bin nach aufregenden Tagen nach Hamburg zurückgekehrt und muss euch fantastische Neuigkeiten mitteilen. Hört mir bitte genau zu. Ich bin für eine wahnsinnig interessante Hörspielproduktion gebucht. Allzu viel darf ich nicht verraten, zumal das Skript derzeit noch zu Ende geschrieben wird. Aber ein paar Einzelheiten möchte ich schon jetzt mit euch teilen. Bei dieser Produktion handelt es sich um ein Krimihörspiel. Ich übernehme die Rolle eines Mannes, der in eine Mordermittlung verwickelt wird und sich dabei in eine attraktive und einige Jahre jüngere Frau verliebt. Anfangs sieht es so aus, als würde aus den beiden ein Paar werden, doch dann passiert etwas, was den Mordverdacht auf meine Figur lenkt. Weshalb sich die Frau von ihm abwendet und ihm die Chance nimmt, ihr seine Unschuld zu beweisen. Sie verwehrt ihm sogar jede Gelegenheit, sich bei ihr zu melden. Ich kann euch versichern, er probiert es oft.« Er beugte sich ein Stück zur Kamera vor. »Keine Ahnung, ob ich das verraten darf, also Achtung, jetzt folgt ein Spoiler. Wer sich die Spannung bewahren will, sollte nun abschalten. Ich zähle bis drei, bevor ich weiterrede. Eins … zwei … drei. Am Ende wird sich herausstellen, dass meine Figur nicht der Mörder ist. Was aus der Frau und mir wird, weiß ich allerdings selbst nicht. Wie erwähnt, ist das Skript noch nicht fertiggeschrieben. Das war's für heute. Wer nähere Informationen wünscht, kann sich gern bei mir melden. Danke für eure Aufmerksamkeit.«

Das Video stoppte.

»Clever«, murmelte Annika beeindruckt.

Da Ruben sie auf andere Weise nicht erreichen konnte, hatte er ihr diese Botschaft geschickt, in der er seine Unschuld beteuerte.

Wie sollte sie damit umgehen?

Annika klappte den Laptop zu. Die Versuchung, ihr Handy einzuschalten, nahm zu. Trotzdem beschloss sie, zunächst ihren Vater nach seiner Meinung zu fragen und das Gespräch mit Zauners Ex-Ehefrau abzuwarten. Mit dem Computer verließ sie ihr Zimmer und lief den Gang entlang. Sie klopfte bei ihrem Vater an, der jedoch nicht antwortete. Wo war er? Als er sich auch nach einem zweiten Anklopfen nicht meldete, ging sie zurück in ihr Zimmer. Ohne ihr Handy fühlte sie sich von der Außenwelt abgeschnitten. Doch sobald sie das Gerät einschalten würde, wäre sie mit Rubens Kontaktversuchen konfrontiert. Annika schaute zum Telefon auf dem Nachttisch. Bei den hohen Kosten pro Nacht würde ein kostenpflichtiges Telefonat kaum ins Gewicht fallen. Sie griff zum Hörer und tippte die Mobilfunknummer ihres Vaters ein.

»Hallo?«, meldete der sich nach wenigen Sekunden.

»Papa, ich bin's. Wo bist du?«

»In einer Buchhandlung ganz in der Nähe des Hotels. Ich steh schon in der Kassenschlange. Bis gleich.« Er trennte die Verbindung.

Kapitel 20

Johannes Schneider erkannte Vanessa Zauner, als diese von einem Kellner zu ihrem Tisch gebracht wurde. Obwohl die Scheidung nun schon ein paar Jahre her war, hatte sie sich kaum verändert. Sie sah noch immer so aus wie auf den Fotos, die Johannes im Rahmen der Berichterstattung gefunden hatte. Ihre schulterlangen Haare waren hellblond gefärbt. Sie trug eine blaue Jeansbluse einer Luxusmarke, dazu perfekt sitzende schwarze Jeans und hochhackige Schuhe. In ihrem Haar steckte eine Sonnenbrille als Accessoire. Auch ihre Handtasche stammte von einer der teureren Marken.

Johannes und Annika erhoben sich und begrüßten ihren Gast mit Handschlag.

»Das ist meine Assistentin Annika«, sagte er. »Sie hilft mir bei den Recherchen. Was möchten Sie trinken?«

»Die Rechnung geht auf Sie, nehme ich an?«

»Natürlich«, bestätigte Johannes.

»Ich hätte gern einen Latte macchiato und ein Glas Champagner.«

»Bringen Sie uns bitte außerdem eine große Platte Ihres fantastischen Gebäcks«, bat Johannes den Kellner.

»Kommt sofort.«

Vanessa Zauner setzte sich. »Bevor wir miteinander sprechen, sollten wir ehrlich zueinander sein. Sie haben sich am Telefon als Kriminalhauptkommissar a. D. bezeichnet. Nun treffen wir uns in einem der schönsten Hotels der Stadt und nicht in einem hässlichen Präsidium. Verraten Sie mir, wieso Sie sich für meinen Ex interessieren, warum Sie sich im Ruhestand befinden, obwohl Sie noch im arbeitsfähigen Alter sind, und weshalb ...« Sie wandte sich Annika zu. »... Sie eine Frau, die eindeutig mit Ihnen verwandt ist, als Ihre Assistentin bezeichnen. Die Familienähnlichkeit ist nämlich unübersehbar. Ich vermute, mir sitzen Vater und Tochter gegenüber.«

»Sie sind eine gute Beobachterin«, lobte Johannes. »Insofern bin ich sehr gespannt, was wir von Ihnen erfahren werden. Ich will mit offenen Karten spielen. Meine Tochter Annika habe ich als Assistentin bezeichnet, weil Sie mir derzeit in einem sogenannten Cold Case hilft. Ich bin seit vielen Jahren im vorzeitigen Ruhestand, nachdem ich von einem Täter hinterrücks niedergeschossen und nur knapp dem Rollstuhl oder dem Tod entronnen bin.«

»Wie schrecklich. Sie Ärmster.«

Annika fiel es schwer, ihren Vater nicht bewundernd anzusehen. Hätte sie es nicht besser gewusst, hätte sie ihm jedes Wort abgenommen. So wie Vanessa Zauner es offensichtlich tat.

»In meiner Karriere gab es zwei Fälle, die ich nicht aufgeklärt habe. Der feige Schütze, der es auf mich abgesehen hat, ist nie ermittelt worden. Außerdem war ich der verantwortliche Ermittler in einem Entführungsfall mit Todesfolge. Eine Ehefrau und Mutter ist eines Abends nicht nach Hause zurückgekehrt. Ihr Entführer zwang sie elf Tage lang, jeden Tag einen Brief über die Gefangenschaft zu schreiben, die per Post bei den Angehörigen landeten. Danach tötete der Unbekannte die unschuldige Frau. Diese Briefe sind in der Ermittlungsakte archiviert. Mord verjährt bekanntlich nie, deswegen wurde der Fall nicht geschlossen. An dieser Stelle kommt ihr Ex-Ehemann ins Spiel.« Johannes griff in die Papiertüte, die er neben seinen Sessel gestellt hatte, und zog ein Buch heraus.

»Florians frisch erschienener Thriller«, sagte Vanessa Zauner überrascht.

Der Kellner kehrte zu ihnen zurück und brachte die Kaffeespezialität, den Champagner sowie eine Gebäckauswahl, die er auf den Tisch stellte. »Lassen Sie es sich schmecken.«

Vanessa griff zur Champagnerflöte, prostete ihnen zu und trank sie mit einem Zug halb leer.

»In diesem Buch«, fuhr Johannes fort, »sind die Briefe der entführten Frau enthalten. Das könnte man für einen riesigen Zufall halten. Aber der Inhalt im Roman entspricht nicht nur ungefähr den Briefen, sondern wortwörtlich. Insofern ist eine zufällige Übereinstimmung ausgeschlossen.«

»Krass!«, sagte Vanessa Zauner. »Halten Sie Florian für den Täter? Wie lange ist die Entführung her?«

»Achtzehn Jahre.«

»Moment! So lange? Da wäre er fünfundzwanzig gewesen. Ich dachte, Sie würden über einen Fall sprechen, der sich vor wenigen Jahren zugetragen hat.«

»Wann haben Sie sich kennengelernt?«, fragte Johannes.

»Kurz vor seinem neunundzwanzigsten Geburtstag. Bei einer Kinopremiere, für die wir beide bei unterschiedlichen Gewinnspielen Karten gewonnen hatten. Wir hielten das für Schicksal, denn es war Liebe auf den ersten Blick, so idiotisch sich das im Nachhinein anhört. Ein Jahr später zogen wir zusammen, weitere zwölf Monate danach heirateten wir.« Sie trank den Champagner leer und griff anschließend zu dem langstieligen Löffel, der neben dem Kaffeeglas lag. Nachdenklich löffelte sie ein wenig von dem Milchschaum aus dem hohen Trinkglas. Dann nippte sie an dem Getränk.

»Hat er je Andeutungen fallen gelassen, die Ihnen unverständlich vorgekommen waren und die Sie im Nachhinein mit seiner Tatbeteiligung an einer Entführung erklären könnten? Oder hat er mal in Ihrer Gegenwart Sätze angefangen, aber nicht zu Ende gebracht, die Ihnen unheimlich erschienen?«

Vanessa Zauner biss von einem Keks ein kleines Stück der Schokoladenglasur ab. »Davon abgesehen, dass Männer für uns Frauen häufig unverständliches Zeug reden? Nein. Daran würde ich mich erinnern.«

Annika registrierte den enttäuschten Gesichtsausdruck ihres Vaters. Offenbar hatte er auf einen entscheidenden Hinweis gehofft. Er trank einen Schluck aus der vor ihm stehenden Cola.

»Wirklich nicht«, wiederholte Vanessa Zauner, die seine Enttäuschung ebenfalls bemerkte. »In vielerlei Hinsicht ist mein Ex-Mann ein echter Schluffi. Ein Pantoffelheld. Passt das zu dem – wie sagen Kriminalisten? – *Profil* eines Frauenentführers?«

»Vermutlich nicht«, antwortete Annika.

»Auch solche Fälle hat es gegeben«, widersprach Johannes.

»Hat der Entführer die arme Frau vergewaltigt?«
Johannes nickte.

»Dann können Sie Florian von der Liste streichen. Für ihn gibt es immer nur Blümchensex. Auf Dauer war das sehr langweilig. Auf der anderen Seite kam mir sein nicht sonderlich ausgeprägter Sexualtrieb in der Ehe ganz recht.« Sie seufzte. »Schade, ich hatte gehofft, ich könnte ihm seine neue Veröffentlichung ruinieren. Aber ein Schwerverbrecher ist er leider nicht.«

»Vielleicht können Sie uns trotzdem mit Hintergrundinformationen versorgen. Über seinen Werdegang. Wollte er schon immer Schriftsteller werden?«, fragte Johannes. »Auch damals, als Sie sich kennengelernt haben?«

»Ja. Er war Berufsschullehrer. Eine angesehene höhere Handelsschule hier in Berlin. Guter Job mit guter Bezahlung dank des Beamtenstatus. In seiner Freizeit setzte er sich zu Hause oft an den PC. Immer dann, wenn er eine neue Idee im Kopf hatte, war er richtig euphorisch. Überzeugt davon, den großen Knaller zu schreiben. In dieser Hinsicht hat es ihm nie an Selbstbewusstsein gemangelt. Ganz im Gegenteil. Mich hat es all die Jahre verwundert, wieso ein so von sich eingenommener Mann im Bett nur harmlose Standardnummern geschoben hat. Na ja. Das Rätsel werde ich wohl nie lösen. Meistens versandeten die Ideen nach dreißig oder vierzig Seiten. Dann verfiel er in eine depressive Grundstimmung, die sich wochenlang hielt. Florian kann zwar gut mit Sprache umgehen, aber ihm fehlt meiner Meinung nach eine grundlegende Voraussetzung für einen dauerhaft erfolgreichen Schriftsteller: die blühende Fantasie. Irgendwann schaffte er es allerdings, einen Roman zu beenden. Ein Kollege von ihm litt unter Agoraphobie und beging deswegen sogar Suizid. Das hat Florian zu seinem Buch inspiriert.«

»Ein Todesfall«, flüsterte Annika. Sie erkannte die Parallelen zur Entführung ihrer Mutter. Ob der Suizid kriminaltechnisch je untersucht worden war?

»Morbide, aber wahr. Damals kriselte es schon gewaltig in unserer Ehe. Dann fand er einen großen Verlag, obwohl wir zuvor überall gelesen hatten, das sei ohne Agent ausgeschlossen. Das Buch wird der absolute Hit, Florian wird sogar in Talkshows eingeladen. Er lobt mich vor Millionen Zuschauern, dass es den Thriller ohne meine Hilfe nicht gegeben hätte. Und plötzlich verlangt er von einem Tag auf den anderen die Scheidung. Kurz nach dem Scheidungstermin gehen Buchverlag und sein Monate zuvor engagierter Agent an die Presse, um die Öffentlichkeit über einen sensationellen Abschluss zu informieren. Da kommt man sich als frischgebackene Ex-Ehefrau ziemlich veralbert vor.«

»Haben Sie sich anwaltlich beraten lassen?«, fragte Johannes.

»Selbstverständlich. Leider hat der mir schnell den Wind aus den Segeln genommen. Er sah keine Chance für mich, an dem Deal beteiligt zu werden. Na ja. Wenigstens profitiere ich selbst heute noch von den Tantiemen des ersten Buchs. Das ist ein kleiner Trost, wenn ich einmal im Jahr eine Überweisung in fünfstelliger Höhe erhalte. Dafür hat mein Anwalt gut gekämpft und das Optimum herausgeholt.«

»Trotzdem sind Sie bereit, mit uns zu sprechen, auch wenn es dem Erfolg Ihres Ex-Mannes schaden könnte«, stellte Annika fest. »Das ist anständig von Ihnen.«

»Ich bin auf das Geld nicht angewiesen«, erklärte Vanessa ehrlich. »Meine Eltern sind vor drei Jahren bei einem Verkehrsunfall gestorben. Sosehr ich sie vermisse, aber ich habe finanziell seitdem ausgesorgt. Die Neugier ist eindeutig größer als die Angst vor ausbleibenden Tantiemen. Außerdem hätte ich bis zur Ankündigung des neuen Buchs fast vermutet, Florian würde vertragsbrüchig.«

»Wieso?« Johannes nahm einen runden Keks.

»Florian ist von Selbstzweifeln geplagt. Zumindest war das früher so. Ich kann mir nicht vorstellen, dass sich das geändert hat. Wie schon gesagt, fehlt ihm Fantasie. Außerdem kann er mit Druck nicht umgehen. Es ist kein Wunder, dass bei ihm zwischen den einzelnen Büchern so viel Zeit vergeht.«

Somit bestätigte Vanessa Zauner Vermutungen, die Annika bereits mit Ruben angestellt hatte.

»Haben Sie je Ole Senger kennengelernt?«, erkundigte sich Johannes.

»Ein schrecklicher Mensch«, sagte Vanessa. »Er hat

sich wie eine Zecke an Florian festgesaugt, als der seinen Durchbruch erzielt hat. Ihm Flausen ins Ohr gesetzt. Ich bin ihm höchstens viermal persönlich begegnet und jedes Mal habe ich mich dabei unwohl gefühlt. Senger hat mich an einen Bösewicht aus einem Bond-Film erinnert, der im Hintergrund die Strippen zieht. Ich würde mich nicht wundern, wenn er Florian zur Scheidung geraten hätte. Klar, in unserer Ehe kriselte es gewaltig, aber der Wunsch nach der Scheidung kam für mich trotzdem überraschend.«

»Als habe Senger seine Finger im Spiel gehabt?«, vergewisserte sich Annika.

»Es würde mich nicht wundern, wenn er Florian die Vorteile aufgezeigt hat, die eine Scheidung finanziell mit sich brächte.«

»Was können Sie uns über Sengers Charakter sagen?«, fragte Johannes.

»Er ist bloß ein oder zwei Jahre älter als Florian. Aber er wirkt wie aus einer anderen Generation. Viel verschlagener. Gewiefter. Außerdem halte ich ihn für gefühlskalt. Man muss ihm nur in die Augen schauen, wenn er lächelt. Die bleiben völlig kalt – egal wie breit Senger grinst oder lacht. Das ist richtig gruselig.«

»Wissen Sie etwas über Sengers Herkunft? Seine Vergangenheit?«, fragte Johannes.

»Nein. Davon hat Florian nie gesprochen.«

»Sie vergleichen Senger mit einem Drahtzieher«, sagte Johannes. »Warum?«

»Er hat es geschafft, für Florian unverzichtbar zu werden. Hat ihm alle unangenehmen Dinge abgenommen. Florian ist nicht das, was man sich unter einer Rampensau vorstellt. Öffentliche Auftritte sind ihm eher ein Graus. Eine lästige Pflicht. Senger hat ihn an sich gebunden, indem er ihn zu solchen Veranstaltungen begleitet hat. Klar, letztlich stand immer Florian im Rampenlicht, aber er wusste, im dunklen Hintergrund wartet Senger und springt ihm notfalls zur Seite.«

»Kommen wir auf Ihren Ex-Mann zurück«, bat Johannes. »Wie ist er aufgewachsen? Was wissen Sie über seine Jugend? Haben Sie noch Kontakt zu Ihren ehemaligen Schwiegereltern?«

»Ich habe sie nicht kennengelernt. Sie sind beide gestorben, bevor Florian und ich uns begegnet sind. Sie waren das, was man als späte Eltern bezeichnen würde. Seine Mutter war bei Florians Geburt schon siebenunddreißig. Der Vater Mitte vierzig. Er starb mit Ende sechzig an einem Herzinfarkt, sie erlag einem Krebsleiden.«

»Was haben sie beruflich gemacht?«

»Der Vater war Professor an einer Berliner Fachhochschule. Die Mutter eine klassische Hausfrau.«

»Hat er Geschwister?«

»Einzelkind.«

»Also war Florian nach dem Tod seiner Eltern Alleinerbe«, folgerte Johannes.

Vanessa nickte. »Es ist aber nicht viel bei rumgekommen. Sie besaßen ein renovierungsbedürftiges Haus irgendwo am Rande Berlins. Florian hat es verkauft und das Geld innerhalb weniger Monate verprasst.«

»Wie alt war er da?«

»Nageln Sie mich nicht drauf fest, aber das könnte so vor etwa achtzehn Jahren gewesen sein.«

»Was ein anderes Licht auf Ihren Ex-Mann wirft«, bekannte Johannes. »Der Entführer hat das Opfer nämlich in einem Haus festgehalten. Nun sagen Sie, Zauner hat ungefähr zum fraglichen Zeitpunkt ein Haus besessen und anschließend verkauft. Das Opfer, das er entführt hat, war siebenunddreißig. Also so alt wie Florians Mutter bei der Geburt.«

»Aber mein Ex-Mann ist ein Weichei«, beharrte sie. »Was hat er der Frau angetan? Dürfen Sie das verraten?«

Annika sah ihrem Vater an, wie sehr er mit sich rang. Nicht nur, weil es um Details der schrecklichen Entführung ging, sondern auch, weil er keine ermittlungsrelevanten Einzelheiten nennen wollte.

»Er hat sie entführt, in ein Haus verschleppt und sie dort in einen Käfig gesperrt. Am vierten Tag hat er sie das erste Mal vergewaltigt. Danach am sechsten Tag wieder. Dann täglich. Am zwölften Tag hat er sie schließlich getötet.«

»Auf welche Weise?«

»Ihre Leiche wurde nie gefunden.«

»Könnte Sie noch leben?«, fragte Vanessa. »Oder woher wissen Sie, dass sie tot ist?«

»Ausgeschlossen«, antwortete Johannes. Er beugte sich vor. »Das muss unter uns bleiben, aber am zwölften Tag hat er der Familie das aus der Brust geschnittene Herz der Frau zugeschickt.«

Annika fragte sich, ob ihr Vater absichtlich eine falsche Angabe machte, denn das Paket hatte sie erst am dreizehnten Tag erreicht.

Vanessa erbleichte. »Oh mein Gott, das ist ja grauenhaft! Aber es ist für mich ausgeschlossen, mir Florian als Täter vorzustellen. Der konnte nicht mal einer Fliege etwas zuleide tun, so klischeehaft das klingen mag. Kann sich ein Mensch in den Jahren zwischen der Tat und unserem Kennenlernen so sehr verändert haben?«

»Das müssen wir herausfinden«, sagte Johannes.

»Ole Senger würde ich so etwas allerdings zutrauen«, bekannte Vanessa freimütig. »Auch wenn das jetzt verdammt fies klingt. Verraten Sie ihm bitte nicht, dass ich das gesagt habe.«

Annika ging ein anderer Gedanke durch den Kopf. »Hätte Senger die Macht über Ihren Ex-Ehemann, ihn zu zwingen, gewisse Textstellen eins zu eins zu übernehmen, die Senger Zauner vorgibt?«

»Hundertprozentig«, bestätigte Vanessa. »Mich würde es noch nicht einmal wundern, wenn Senger den Roman geschrieben und unter Florians Namen veröffentlicht hat. Vielleicht auch nur, weil Florian keine Ideen mehr hatte, aber verpflichtet war, einen weiteren Roman abzuliefern.«

Annika und ihr Vater sahen sich mit aufgerissenen Augen an. Diese Möglichkeit hatte bisher niemand von ihnen bedacht.

»Hat Senger denn jemals literarische Ambitionen gezeigt?«, erkundigte sich Annika.

»Ich kann mich an einen gemeinsamen Abend erinnern, an dem er von seinen Versuchen erzählt hat, einen Roman zu schreiben. Doch ihm sei schnell klar geworden, dass ihn die geschäftliche Seite mehr interessieren würde. Das klang für mich wie die Ausrede eines Mannes, der massenhaft Absagen kassiert und irgendwann aufgegeben hat.«

Kapitel 21

In Annikas Hotelzimmer besprachen sie ihre Eindrücke des Gesprächs mit Vanessa Zauner.

»Es wäre eine Möglichkeit, die wir bislang gar nicht bedacht haben«, sagte Annika. »Nehmen wir an, Zauner hat keine Ideen für einen Roman, muss aber das Manuskript abliefern. Senger besorgt ihm eine komplette Vorlage, die Zauner lediglich überarbeiten soll, damit sie nach seinem Schaffen klingt.«

»Hat der Rest des Buchs Ähnlichkeit zu unseren Erlebnissen?«, fragte ihr Vater.

»Nein«, bekannte sie. »Ab dem zwölften Tag verweigert sich die Gefangene in der Geschichte immer mehr ihrem Peiniger. Sie akzeptiert ihren bevorstehenden Tod und will sich nicht weiter demütigen lassen. Dadurch gewinnt sie jedoch langsam die Oberhand über den Entführer. Am Ende tötet sie ihn, obwohl sie sich schon längst in ihn verliebt hat. Das klassische Stockholm-Syndrom. Aber sie weiß, sie wird nie wieder frei sein, wenn er weiterlebt. Im Showdown liegen sie im Bett und haben Sex miteinander. Er täuscht vor einzuschlafen. Sie schleicht sich in die Küche, nimmt ein Fleischermesser und beugt sich über ihn. Daraufhin öffnet er seine Augen, beteuert ihr seine Liebe und sie rammt ihm das Messer ins Herz.«

»Nehmen wir an, Senger ist nicht nur der Mörder, sondern auch der Urheber des Romans, den Zauner lediglich in die richtige Form gepresst hat. Warum hätte er so stark von der Realität abweichen sollen?«

Annika hatte darauf keine Antwort. Sie zuckte mit den Achseln. »Wen von den beiden verdächtigst du mehr?«, fragte sie schließlich. »Für mich klang das, was Zauners Ex über die Männer gesagt hat, schlüssig. Und dann wäre nicht der Autor, sondern der Agent verdächtig.«

»Sehe ich genauso«, bestätigte ihr Vater. »Vor dem Gespräch hatte ich vermutet und vielleicht sogar gehofft, von Zauners dunklen Seiten zu erfahren. Sie beschreibt ihren Ex als fantasielos, was für einen Schriftsteller eine schlechte Eigenschaft wäre. Aber ansonsten scheint Vanessa Florian als harmlos zu erachten. Sie traut ihm weder einen Mord noch eine Entführung zu. Ganz im Gegensatz zu Ole Senger. Trotzdem beruht das alles auf Hörensagen, denn sie gibt ja selbst zu, Senger nur viermal begegnet zu sein.«

»Senger hat sich mächtig ins Zeug gelegt, um die Lesung auf dem Schiff zu organisieren.«

»Das weißt du von Emil Kohr, Rubens Agenten, richtig?«

»Ist das auch bloß Hörensagen?«

»Zumindest so lange, bis wir Belege hätten, die das bestätigen.«

»Aber warum sollte er sich das ausdenken? Darf ich dir meine Theorie vorstellen?«

Ihr Vater lächelte. »Ich bin gespannt.«

Annika legte sich die Worte im Kopf zurecht und trank einen Schluck Wasser, um Zeit zu gewinnen. »Ich unterstelle, Senger hat Mama entführt. Damals war er siebenundzwanzig. Altersmäßig würde das passen. Was er in den folgenden Jahren gemacht hat, liegt erst mal im Dunkeln. Beruflich schlägt er einen Karriereweg als Literaturagent ein. Irgendwann lernt er Florian Zauner kennen und sieht in ihm eine

Goldgrube. Und Zauner erkennt seinerseits in Senger etwas, was ihm bis dahin an Unterstützung gefehlt hat. Weil sich der Schriftsteller damit schwertut, Bücher bis zum Ende zu schreiben, hilft ihm Senger auf die Sprünge. Er liefert ihm eine Vorlage, die Zauners Fantasie anregt und in dem Thriller *Lange Tage in seiner Gewalt* mündet. Senger besteht als einzige Bedingung darauf, dass die von ihm eingebrachten Passagen wortwörtlich übernommen werden. Weil ihm das einen unvergleichlichen Nervenkitzel verschafft. Er sich nach so vielen Jahren für unbesiegbar hält. Zauner ahnt nicht, woran das liegt, aber vermutlich ist es ihm auch egal. Denn immerhin gibt es der weiblichen Protagonistin eine Stimme. Dann poste ich meine Reiseankündigung. Senger, der mich jahrelang beobachtet hat, sieht nun eine noch bessere Gelegenheit gekommen. Er kann mich ins absolute Gefühlschaos stürzen und setzt alles daran, die Lesung auf der Kreuzfahrt zu organisieren. Klingt das irgendwie plausibel?«

»Zumindest nicht völlig ausgeschlossen«, erwiderte ihr Vater.

Anscheinend hatte sie ihn noch nicht vollständig überzeugt. »Ich muss dir etwas anderes zeigen. Ruben hat ein Video gepostet.«

Sie schaltete den Laptop ein und rief Rubens letzten Beitrag auf. Johannes schaute sich die Stellungnahme konzentriert an.

»Ist Ruben unschuldig?«, fragte Annika am Ende. »Habe ich ihn grundlos verdächtigt?«

»Ein solches Video ist kein Beweis«, entgegnete ihr Vater. »Auch ein Schuldiger könnte auf diese Weise seine vermeintliche Unschuld beteuern.«

»Oh Gott! Wie hast du bloß deinen Beruf ausgehalten? Diese ganzen Spekulationen machen mich wahnsinnig.«

»Was hältst du davon, wenn wir zu Kohr fahren?«, fragte ihr Vater.

»Unangekündigt?«

Er lächelte breit. »Das wäre sogar ziemlich wichtig. Er soll sich nicht auf unseren Besuch vorbereiten. Du könntest behaupten, deinen Koffer abholen zu wollen.«

»Annika«, sagte Emil Kohr überrascht, als er die Tür öffnete. »Was für eine Überraschung!« Sein Blick wandte sich Johannes zu. »Wir beide kennen uns noch nicht, oder?«

»Nein. Ich bin Johannes Schneider, Annikas Vater.«

Die Männer schüttelten einander die Hand.

»Kommst du, um den Koffer abzuholen?«, fragte Emil. »Dann habe ich leider eine schlechte Nachricht für dich. Ich hatte mit Ruben vereinbart, dass er dir Bescheid gibt.«

»Worüber?«

»Ruben hat den Koffer mit nach Hamburg genommen. Ich hatte gehofft, das wäre in Ordnung. Du musst mir …« Er hielt inne. »Was lasse ich euch eigentlich hier draußen stehen? Entschuldigt! Kommt rein! Du musst mir einiges erklären.«

Er führte seine Gäste ins Wohnzimmer und erkundigte sich nach ihren Getränkewünschen. Beide begnügten sich mit stillem Wasser.

Emil brachte ihnen die Getränke und setzte sich ihnen gegenüber.

»Was ist Donnerstagabend passiert?«, fragte er.

»Was hat Ruben dir erzählt?«, erwiderte Annika.

»Ruben kam völlig aufgelöst ins Haus und sagte, du wärst einfach im Taxi sitzen geblieben, das davongerast sei. Ich verstand erst nur Bahnhof, bis mir klar wurde, dass du offensichtlich vor ihm abgehauen bist. Was hat er dir angetan? Schlimmes?«

»Donnerstagabend war ich überzeugt davon, Ruben sei der Entführer meiner Mutter, der mit mir ein übles Spiel abzieht.«

»Ruben Reus?« Emil lachte. »Nicht dein Ernst. Der Mann ...« Ruckartig wandte er sich Johannes zu. »Oh Gott, ich bin so dumm! Sie sind Annikas Vater.«

»Das sagte ich schon.«

»Sind Sie auch der Ehemann von Annikas Mutter? Der Mann, der seine Frau an dieses Tier verloren hat?«

»Ja«, brummte Johannes.

»Das tut mir so leid. Scheiße! Oh Gott!« Ihm war die Situation sichtlich unangenehm. »Aber Ruben? Wie kommst du darauf?«

»Es gab Anhaltspunkte, die mich misstrauisch gemacht haben.« Sie wollte nicht jeden einzelnen Punkt wiederkäuen, schon gar nicht den sexuellen Aspekt.

»Du irrst dich. Garantiert! Ruben ist ein ...« Er zögerte. »Schaf«, sagte er leise. »Bitte verrat ihm nicht, dass ich das gesagt habe. Aber du kennst seine Wohnung. Seine Lebensumstände, die eher zu einem Studenten als zu einem 42-Jährigen passen. Er ist so schnell zufrieden, statt sich mal ein wenig in seine Karriere zu verbeißen und mehr herauszuholen. Was er eindeutig könnte. Ich habe mir Zauners Buch Freitag gekauft, weil ich neugierig gewesen bin. Ruben könnte unmöglich einer Frau antun, was dort beschrieben steht.«

»Bist du dir sicher?«, fragte Annika.

»Du nicht? Ich meine, immerhin habt ihr ...« Er sprach den Satz nicht zu Ende.

Schweigen breitete sich zwischen ihnen aus. Emil räusperte sich und schaute seine Gäste erwartungsvoll an.

»Ruben Reus ist nicht unser Hauptverdächtiger«, bekannte Johannes.

»Wer dann?«, fragte Emil.

»Wir konzentrieren uns derzeit auf Ole Senger«, sagte Annika.

»Zauners Agent. Wow!« Emil lächelte und zog gleichzeitig seine Stirn in Falten.

»Überrascht Sie das?«, fragte Johannes.

»Scheiße, wie formuliere ich das?«, murmelte Emil. »Senger hat ungewöhnlich – nein, falsch, ich fange anders an.« Er trat an einen Schrank, holte eine Flasche Whisky heraus und schüttete sich einen Schluck ein. Dann setzte er sich wieder. »Die Organisation der Lesung war alles andere als normal. Normalerweise bucht die Reederei den Künstler, also in dem Fall Ruben. Zum Zeitpunkt x muss er den Programmverantwortlichen mitteilen, aus welchem Buch er vorliest, damit diese Info ins Unterhaltungsprogramm der Kreuzfahrt aufgenommen wird. Auf diese Auswahl nimmt die Reederei keinen Einfluss. Es ist ihnen schlichtweg egal. Vor ungefähr drei Monaten erhielt ich einen Anruf meines Kontaktes bei der Reederei. Sie erzählte mir von einer ungewöhnlichen Anfrage. Ob ich einen Literaturagenten namens Senger kennen würde, der bei der Agentur LuF die Rechte von Florian Zauner vertreten würde.« Emil trank das Glas leer. »Gehen wir in mein Arbeitszimmer. Ich müsste Unterlagen darüber haben, weil ich die Provision noch nicht abgerechnet habe. Bevor ich etwas durcheinanderbringe, will ich es mir richtig in Erinnerung rufen.«

Er stand auf und ging voran. Annika und Johannes folgten ihm. Emil setzte sich an seinen Schreibtisch, öffnete eine Schublade und holte einen Packen Schnellhefter heraus. »Darin befinden sich Unterlagen über noch nicht abgerechnete Provisionen.« Im siebten Hefter wurde er fündig. »Hier ist es.«

Auf dem Hefter klebte ein gelber Post-it mit den Worten *Goldenflower Ruben Reus.*

Emil öffnete ihn und nahm Unterlagen heraus, die er auf dem Schreibtisch verteilte. Kurz darauf schob er ihnen einen Zettel zu, auf dem er sich Stichpunkte notiert hatte. Unter anderem das Veröffentlichungsdatum des Thrillers und die genauen Daten der Skandinavien-Kreuzfahrt.

»Mein Kontakt wollte wissen, was ich von Sengers Idee halten würde, während der Überfahrt eine Weltpremiere zu organisieren. Eine Lesung aus einem noch nicht erschienenen Buch. Senger sei dafür Feuer und Flamme. Er habe sich umgehört, welche Künstler einen guten Ruf hätten. Senger würde ein Engagement von Ruben Reus bevorzugen, weil dessen Stimme am besten zu dem Thriller und Zauners Schreibstil passen würde. In diesem Telefonat mit der Reederei habe ich mich ganz begeistert gezeigt und versprochen, Kontakt zu Senger aufzunehmen.«

»Aber?«, fragte Johannes.

Emil zeigte mit dem Finger auf ihn. »Zu meinen wahren Gedanken komme ich gleich. Lassen Sie mich kurz zu Ende berichten. Ich meldete mich bei Senger, der wirklich völlig begeistert von seiner Idee war, den Roman exklusiv auf der Kreuzfahrt der Öffentlichkeit vorzustellen. Ob Ruben dazu bereit wäre. Ich handelte tausend Euro Gage heraus, also zusätzlich zu dem, was die Reederei bezahlt. War überhaupt kein Problem. Wahrscheinlich hätte ich sogar zweitausend fordern können. Die Reederei sagte auch zu und Ruben war ohnehin froh, wieder auf sein Lieblingsschiff zu dürfen. So lief die Vereinbarung der Lesung.«

»Aber?«, wiederholte Johannes.

»Ich habe Sengers Begeisterung für diese Idee nicht nachvollziehen können. Natürlich befindet sich auf einem Luxusschiff zahlungskräftiges Publikum. Bestimmt haben einige von denen im Bordshop zugegriffen. Allerdings beeinflusst eine solche Veranstaltung meiner Meinung nach nicht den Starterfolg eines neu erschienenen Buchs. Und wie begeistert Senger nach der Lesung mich angerufen hat, weil er auf erste Postings in den sozialen Medien gestoßen war, fand ich völlig skurril.«

»Das hast du am Telefon berichtet«, erinnerte sich Annika.

»Ja, Senger war regelrecht besessen.«

»Hat er sich eigentlich nach der Signierstunde bei dir gemeldet?«, fragte Annika.

»Wer?«, reagierte Emil überrascht.

»Senger. Ich bin mir sicher, er hat Ruben erkannt. Das stand ihm ins Gesicht geschrieben. Und da keine der Einladungen für die Veranstaltung auf Rubens Namen lautete, wäre es nur logisch, dass er über dich hineingekommen ist. Denn du hattest dich kurzfristig um unsere Einladung gekümmert.«

»Daran habe ich nicht gedacht«, bekannte Emil. »Aber klar. Nach eurem Auftritt dort …« Rubens Agent sprach den Satz nicht zu Ende. Er zuckte die Achseln und schaute sie fragend an.

Kapitel 22

»Wir haben nichts«, murrte Johannes auf dem Rückweg zum Hotel. Er trommelte im schnellen Takt mit den Fingern auf dem Lenkrad. »Zumindest nicht genug, um Senger oder Zauner von den Berliner Verantwortlichen in die Mangel zu nehmen.«

»Ich verstehe das nicht. Es deutet alles auf Senger hin. Wieso reicht das nicht?«, fragte Annika.

»Manchmal trügt der Schein. Als Mama entführt wurde, steckte ich mitten in den Ermittlungen eines Doppelmords. Ich hatte mich auf den Großneffen als Verdächtigen eingeschossen. Er hatte kein Alibi, verhielt sich unkooperativ und seine Vorgeschichte hätte zur Tat gepasst. Aber er war unschuldig. Am Ende verhafteten meine Nachfolger den Geschäftspartner des getöteten Ehemanns. Den hatte ich bis zu meinem Ausscheiden aus dem Dienst nicht verdächtigt. Schon allein deswegen nicht, weil das Mordopfer Rentner war. Ich war zu überzeugt davon, mit dem Familienmitglied richtigzuliegen.«

»Hättest du mehr Zeit gehabt, hättest du den Fall gelöst.«

Ihr Vater lächelte. »Vielleicht, vielleicht auch nicht. Meine Aufklärungsquote lag über all die Jahre hinweg bei siebenundneunzig Prozent. Darauf war ich sehr stolz. Unser Problem ist: Alles, was wir wissen, beruht auf Hörensagen.«

»Emil hat diese Notizen gemacht. Beweisen die denn nichts?«

»Die beweisen zunächst einmal nur, dass sich Senger für seinen Klienten ins Zeug legt und somit seinen prozentualen Anteil wert ist. Wenn wir Erfolg haben wollen, müssen wir eine andere Strategie wählen. Du warst mit Ruben auf dem richtigen Weg. Bei der Signierstunde aufzutauchen und ihn unter Druck zu setzen, war clever.«

»Vielleicht hat er demnächst wieder einen öffentlichen Auftritt. Bestimmt bewirbt er gerade massiv das neue Buch. Das könnten wir ausnutzen.«

Da der Laptop in Annikas Hotelzimmer stand, gingen sie nach ihrer Rückkehr direkt dorthin.

Johannes rief die Verlagshomepage auf. »Sieh mal einer an«, sagte er. Mit dem Trackpad führte er den Mauszeiger zu der Stelle, die ihm sofort aufgefallen war.

»Das ist krass!« Annika konnte die Informationen des Verlags kaum glauben. Zauner hatte wegen Krankheit alle Termine der nächsten vier Wochen abgesagt. »Das wird die Verlagsmenschen nicht glücklich machen. Mitten in der heißesten Promotionsphase. Donnerstagabend wirkte er noch ziemlich gesund.«

Johannes suchte im Internet nach Zauners Adresse. Allerdings blieb die erste Abfrage erfolglos. »Wenn ich meinen Kontaktmann darum bitte, mir die Telefonnummer und Adresse zu besorgen, wird er das vermutlich machen. Aber frühestens am Montag.«

»Lass mich mal ran«, bat Annika. Sie rief die Homepage der Agentur auf. Nach einem Klick auf die Kontaktdaten stand ihnen Sengers Handynummer zur Verfügung. »Senger könnten wir schneller erreichen.«

»Was schwebt dir vor?«

»Wir rufen ihn an und drängen ihn in die Ecke. Zwingen ihn zu einem persönlichen Treffen. Mich wird er von der Signierstunde wiedererkennen. Theoretisch könnte ich sogar dieselbe Kleidung anziehen. Vielleicht verunsichert ihn dieses Wiedersehen so sehr, dass ihm die Wahrheit herausrutscht.«

»Das wäre die allerletzte Patrone in unserem Revolver. Die will ich noch nicht abfeuern.«

»Wieso nicht?«

»Senger ist der Hauptverdächtige. Wenn wir richtigliegen, würde ich lieber zuerst mit Zauner sprechen. Ihn auf unsere Seite ziehen. Stell dir vor, er bestätigt, dass die fraglichen Passagen von Senger stammen. Dann könnte die Kripo loslegen und offiziell gegen den Agenten vorgehen.«

»Also müssen wir bis Montag warten.«

»Nicht unbedingt. Vielleicht hat Vanessa Zauner die aktuelle Handynummer ihres Ex-Mannes. Mit Sicherheit kennt sie seine Adresse.«

»Gute Idee. Warum hast du nicht gleich danach gefragt?«

»Ich will die Auskunft erst dann haben, wenn uns keine anderen Möglichkeiten mehr bleiben. Damit sie ihn nicht vorab informiert.«

»Haben wir noch andere Möglichkeiten?«

»Ruben Reus.«

Annika schaute ihren Vater überrascht an. »Was ist mit ihm?«

»So wie ich das einschätze, ist er nur eine Marionette in diesem Spiel und weiß noch nicht einmal, wer an seinen Fäden zieht.«

Annika schnaubte. Sie spürte einen starken Zwiespalt. Vieles an seinem Verhalten fand sie auch im Licht der neuen Informationen dubios. Falls sie ihn grundlos verdächtigt hatte, würde es ihr schwerfallen, ihm noch einmal in die Augen zu sehen.

»Warum hat er mich beim Sex so grob behandelt? Du bist ein Mann. Erklär's mir.«

»Ich glaube, er hatte in seiner Wohnung mit einem Ego-Problem zu kämpfen. Wie Kohr es sagte. Seine Lebensumstände würden besser zu einem Studenten als einem gestandenen Kerl passen. Vielleicht wollte er dir mit dieser raueren Gangart nur zeigen, was in ihm steckt. Den harten Macker markieren.«

»Hast du das schon mal gemacht? Vor allem in der Kennenlernphase?«

Ihr Vater lächelte. »Du willst jetzt nicht Auskunft von mir über das voreheliche Sexleben deiner Eltern, oder?«

Sie verdrehte die Augen. »Nein, danke.«

»Reus hat durch die Botschaft in dem Buch bei der Signierstunde schon Vorwürfe erhoben. Vielleicht hat er eine E-Mail bekommen, von der wir nichts wissen, weil er uns nicht erreichen kann.«

»Also soll ich jetzt mein Handy einschalten?«

»Falls dein Akku leer ist, hole ich eben mein Aufladekabel«, erwiderte ihr Vater.

»Oh Gott, ist das peinlich! Was habe ich getan?« Ihr entfuhr ein quiekendes Geräusch.

Johannes nahm ihre Hand. »Selbst wenn du ihn fälschlicherweise verdächtigt hast, sollte er bei deiner Vergangenheit Verständnis dafür haben.«

»Hoffentlich.« Annika trat an den Safe und gab den Code ein. Sie holte das Handy heraus und schaltete es ein. »Der Akkustand ist hoch genug.«

Sie entsperrte die SIM-Karte mit ihrer PIN und wartete. Sekunden später brummte das Telefon unaufhörlich.

»Drei Nachrichten auf der Mailbox und siebzehn Chatmitteilungen. Muss das wirklich sein, Papa?«

»Ich kann's mir allein anhören«, schlug er vor.

Das Angebot klang verlockend. Doch sie wollte sich nicht

feige verhalten. »Nein. Da muss ich durch. Fangen wir mit seinen Mailboxnachrichten an.«

»Hallo, Annika!«, begann die erste Nachricht. »Ich weiß gerade nicht, was das zu bedeuten hat. Wieso bist du im Taxi sitzen geblieben und weggefahren? Ruf mich bitte zurück.« Seine Stimme zitterte deutlich vernehmbar.

Zwanzig Minuten später hatte er ihr eine weitere Mitteilung hinterlassen.

»Ich bin jetzt wieder in Emils Gästezimmer. Ruf mich bitte an. Emil und ich haben gerade eine Viertelstunde miteinander gequatscht. Er kann sich auch keinen Reim auf dein Verhalten machen.«

Die dritte Mailboxnachricht hatte er ihr am folgenden Vormittag aufgesprochen.

»Jetzt hast du dich noch immer nicht zurückgemeldet. Ich weiß nicht, was ich davon halten soll. Würde gern mit dir sprechen, aber entweder hast du mich geblockt oder das Handy ausgeschaltet. Na ja. Ich hab fast gar nicht geschlafen, Annika. Im Laufe des Tages fahre ich zurück nach Hamburg. Ich nehme deinen Koffer mit. Okay? Vielleicht ist das die einzige Chance, damit du mich anhörst. Ich verwahre ihn für dich, bis du ihn abholst. Einverstanden? Hoffentlich hören wir uns bald. Warum bist du vor mir abgehauen? Hältst du mich für den Entführer deiner Mutter? Ernsthaft? Ich versteh's nicht. Meld dich bitte.«

»Ruben klang ziemlich verletzt, oder?«, fragte Annika ihren Vater.

»Begeistert ist er jedenfalls nicht.«

»Verdammter Mist! Mal gucken, was er noch geschrieben hat.« Sie setzte sich so hin, dass ihr Vater ebenfalls aufs Handy blicken konnte.

Die ersten Nachrichten waren Donnerstagnacht eingetroffen, die restlichen am Freitag. In jeder einzelnen bat er sie um einen Rückruf oder eine Sprachnachricht. Er redete davon, dass man das Missverständnis garantiert schnell aus der Welt schaffen könnte. Als letzte Nachricht hatte er ihr ein Foto des Koffers geschickt, den er in der Wohnküche untergebracht hatte. Der Text dazu lautete: *Ich vermisse dich.*

Sie lächelte wehmütig. »Na toll. Mein Koffer vermisst mich. Dann bleibt mir wohl nichts anderes übrig, als in den sauren Apfel zu beißen.«

Sie wählte seine Nummer und aktivierte den Lautsprecher. Nach wenigen Sekunden beantwortete Ruben das Gespräch.

»Annika! Gott sei Dank! Geht's dir gut?«

»Hallo, Ruben!«

»Hi! Oh Mann, bin ich froh, deine Stimme zu hören!«

»Ich habe dein Video gesehen.«

»Emil hat mir von eurem Besuch erzählt. Hätte ich das geahnt, wäre ich in Berlin geblieben. Du bist mit deinem Vater in der Stadt?«

»Hallo, Herr Reus!«, sagte ihr Vater. »Ich bin Johannes Schneider.«

»Guten Tag!«, erwiderte Ruben. »Kannst du mir jetzt mal bitte genau erklären, was Donnerstagabend passiert ist? Einen Teil weiß ich schon von Emil. Glaubst du wirklich, ich hätte das einem Menschen antun können?«

»Mit Herrn Kohr hatten Sie einen Fürsprecher«, bestätigte Johannes. »Der ist von Ihrer Unschuld überzeugt.«

»Und du, Annika? Denn ehrlich gesagt ist mir alles andere egal.«

»Ich fand's so seltsam, wie du mich mitten im Akt auf den Bauch gedreht und die Arme festgehalten hast.«

»Shit!« Er lachte verunsichert. »Und das im Beisein deines Vaters. Da sammle ich wertvolle Pluspunkte. Es tut mir leid. Aber das hatte nichts zu bedeuten. Gar nichts! Ich mag das und dachte, es könnte dir …«

»Ruben!«, unterbrach Annika ihn. »So etwas Ähnliches musste meine Mutter in einem ihrer Briefe schreiben. Nur dass ihr Entführer Handschellen benutzt hat.«

»Ja, Scheiße, das weiß ich inzwischen auch. Ich hab mir dieses miese Buch gekauft und alles gelesen. Es tut mir leid. Aber als wir Montagnacht in meiner Wohnung waren, wusste ich das nicht.«

»Wirklich? Oder sollte das vielleicht ein Witz sein?«

»Ich hatte keine Ahnung.«

»Okay«, sagte sie leise.

»Sie müssen mir das bitte auch glauben, Herr Schneider. Ich bin nicht der Mörder Ihrer Ehefrau.«

»Zu dieser Annahme tendieren meine Tochter und ich gerade.«

»Gott sei Dank!«

»Hast du auf die eingerichtete E-Mail-Adresse eine Antwort bekommen?«, fragte Annika.

»Nein. Da hat sich bislang keiner gemeldet. Die verhalten sich stumm.«

»Zauner hat alle Promotionstermine der nächsten vier Wochen wegen Krankheit abgesagt«, erklärte sie.

»Ernsthaft? Krass! Emil hat mir ein bisschen von eurem Gespräch erzählt. Ihr haltet eher Senger für verdächtig. Oder hat er das falsch verstanden?«

»Nein«, bestätigte Johannes. »Der Hauptverdacht richtet sich gegen den Literaturagenten. Aber Zauner ist für uns nicht aus der Verlosung.«

»Und jetzt?«, fragte Ruben.

»Ich habe meine Tochter überredet, sich bei Ihnen zu melden.«

»Oh!«, entfuhr es Ruben.

»Na ja, zumindest ein bisschen geschubst hat er mich«, schränkte Annika ein. »Ich hätte mich noch bei dir gemeldet. Nur nicht unbedingt heute.«

»Weswegen haben Sie Ihre Tochter überredet?«, wandte sich Ruben an Johannes.

»Realistisch sehe ich eine Chance, der Aufklärung näherzukommen. Wir müssen mit Zauner und Senger in Kontakt treten. Idealerweise in dieser Reihenfolge. Dabei könnten wir Ihre Unterstützung gebrauchen. Ich halte es für klug, wenn ich vorläufig im Hintergrund wirke. Dass mich Kohr gesehen hat, war nicht zu vermeiden. Zauner und Senger sollen erst mal nichts von meiner Beteiligung wissen. Aber Annika kann das unmöglich allein bewerkstelligen.«

»Soll ich etwa nach Berlin zurückkehren? Ich bin erst gestern dort aufgebrochen. Außerdem hat Emil vermutlich keine Lust, mich schon wieder bei sich zu Hause aufzunehmen. So eng ist unser Verhältnis nicht.«

Und du hast keine Ahnung, was er wirklich von dir hält, dachte Annika. Ob sie ihm irgendwann davon erzählen müsste? Die Bezeichnung *Schaf* hatte sie schockiert, denn sie drückte so viel Verachtung aus. Allerdings war jetzt nicht der richtige Zeitpunkt, um ihn darüber ins Bild zu setzen.

»Ja, wir brauchen Sie hier in Berlin. Das lässt sich leider nicht vermeiden.«

»Na, toll!«, stöhnte Ruben.

»Aber ich kann Ihnen ein schönes Angebot machen. Meine Tochter hat Ihre finanzielle Situation angerissen.«

»Sie müssen mich für einen traumhaften Schwiegersohnkandidaten halten.«

Annika grinste. Die Fähigkeit, sich auf eigene Kosten lustig zu machen, war Ruben nicht abhandengekommen. Auch bei ihrem Vater sammelte er dadurch Pluspunkte.

»In manchen Sportarten wäre man bei einem solchen Fehlstart direkt disqualifiziert. Aber Sie bekommen eine zweite Chance. Annika und ich schlafen in einem sehr schönen Hotel in Zimmern zur Alleinnutzung. Wenn Sie so schnell wie möglich zurückkehren und den Koffer meiner Tochter mitbringen, würde ich Ihnen ein paar Nächte finanzieren. Außerdem ein Bahnticket erster Klasse. Über die Rückfahrt reden wir dann ein anderes Mal.«

»Nun machen Sie mich neugierig. In welchem Hotel sind Sie untergekommen?«

Johannes nannte ihm den Hotelnamen.

»Alles klar«, erwiderte Ruben wie aus der Pistole geschossen. »Das ist ja fast so gut, als wenn ich jetzt noch auf der *Goldenflower* wäre.«

»Du bist so eine richtige Luxustussi«, sagte Annika belustigt.

»Deswegen wohne ich, wie ich wohne«, entgegnete Ruben. »Ich bin schon online und schaue mal eben nach möglichen Zugverbindungen. Haben Sie einen kleinen Moment Geduld.«

Annika vernahm die Tippgeräusche einer Tastatur.

»Okay«, sagte Ruben schließlich. »In vierzig Minuten fährt vom Hauptbahnhof ein ICE ab, der gegen zwanzig Uhr in Berlin eintreffen würde. Das könnte ich ganz knapp schaffen.«

»Nehmen Sie den! Ich gebe Ihnen das Geld fürs Ticket wieder und reserviere Ihnen ein Hotelzimmer.«

Kapitel 23

Annika entdeckte Ruben zuerst. Sie saß mit ihrem Vater in der Lobby und trank Kaffee, als er durch eine Drehtür das Hotel betrat. Er hatte ihren großen und einen kleineren Koffer dabei. Annika erhob sich und winkte ihm zu. Da er keine Hände frei hatte, nickte er bloß und beschleunigte seinen Schritt.

»Hallo!«, sagte er.

Unbeholfen nahm Annika ihn in den Arm. Ihr Vater stand unterdessen auf.

»Ruben, das ist mein Vater Johannes.«

Die Männer schüttelten sich die Hand. So wie Annika ihren Vater einschätzte, würde er viel zu stark zudrücken. Doch Rubens Gesicht zeigte keine Regung.

»Trotz der Umstände freut's mich«, sagte er.

»Ebenso«, erwiderte Johannes. Er griff in seine Hosentasche und zog eine Zugangskarte heraus. »Ich habe Sie schon eingecheckt. Leider war in unserer Etage nichts mehr frei.«

»Danke«, sagte Ruben.

»Was halten Sie von einem gemeinsamen Abendessen? Dann könnten wir unser morgiges Vorgehen besprechen.«

»Geben Sie mir eine Viertelstunde?«

»Kein Problem. Ich warte hier unten.«

»Und ich bringe eben meinen Koffer ins Zimmer«, sagte Annika. »Bis gleich.«

Ihr Vater nickte. Gemeinsam mit Ruben ging sie auf die Fahrstühle zu. Trotz der Scham, die sie wegen ihres Verdachts spürte, hatte sie sich mit jeder vergangenen Stunde mehr auf sein Eintreffen gefreut.

»War die Bahnfahrt okay?«

»Alles easy«, antwortete Ruben. »Von der Junggesellenabschiedsgruppe in der ersten Klasse abgesehen, konnte ich mich richtig gut erholen.«

»Waren die schlimm?«

»Ich hatte zum Glück Kopfhörer dabei. Mit aktiver Geräuschunterdrückung. Und trotzdem kenne ich jetzt die angesagtesten Ballermann-Hits. Keine Ahnung, warum man in Hamburg lebt und nach Berlin fährt, um Junggesellenabschied zu feiern. Das macht man auf der Reeperbahn.«

Sie betraten den Fahrstuhl und hielten ihre unterschiedlichen Karten vor den Kartenleser.

»Es tut mir so leid, Ruben«, sagte Annika, als sich die Tür schloss.

Er streichelte ihr kurz über den Arm. »Kein Problem. Ich hab schnell geahnt, dass du mich wohl für den Mörder halten musst, wenn du so panisch vor mir fliehst. Nur mit unserem Sex habe ich das nicht in Verbindung gebracht. Dafür möchte *ich* mich entschuldigen.«

»Brauchst du nicht. Das ist alles … so verrückt.«

Sie erreichten Rubens Etage. »Bis gleich. Ich freue mich.« Er stieg aus und dreht sich im Flur zu ihr um. Annika lächelte ihm zu.

»Ich mich auch.«

Die Fahrstuhltür glitt zu. Wenige Augenblicke später kam sie in ihrer eigenen Etage an.

In ihrem Zimmer überlegte sie kurz, sich umzuziehen. Dann schob sie den Koffer verschlossen in den großen

Wandschrank. Sie würde ihn erst nach dem Abendessen ausräumen. Oder noch später, je nachdem, wie sich der Abend entwickelte.

»Ex-Frauen, die glauben, eine offene Rechnung aus der Ehe begleichen zu müssen, sind eine sehr zuverlässige Informationsquelle«, sagte Johannes bei ihrem Abendessen. »Vanessa Zauner hat uns sowohl die aktuelle Handynummer als auch die Adresse ihres Ex-Mannes gegeben und uns versichert, ihn nicht vorab zu kontaktieren.«

»Was genau stellen wir damit an?«, fragte Ruben.

»Sie rufen ihn an und sagen ihm, dass er nun genug Zeit gehabt hätte, über die Botschaft bei der Signierstunde nachzudenken. Da er jedoch nie wie gefordert eine Mail geschickt hätte, müsste er stattdessen persönlich mit Ihnen sprechen. Außerdem geben wir zu verstehen, dass Sie schon vor seiner Haustür warten. Das wird ihn verunsichern, weil er nicht damit rechnet, dass Sie seine Adresse herausgefunden haben. Gemeinsam mit Annika gehen Sie dann zu seinem Haus und lassen sich nicht abwimmeln. Ich werde Annika verkabeln und im Auto alles anhören, was Sie zu dritt besprechen.«

»Wie willst du mich verkabeln?«, wunderte sich Annika.

Ihr Vater grinste selbstzufrieden. »Ich habe ein bisschen Spielzeug mitgenommen.«

»Du hattest Überwachungsmaterial zu Hause, das du in den Koffer gepackt hast?«

»Klug von mir, oder?«

»Und wenn er uns nicht hereinlässt?«, fragte Ruben.

»Dann drohen Sie, die Polizei einzuschalten. Annika wird ihm von der exakten Übereinstimmung in dem Buch berichten.«

»Solange er nicht der Täter ist, erscheint mir Ihr Plan durchführbar. Aber was, wenn er schuldig ist? Bringen wir dann nicht Ihre Tochter in Gefahr? Das könnte ich mir nicht verzeihen.«

»Deswegen unter anderem die Verkabelung. Außerdem sind Sie zu zweit. Er wird Sie kaum gemeinsam überwältigen.«

»Wir haben uns das Haus schon angesehen, als du im Zug saßt«, fügte Annika hinzu. »Es ist an ein Alarmsystem angeschlossen. Wenn wir in Gefahr geraten, fährt mein Vater mit dem Wagen gegen die Terrassentür, bis sie zerbricht. Dann dauert es nur Minuten, bis der Sicherheitsdienst vor Ort ist.«

»Das klingt alles sehr optimistisch.« Ruben griff zu seinem Weinglas. »Ich wünschte, ich könnte diesen Optimismus teilen.«

Um zehn Uhr morgens parkten sie nicht weit von Zauners Haus entfernt. Johannes, der auf der Rückbank saß, überprüfte ein letztes Mal Annikas Verkabelung. Das Signal kam deutlich bei ihm an. Im Hotel hatten sie es über verschiedene Etagen erfolgreich ausprobiert.

»Auf geht's!« Johannes klatschte in die Hände.

Ruben tippte Zauners Handynummer in sein Telefon und drückte die Verbindungstaste. In der Leitung erklang das Freizeichen.

»Hallo?«, meldete sich kurz darauf eine männliche Stimme.

»Hallo, Florian!«, sagte Ruben.

»Wer ist da?«

»Ein guter Freund.«

»Wer sind Sie?«

»Der Mann, der am Donnerstag eine Botschaft an Sie hatte, auf die Sie zu meiner großen Enttäuschung nicht reagiert haben.«

»Ich lege jetzt auf. Was soll das alles?«

»Wenn Sie wirklich auflegen, schneiden Sie sich ins eigene Fleisch. Den Skandal wird Ihre Karriere nicht verkraften.«

»Das heißt?«

»Es liegt in Ihrem Interesse, sich mit meiner Partnerin und mir zu unterhalten. Und zwar jetzt sofort.«

»Vergessen Sie's!«

Johannes legte einen Finger auf die Lippen und signalisierte Ruben, ein paar Sekunden zu schweigen.

»Sind Sie noch dran?«, fragte Zauner schließlich.

Er hatte offenbar gar nicht vor, das Telefonat abrupt zu beenden.

»Wir kommen jetzt zu Ihnen. Sie machen uns auf. Sonst erfährt die Welt, was Sie getan haben.« Ruben trennte die Verbindung.

»Ganz hervorragend!«, lobte Johannes. Er legte sich flach auf die Rückbank, damit Zauner ihn nicht vom Haus entdecken konnte. »Und jetzt los! Ich bin in eurer Nähe. Sobald Gefahr droht oder auch nur der Ton ausfällt, schreite ich ein.«

Annika und Ruben stiegen aus. Schnell gingen sie auf das Haus zu.

»Verdammt, bin ich nervös!«, flüsterte Ruben.

»Geht mir nicht anders.«

Sie erreichten die Haustür. Annika klingelte, Ruben klopfte. Es dauerte nur wenige Augenblicke, bis Zauner ihnen öffnete.

»Ich fasse es nicht. Was soll dieser Scheiß? Wie haben Sie meine Adresse herausgefunden? Sie verlassen sofort mein Grundstück, sonst rufe ich die Polizei!«

»Tun Sie sich keinen Zwang an«, erwiderte Annika. »Wir sind zwar der Meinung, es geht auch ohne die Bullen, aber bitte schön.« Innerlich entschuldigte sie sich bei ihrem Vater für die Ausdrucksweise. »Ihre Ex-Frau Vanessa hat übrigens keine Sekunde gezögert, uns Ihre Adresse zu nennen.«

»Sie hatten Kontakt zu Vanessa? Dieses Biest! Was wollen Sie von mir?«

»Haben Sie seit unserem Telefonat jemand anderen kontaktiert?«, fragte Ruben. »Um genau zu sein, Ole Senger?«

»Wie hätte ich das in der Kürze der Zeit schaffen sollen?«

»Sehr gut! Dann steht einem Gespräch über die Entstehungsgeschichte Ihres neuesten Werks nichts mehr im Weg. Lassen Sie uns rein oder unterhalten wir uns hier auf der Türschwelle?«

Die Männer starrten sich an. Zauner unterbrach schließlich den Blickkontakt.

»Zeigen Sie mir Ihre Handys«, forderte er.

Annika und Ruben taten ihm den Gefallen.

»Ausschalten«, sagte Zauner. »Sonst ist das Gespräch vorbei, noch bevor es begonnen hat.«

»Nur wenn Sie Ihr Telefon ebenfalls ausschalten«, entgegnete Ruben.

Zauner verdrehte die Augen. Er griff in seine hintere Hosentasche und zog ein Smartphone heraus. Jeder von ihnen drückte am eigenen Gerät den Ausschaltknopf.

»Kommen Sie rein!« Er trat beiseite und schloss hinter ihnen die Tür. »Gehen wir ins Wohnzimmer. Die zweite Tür links.«

Der Schriftsteller nannte ein geschmackvoll eingerichtetes Wohnzimmer sein Eigen. In dem Raum lagen weiße Läufer als Kontrast zum dunklen Holz auf dem Boden. An den Wänden hingen insgesamt vier moderne Gemälde, die farblich perfekt aufeinander abgestimmt waren. Gelb, Türkis, Grün und Blau waren jeweils die beherrschenden Farben.

Auch die Möbel waren wohlüberlegt zusammengestellt. Das weiße Leder der Fernsehsitzlandschaft passte zu dem cremefarbenen Couchtisch und dem TV-Schrank. Der Esstisch und die sechs Stühle orientierten sich am Eichenboden.

»Was genau wollen Sie eigentlich von mir? Ich habe Ihre Botschaft nicht verstanden. Und dann flüchten Sie, bevor Ole oder ich mit Ihnen hätten reden können.«

Zauner setzte sich an den Esstisch.

»*Lange Tage in seiner Gewalt* stammt nicht aus Ihrer Feder«, warf Ruben ihm vor. Er nahm auf dem gegenüberliegenden Stuhl Platz.

Mit der flachen Hand schlug Zauner auf den massiven Tisch. »Eine Unverschämtheit! Wie können Sie das wagen? Wenn Sie nicht aufpassen, verklage ich Sie wegen Rufmords.«

Nun setzte sich auch Annika. »Sie behaupten also, alles an diesem Roman selbst geschrieben zu haben?«

»Natürlich!«, entgegnete Zauner. »Wer sind Sie? Schriftsteller, die mir ein Plagiat vorwerfen?«

»Sie haben *alles* selbst geschrieben?«, wiederholte Annika langsam.

»Ja! Herrje! Wer denn sonst? Ich weiß gar nicht, warum ich mit Ihnen rede.«

»Sie wirken übrigens kein bisschen kränklich«, sagte Ruben.

»Hä?« Zauner verstand die Anspielung und den abrupten Themenwechsel offenbar nicht.

»Warum musste der Verlag die Promotour absagen, wenn sie quietschfidel sind?«, fragte Annika.

»Sind Sie vom Verlag engagiert? Man sieht halt nicht jede Krankheit.«

»Und Sie bleiben dabei: Der komplette Roman stammt von Ihnen?«, hakte Ruben nach.

»Was soll dieses *Kompletter-Roman*-Gerede? Ich habe ein

Manuskript geschrieben und es an den Verlag geschickt. Punkt.«

»Na schön, dann will ich Ihnen etwas verraten. Ich bin sehr gespannt, wie Sie uns das erklären«, sagte Annika. »In Ihrem Roman zwingt der Entführer sein Opfer, elf Briefe an die Angehörigen zu senden.«

»Sie haben den Thriller gelesen. Ich bin begeistert«, höhnte Zauner.

»Diese elf Briefe stimmen wortwörtlich mit Briefen überein, die meine Mutter vor achtzehn Jahren an meinen Vater und mich schicken musste. Wortwörtlich! Danach hat der Mörder sie getötet und ihr das Herz aus der Brust geschnitten, das er uns in einem Paket zuschickte. Der Täter wurde nie gefasst. Bisher zumindest nicht.«

Zauner schaute sie fassungslos an. »Schwachsinn!«, flüsterte er. Er war bleich geworden.

»Ich versichere Ihnen, es ist kein Schwachsinn. Wenn Sie also darauf beharren, all das selbst geschrieben zu haben, schalte ich mein Telefon ein und rufe die Polizei. Denn dann gestehen Sie die Entführung und Ermordung einer unschuldigen Frau.«

»Sie bluffen!«

»Sind Sie der Mörder meiner Mutter?«

»Natürlich nicht!«, schrie Zauner.

»Haben Sie das komplette Manuskript geschrieben?«, fuhr Annika fort.

»Wie oft soll ich es noch bestätigen? Ja, das habe ich.«

»Eine Ihrer Antworten ist gelogen. Welche ist es?«, fragte Ruben.

»Verlassen Sie sofort mein Haus!«, forderte der Schriftsteller.

»Überhaupt kein Problem. Sobald wir draußen sind, rufen wir die Polizei.« Annika stand auf. »Mord verjährt nicht. Da Sie Thriller schreiben, ist das nicht neu für Sie. Die Briefe

214

sind in den Ermittlungsakten gespeichert. Ich bin gespannt, wie Sie das der Kripo erklären. Komm, Ruben, wir gehen.«

Auch Ruben erhob sich. Zauner blieb mit eingefallenen Schultern und gesenktem Kopf sitzen.

Sie gingen zum Flur. Zauner räusperte sich, bevor sie die Türschwelle erreicht hatten.

»Kommen Sie zurück«, bat er. »Das kann nur ein großes Missverständnis sein.«

Annika und Ruben setzten sich wieder ihm gegenüber hin. »Haben Sie den Roman eigenständig verfasst?«

»Das Manuskript hatte vierhundertfünfzig Seiten! Vierhundertfünfzig! Wie viel Umfang davon machen die Briefe aus? Keine zwanzig.«

»Das beantwortet nicht meine Frage«, entgegnete Annika.

»Jemand hat mir die Briefe gegeben«, bekannte Zauner leise.

»Das habe ich nicht verstanden«, sagte Annika. »Wiederholen Sie es!« Sie wollte sichergehen, dass ihr Vater alles mitbekam.

»Jemand hat mir die Briefe überlassen. Als Inspirationsquelle. Ich habe sie gelesen und hatte sofort einen Film im Kopf. Über eine Gefangene, die anfangs auf schrecklichste Weise von ihrem Peiniger gedemütigt wird, es aber schafft, das Abhängigkeitsverhältnis umzudrehen. Sie haben das Buch gelesen und wissen, worum es geht.«

»Wer hat Ihnen die Briefe gegeben?«, fragte Annika.

»Die lagen eines Tages in meinem Briefkasten.« Er wich ihren Blicken aus.

»Das ist gelogen. Also. Letzte Chance: Wer hat sie Ihnen überreicht?«, setzte Annika den Schriftsteller unter Druck.

»Ole«, flüsterte Zauner nach einigen Sekunden des Schweigens. »Ole Senger, mein Agent.«

Kapitel 24

»Erzählen Sie uns alles!«, forderte Annika. »Von Anfang an.«

Unwirsch schüttelte Zauner den Kopf. »Warum sollte ich das tun? Was habe ich davon?«

»Weil Sie nur auf diese Weise Ihren Ruf retten können«, erwiderte Annika. »Wenn Sie jetzt mauern, nimmt die Polizei Ihr Leben auseinander. Mir ist Ihre Karriere egal, ich will bloß den Mörder meiner Mutter im Gefängnis wissen. Meinetwegen können Sie weiter der gefeierte Schriftsteller bleiben.«

Zauner suchte ihren Blickkontakt. Dann seufzte er. »Von Anfang an? Wie viel Zeit haben Sie mitgebracht?«

»Alle Zeit dieser Welt«, sagte Ruben.

»Ganz wie Sie wollen.« Er räusperte sich. Plötzlich veränderte sich sein Gesichtsausdruck. Die Anspannung fiel von ihm ab. »Ich habe in der Oberstufe des Gymnasiums angefangen, Geschichten zu schreiben. Im Literaturunterricht behandelten wir Kurzgeschichten – und wie sich herausstellte, bin ich darin richtig gut. Leider verdient man in Deutschland mit Kurzgeschichten nur Geld, wenn man sich vorher eine treue Fangemeinde aufgebaut hat. Aber jeder einzelne Roman, den ich begonnen habe, steckte nach spätestens fünfzig Seiten unwiderruflich in einer Sackgasse.

216

Bis mich der Suizid eines Kollegen zu einer Idee inspirierte. Ich schaffte es tatsächlich, einen Thriller zu beenden. Statt mir einen Agenten zu suchen, schickte ich Textauszüge an Dutzende Verlage und bekam neben vielen Absagen auch eine Zusage.« Er schaute ins Leere und lächelte wehmütig. »Ich glaube, der Moment, in dem der zuständige Lektor bei mir anrief, war der beste Tag der letzten zwanzig Jahre. Zu dem Zeitpunkt war meine Ehe mit Vanessa schon lange in ihrer Sackgasse gelandet. Fast wie die vorherigen Versuche, ein Buch zu beenden.« Er lachte spöttisch. »Der Verlagsvertrag gab unserer Ehe zwar einen neuen Kick, der allerdings nicht ewig anhielt. Und dann bekam ich wenige Wochen vor der Veröffentlichung eine Mail. Ole Senger kontaktierte mich und schlug ein persönliches Treffen zum Beschnuppern vor. Völlig zwanglos, ohne jede Verpflichtung. Wir trafen uns zu einem Mittagessen in einem Berliner Restaurant. Ohne den Inhalt des Manuskriptes zu kennen, prophezeite er mir einen Riesenerfolg. Er hatte mit meinem Lektor gesprochen, der mein Werk als nächstes großes Ding ankündigte. Ole machte mir den Vorschlag, dass wir zusammenarbeiten würden, wenn er recht behielte. Außerdem riet er mir dringend, keinen Folgevertrag abzuschließen, ohne mit ihm oder einem anderen Agenten Rücksprache zu halten. Ich erwähnte in diesem Gespräch meine Zweifel, überhaupt einen zweiten Roman zu vollenden. In dieser Hinsicht beruhigte er mich. Er versprach, mir im Falle einer Zusammenarbeit jede Unterstützung zukommen zu lassen, die letztlich auch zu weiteren fertigen Manuskripten führen würde. Die Vorbestellzahlen des Buchs gingen durch die Decke und mein Verlag bot mir einen Folgevertrag an. Zu denselben Konditionen wie beim ersten Thriller. Ich lehnte dankend ab. Das Buch erschien, Senger behielt recht. Wir trafen uns erneut und vereinbarten eine Zusammenarbeit. Irgendwann im Laufe des Gesprächs muss ich mich negativ über meine Ehe geäußert haben. Ich kann mich gar nicht an den Wortlaut erinnern, aber er hat mich gefragt, ob ich an Scheidung denken würde. Und dann gab er mir den Tipp, eine Scheidung so schnell wie möglich einzureichen, falls ich mit dem Gedanken spielen würde. Denn je später die Trennung vollzogen würde, desto mehr würde Vanessa von meinem Erfolg profitieren.«

»Sie wollen uns weismachen, Ole Senger hätte Sie zur Scheidung gedrängt?«, fragte Annika ungläubig.

»Nein. Aber er hat einen Denkprozess in mir ausgelöst. Sechs Wochen nach dem Gespräch zog ich zu Hause aus und suchte mir einen Anwalt. Unterdessen feierte mein Buch einen unbeschreiblichen Erfolg. Der Verlag drängte mich zu einem zweiten Buch, inzwischen zu deutlich verbesserten Konditionen. Ole übernahm die Verhandlungen und legte dem Verlagsleiter meine privaten Probleme offen. Ich war froh, bei solchen Gesprächen nicht dabei sein zu müssen. Er machte dem Verlag klar, dass wir an einer langfristigen Zusammenarbeit interessiert seien, einen Vertrag aber erst nach erfolgter Scheidung unterschreiben könnten. Da der Verlagsleiter schon zum vierten Mal verheiratet ist, hatte er großes Verständnis. Ole mietete mir dieses Haus, das ich später von den Tantiemen kaufte, und versorgte mich mit allem, was nötig war. Lebensmittel, gelegentliche Frauenbesuche und er brachte mir sogar Koks. Das war aber so gar nicht meins. Ich musste mich nur aufs Schreiben konzentrieren. Doch es gelang mir nicht. Ich hatte einfach keine Idee für einen zweiten Roman. Bis mich Ole eines Abends in einen exklusiven Club schleppte. Was ich da erlebt habe, war unbeschreiblich. Und hat mich auf die Grundthematik meines zweiten Thrillers gebracht: Technomusik, Drogen, wunderschöne, unbekleidete Escortgirls, die wirklich zu allem bereit waren. Hätte ich es nicht mit eigenen Augen gesehen, hätte ich es nicht geglaubt. Der Scheidungsprozess rückte näher und Ole handelte einen sensationellen Vertrag aus, dessen Unterzeichnung allerdings erst nach der rechtskräftig gewordenen Scheidung erfolgte. Ich war mehrmals kurz davor, den Roman einfach auf dem PC zu löschen, immer dann, wenn ich nicht weiterkam. Aber Ole hielt Wort. Er gab mir jede Unterstützung, die ich benötigte. Wie viele Nächte er in jener Zeit bei mir geschlafen hat. Ohne ihn ... na ja, lassen wir das.«

»Das klingt nach einem ungesunden Abhängigkeitsverhältnis«, sagte Ruben.

Zauner reagierte mit glasigem, ins Nichts gerichtetem Blick. Er schwieg eine Weile, bis er die Reise in die Vergangenheit fortsetzte. »Es wurde wieder ein Hit. Und der Erfolgsdruck auf mich stieg. Leider hatte ich in meinem Kopf nur noch Leere. Alle Stimulanzien, die vor dem zweiten Buch einigermaßen funktioniert hatten, schlugen fehl. Der Verlag drängelte, doch Ole hielt das von mir fern. Immerhin konnte er auf zwei sehr erfolgreiche Bücher verweisen, die nicht bloß ein paar Wochen gigantische Verkaufszahlen erzielten, sondern viele Monate Bestseller waren. Aber als seit der letzten Veröffentlichung fast vierundzwanzig Monate vergangen waren und ich nichts geschrieben hatte, wurde es argumentativ eng gegenüber dem Verlag. Und dann zeigte er mir die Briefe. Ich las sie und hatte sofort eine Idee im Kopf. Plötzlich war ich wie besessen. Arbeitete Tag und Nacht. Ich fragte ihn, wie er darauf gekommen wäre. Er antwortete, dass er sich Gedanken über das richtige Thema für mich gemacht hätte. Gefangenschaft wäre das passende Oberthema, denn meine ersten beiden Thriller hätten sich auch darum gedreht. Ich wollte von ihm wissen, warum er das Material nicht für ein eigenes Werk verwenden würde. Er zeigte sich überzeugt, dass er mehr Geld mit seiner Provision verdienen würde, wenn das Buch unter meinem

Namen erschiene. Ole hatte nur eine einzige Bedingung. Er bestand darauf, dass ich die Briefe wortwörtlich benutzen musste, wie er sie verfasst hatte. Damit hatte ich überhaupt kein Problem. Ich fand sie vom Tonfall perfekt. Der Lektor wollte einige wenige Sachen in den Textstellen abändern, das haben wir vehement abgelehnt. Und so landete dieser Inhalt, der von Ole stammte, wortwörtlich in meinem Buch. Plötzlich tauchen Sie jedoch bei der Signierstunde auf und behaupten, über die Entstehungsgeschichte Bescheid zu wissen. Die wir vor allem auf Oles Wunsch geheim gehalten haben. Ich war völlig perplex und schaute zu Ole, der ebenfalls schockiert war. Sie rannten weg, Ole hinter Ihnen her. Seitdem fühle ich mich wie gelähmt. Ich fragte Ole, ob wir ein Geheimnis daraus machen sollten oder offen damit umgehen könnten, dass er sich den Inhalt der Briefe ausgedacht habe. Er warnte mich vehement davor, in dieser Hinsicht ehrlich zu sein. Das würde meiner Karriere schaden. Heute Abend hätte meine Lesetour in München begonnen. Vor tausend Menschen in einem ausverkauften Saal. Ich hätte das niemals durchgestanden. Vor Angst, dass *Sie* dort auftauchen. Stattdessen sitzen Sie in meinem Wohnzimmer – was die Sache ehrlich gesagt auch nicht besser macht. Was unternehmen Sie jetzt mit diesem Wissen?« Er schaute Annika flehentlich an.

»Uns geht es nicht darum, Ihre Karriere zu zerstören«, beteuerte sie. »Ich will den Mörder meiner Mutter vor Gericht sehen. Verurteilt zu lebenslanger Haft. Aber ich kann Ihnen nicht versprechen, dass die gesamte Geschichte nicht an die Öffentlichkeit gelangt, sobald Senger verhaftet ist. Spätestens im Prozess werden Sie aussagen müssen«, vermutete Annika.

»Na toll!«, stöhnte Zauner. »Alles, was ich mir in den letzten Jahren aufgebaut habe, wird den Bach runtergehen. Ganz hervorragend.«

Es klingelte an der Haustür. Wie ein in die Enge getriebenes Tier schaute Zauner an ihnen vorbei. »Wer ist das? Haben Sie die Polizei vorab alarmiert?«

»Das könnte mein Vater sein«, vermutete Annika.

»Ihr Vater?«

»Er ist Kriminalhauptkommissar a. D.«

Zauner funkelte sie wütend an. »Super!«

Es klingelte erneut. Er erhob sich schwerfällig und ging zur Tür.

»Johannes Schneider«, hörte Annika die Stimme ihres Vaters. »Ich habe alles mitbekommen. Meine Tochter ist mit einem Sendegerät verkabelt und ich habe Ihr Gespräch aufgezeichnet.«

»Ohne meine Erlaubnis«, entgegnete Zauner. »Gerichtlich ist das nicht verwertbar. Es sei denn, Sie haben eine richterliche Genehmigung, woran ich stark zweifle.«

»Warum reden wir nicht im Wohnzimmer weiter?«

»Kommen Sie mit«, sagte Zauner.

Annika lächelte ihrem Vater zu, der mit einem gestreckten Daumen seine Bewunderung für ihre Fortschritte zum Ausdruck brachte. Johannes nahm auf dem letzten freien Stuhl Platz.

»Was jetzt?«, fragte Zauner.

»Ich werde dem zuständigen Kriminalkommissar die Aufnahme vorspielen«, sagte Johannes. »Das ist so sicher wie das Amen in der Kirche. Und die Polizei wird dann Sie und Senger vorladen. Wenn Sie mit uns kooperieren, können Sie vielleicht Ihre Karriere retten. Annika und ich sind die Familienangehörigen des Mordopfers. Wir könnten Ihnen das Recht einräumen, den Thriller im Verkauf zu belassen. Was meinen Sie, wie das den Absatz ankurbeln wird. Allerdings ist dieses Angebot hinfällig, falls Sie Senger vorwarnen. Denn der würde untertauchen und wer weiß wohin verschwinden.«

»Daran habe ich kein Interesse«, versicherte Zauner. »Sicher, ich habe Ole viel zu verdanken, aber wenn er wirklich mit dem Mord zu tun haben sollte ... Er ist schon etwas unheimlich ...«

»Ist Senger zu Hause?«, fragte Johannes. »Erwarten Sie ihn heute noch? Denn ich habe starke Zweifel, ob Sie ihm gegenüber verschwiegen sein können.«

»Er ist bis morgen Nachmittag in München beim Verlag«, sagte Zauner.

»Sicher?«

»Senger hätte mich zum Lesungstermin begleitet und hat die Gelegenheit genutzt, um einen Termin mit dem Verlagsleiter zu vereinbaren. Denn natürlich will der Verlag die Zusammenarbeit mit mir fortsetzen. Er ist gestern Nachmittag losgefahren, macht sich jetzt auf Geschäftskosten eine schöne Zeit in Bayern und trifft Montagmorgen meinen Lektor und den Verlagsleiter. Er will mich auf der Rückfahrt über den Verlauf des Gesprächs in Kenntnis setzen. Aber vor dem späten Nachmittag kehrt er morgen nicht nach Berlin zurück.«

»Das ist perfekt«, sagte Johannes. »Das gibt uns die Gelegenheit, die nächsten Schritte in Ruhe vorzubereiten. Werden Sie ihm gegenüber schweigen?«

»Ja«, versprach Zauner. »Wenn Sie das Buch nicht vom Markt nehmen, wäre ich Ihnen sehr dankbar. Und dann könnte ich als vierten Roman und Abschluss meines literarischen Schaffens sogar über die letzten Jahre schreiben. Eine Art True-Crime-Story. Vielleicht helfen Sie mir dabei. Sie wissen ja, eine Hand wäscht die andere.«

»Darüber lässt sich reden«, sagte Johannes. »Mir geht es wie meiner Tochter. Ich will den Mistkerl im Gerichtssaal gegenüberstehen. Ob Sie mit Ihrem Werk noch Geld verdienen, ist mir ziemlich egal. Aber verraten Sie mir etwas anderes. Sie haben nicht auf die Warnung in dem Buch geantwortet. Keine E-Mail geschickt. Warum nicht?«

»Ole hat mir das verboten. Er sagte, damit würden wir uns auf brüchiges Eis begeben. Stattdessen wollte er abwarten, wann Sie sich wieder bei uns melden würden.«

»Geben Sie mir Ihr Einverständnis, die Tonbandaufzeichnung zu verwerten?«, fragte Johannes.

Zauner zögerte, bis er kaum merklich nickte.

»Dann ist der richtige Moment gekommen, die Verantwortlichen ins Boot zu holen. Ich rufe bei dem zuständigen Hauptkommissar an und Sie bestätigen ihm am Telefon, dass Sie mit der Verwendung der Aufzeichnung einverstanden sind.«

»Wenn's sein muss.«

Johannes zog sein Handy aus der Jackentasche und suchte in den Kontakten nach der Nummer von Hauptkommissar Martin Lemke. Er schaltete den Lautsprecher ein und legte das Telefon in die Mitte des Esstischs.

»Hallo, Johannes!«, begrüßte der Hauptkommissar seinen ehemaligen Mentor. »Wenn du an einem Sonntag anrufst, muss es wichtig sein.«

»Entschuldige die Störung. Ich schicke deiner Frau Blumen, falls sie sauer ist.«

Lemke lachte. »Darauf komme ich vielleicht sogar zurück. Was gibt's?«

»Ich bin mit meiner Tochter Annika und ihrem Freund Ruben Reus im Haus des Schriftstellers Florian Zauner. Er hat uns wichtige Hinweise geben können, um endlich den Schuldigen zu identifizieren.«

»Im Mordfall deiner Frau?«, vergewisserte sich Lemke.

»Genau. Ich habe das Gespräch aufgezeichnet. Zauner ist damit einverstanden, das Material zu verwenden. Er sitzt neben mir. Du kannst ihn fragen.«

»Herr Zauner? Stimmt das?«

»Ja«, antwortete Zauner. »Ich, Florian Zauner, stimme der Verwendung der Aufzeichnung zu.«

»Freiwillig? Oder bedroht Sie jemand mit einer Waffe?«

»Martin!«, entfuhr es Johannes entrüstet. »Wofür hältst du mich?«

»Niemand bedroht mich«, bestätigte Zauner.

»Was bekomme ich gleich zu hören? Sind Sie der Mörder?«

»Nein«, sagte Johannes. »Aber er konnte mir wertvolle Hinweise liefern. Ich spiele es dir persönlich vor. Nicht hier am Telefon, denn du brauchst Hintergrundinfos. Bist du zu Hause?«

»Den ganzen Tag. Du weißt ja, wo ich wohne.«

»Ich schätze, ich bin in einer halben Stunde da.«

»Vergiss nicht, vorher noch einen Blumenstrauß zu besorgen. Bis gleich!« Lemke trennte die Verbindung.

Kapitel 25

»Jetzt geht also alles seinen Gang«, murmelte Zauner. »Wann wird Ole verhaftet?«

»Wissen Sie, in welchem Hotel er in München schläft?«

Zauner nannte ihm den Namen. »Ursprünglich waren zwei Zimmer reserviert. Eins auf Kosten der Agentur, eins auf Kosten der Lesungsveranstaltung. Also wird er direkt in München verhaftet?«

»Ich schätze nicht«, sagte Johannes. »Nur, wenn Lemke dringenden Handlungsbedarf sieht. Amtshilfe einzufordern, ist manchmal unnötig kompliziert. Da ist es besser, seine Rückkehr nach Berlin abzuwarten. Insofern erinnere ich Sie noch einmal an Ihr gegebenes Versprechen. Sie werden ihn nicht einweihen, wenn er sich bei Ihnen meldet. Sonst ist alles, was wir ausgemacht haben, hinfällig.«

»Sie haben mein Wort.«

Während ihr Vater zu seinem Kollegen fuhr, nahmen Annika und Ruben ein Taxi für den Weg zurück zum Hotel.

»Verrückter Vormittag«, sagte Ruben. »Bist du glücklich über den Verlauf?«

Annika bemerkte im Rückspiegel den interessierten Blick des Taxifahrers.

»Erleichtert. Allerdings war das heute ja nur der erste Schritt. Reden wir im Hotel weiter.«

Ruben griff nach ihrer Hand und streichelte sie. »Bald habt ihr es hinter euch.«

»Hoffentlich.«

»Hast du Lust, gleich mit mir eine Kleinigkeit zu essen?«, fragte Ruben im Fahrstuhl. »Mein Magen knurrt.«

»Wenn du eine halbe Stunde warten kannst. Ich möchte duschen und mich umziehen. Länger brauche ich nicht. Versprochen.«

»Auf dich warte ich, solang du willst.«

Sie lächelte. »Dann bis gleich. Ich klopfe bei dir an, sobald ich fertig bin.«

Die Fahrstuhltür öffnete sich. Ruben trat heraus, drehte sich zu ihr um und warf ihr einen Kussmund zu. Sie zwinkerte ihm zu. Offenbar hatte er ihr viel schneller verziehen, als sie es für möglich gehalten hätte. Seine Versuche, den alten Status wiederherzustellen, waren unübersehbar.

Aber was war mit ihren Gefühlen? Auf dem Weg zu ihrem Zimmer dachte sie darüber nach. Die Anwesenheit ihres Vaters hemmte sie stärker als erwartet. Zu erkennen, ob Ruben und sie eine gemeinsame Zukunft haben könnten, würde ihr unter anderen Umständen leichterfallen. Normalerweise wäre sie noch eine knappe Woche auf der *Goldenflower*. Dringende Arbeitsprojekte warteten derzeit nicht auf sie. Vielleicht sollte sie mit Ruben nach Hamburg fahren und dort in einem Hotel einchecken.

Annika betrat ihr Zimmer. Plötzlich freute sie sich auf die Lunch-Verabredung mit Ruben. Sie würde sich dafür sogar schön anziehen und Parfum auflegen. Annika holte ihren großen Reisekoffer aus dem Schrank und wuchtete ihn aufs Bett. Sie hatte einige Stücke aus ihrer sündhaft teuren Unterwäschekollektion für die Kreuzfahrt mitgenommen. Gute Garderobenauswahl begann ihrer Meinung nach bei der Unterwäsche, selbst wenn die niemand zu sehen bekam. Außerdem fühlte sie sich direkt begehrenswerter, wenn sie schöne Dessous trug. Annika öffnete den Reißverschluss des Koffers. Ihr schwebte die pfirsichfarbene Kombination aus Spitzenslip und BH vor. Die hatte sie an Bord noch nicht getragen. Unter dem Kleid, das sie anziehen wollte, schmiegten sich diese Stücke am besten an ihren Körper.

»Scheiße!«, sagte sie leise, nachdem sie erfolglos im Koffer gewühlt hatte.

Um nichts zu übersehen, schüttete sie all die Sachen auf dem Bett aus.

»Das gibt's nicht.«

Es fehlten zwei Slips. Neben dem pfirsichfarbenen Modell noch ein weißer Stringtanga, den sie am Abend der Lesung getragen hatte.

»Oh Gott!«, stöhnte sie.

Jemand hatte die Unterwäsche aus dem Koffer geklaut. Infrage kamen dafür nur Ruben oder Emil. Leider sprach vieles für Ruben, denn Emil hätte bloß selten die Gelegenheit gehabt, heimlich in dem Koffer zu wühlen. Und warum sollte er das tun? Ihn verband nichts mit Annika.

»Scheiße!«, flüsterte sie erneut.

Hatte Ruben als Ausgleich für ihre Flucht Souvenirs eingesteckt? Da sie ihn schon einmal ungerechtfertigt verdächtigt hatte, wollte sie diesen Fehler kein zweites Mal begehen. Den Diebstahl zu verschweigen, käme jedoch ebenfalls nicht infrage.

Sie würde ihn sofort darauf ansprechen. Mit einem Mann, der sich an der Unterwäsche einer Frau erregte, könnte sie keine Beziehung eingehen.

Frustriert ging sie zurück zu den Aufzügen und fuhr eine

Etage herunter. Sie stapfte zu seinem Zimmer und klopfte energisch an die Tür.

Ruben öffnete ihr rasch. Er hielt sein Handy am Ohr.

»Komm rein«, sagte er. »Ich telefoniere mit Emil. Dauert nicht mehr lange.«

Annika nickte überrumpelt und folgte ihm ins Zimmer. Sie setzte sich.

»Die Polizei wird Senger verhaften. Eventuell schon heute in München. Aber vermutlich erst morgen, wenn er zurückgekehrt ist«, informierte Ruben seinen Agenten. »Ist das nicht eine unglaubliche Geschichte?« Er lauschte kurz. »Genau, Emil. Weißt du, was ich mir überlegt habe? Das ist eine Riesenchance für uns beide. Wir müssen mit dem Schriftsteller kooperieren. Stell dir vor, er schreibt das von ihm angekündigte Buch über die Ereignisse. Da könnte man eine Lesetour organisieren. Ausverkaufte Häuser wären garantiert. Florian Zauner und ich auf einer Bühne. Ich profitiere von seinem Namen, er von meiner Performance. Und selbst für die Promotion von *Lange Tage in seiner Gewalt* könnten wir zusammenarbeiten.«

Wieder lauschte er. Annika musterte ihn heimlich und bekam Mitleid. Ruben hatte direkt nach den Ereignissen bei Zauner nichts Besseres zu tun, als seinen Agenten zu kontaktieren. Einen Mann, den er als seinen Freund bezeichnen würde. Während Emil in ihm ein Schaf sah. Ob Ruben überhaupt echte Freunde hatte? Seine ständigen Reisen und Abwesenheiten erschwerten das Pflegen von Freundschaften. Klammerte er sich deswegen so an einen Geschäftspartner, in dem er unbedingt mehr sehen wollte?

Ruben lächelte ihr zu und deutete an, in einer Minute fertig zu sein.

»Annika und ihr Vater sind sehr erleichtert«, bestätigte er. »Endlich können sie mit dem schrecklichen Verlust abschließen.«

Er lauschte und nickte. Dabei drehte er sich von ihr weg. Ob Emil etwas sagte, was nicht für ihre Ohren bestimmt war?

Annika fühlte sich unfassbar müde und ausgelaugt. Sie hatte keine Energie mehr, ihn auf die verschwundene Unterwäsche anzusprechen. Ihr war es auch egal, ob Ruben vielleicht sogar unschuldig und Emil der Unterwäschedieb war. Sie wollte keine Beziehung mit einem Mann führen, der sich so verzweifelt an seinen Agenten klammerte. In ihm einen Freund sah und nicht bemerkte, wie viel Verachtung sein Gegenüber in Wahrheit empfand.

»Ja, wir gehen jetzt zum Lunch. Soll ich sie von dir grüßen? Vielleicht können wir ja auch noch etwas zu dritt unternehmen, solange wir hier in Berlin sind. Das würde uns freuen, wenn du Zeit hättest. Ich melde mich bei dir. Ciao, mein Freund!«

Ruben drehte sich wieder zu ihr um. »Entschuldige.« Er schob das Handy in die Hosentasche. »Du hast noch nicht geduscht, oder? Denn ich habe höchstens fünf Minuten mit Emil telefoniert.«

»Nein, ich war nicht unter der Dusche. Es tut mir leid, Ruben, aber ich gehe nicht mit dir zum Lunch.«

Konsterniert schaute er sie an. »Wieso nicht?«

»Das funktioniert mit uns beiden nicht.«

»Annika, bitte!«, beschwor er sie. »Ich habe dich nicht provozieren wollen beim Sex. Und ich entschuldige mich für alle negativen Gefühle, die ich in dir ausgelöst habe. Du musst mir glauben.«

»Als ich gerade meinen Koffer ausgepackt habe ...«

Der Blick in seine Augen ließ sie verstummen. Er sah aus wie ein junger Hund, der genau wusste, dass er etwas Dummes getan hatte und nun auf die Strafe wartete.

»Ach, egal«, sagte sie. »Spielt alles keine Rolle mehr. Ich

fand's einfach nur fair, dir Bescheid zu geben. Verrenn dich nicht in eine Sache, die keinen Sinn ergibt.«

»Das mit uns beiden würde ganz viel Sinn ergeben«, widersprach er. »Ich würde mich für dich ändern, Annika. Wirklich!«

»Ich möchte keinen Mann an meiner Seite haben, der sich überhaupt ändern muss. Wenn Senger vor Gericht steht, sehen wir uns ja bestimmt wieder. Du musst garantiert aussagen. Vielleicht können wir dann essen gehen. Auf freundschaftlicher Basis.« Sie stand auf. »Tut mir leid. Ich will dir keine falschen Hoffnungen machen.«

»Okay«, sagte er bloß. »Ich hab's kapiert. Um mich in Lebensgefahr zu bringen für ein von deinem Vater gewünschtes Verhör, bin ich gut genug. Aber um auszuprobieren, wie es mit uns beiden weitergehen könnte, bin ich nicht gut genug. Kein Problem.« Er schaute zu Boden. »Schade.«

Annika verließ ohne ein weiteres Wort sein Zimmer.

Sie lag auf dem Bett und starrte an die Decke, als es an ihrer Zimmertür klopfte. Annika erhob sich, trat an die Tür und schaute durch den Spion. Ihr Vater stand im Flur. Sie öffnete ihm.

»Ich hab gedacht, ich sag dir sofort Bescheid.«

»Komm rein. Ich chille bloß.«

»Hat sich Ruben im Kleiderschrank versteckt?«

Annika verzog den Mund, sagte aber nichts. Sie wandte sich von ihm ab und ging zurück zum Bett.

»Alles in Ordnung?«, fragte ihr Vater irritiert.

»Erzähl ich dir später. Zuerst bist du dran.«

Johannes setzte sich auf den Sessel. Er wirkte zufrieden. »Lemke teilt unsere Einschätzung. Er wird morgen

Nachmittag Senger nach seiner Rückkehr abpassen und ins Präsidium bitten.«

»Ihn nur bitten? Er verhaftet ihn nicht direkt?«

»Das will Lemke morgen mit dem zuständigen Staatsanwalt besprechen. Er geht davon aus, dass die vorliegenden Fakten ausreichen, um einen Haftbefehl zu erwirken.«

»Aber er nimmt ihn nicht in München fest?«, folgerte Annika.

»Nein. Da es derzeit nicht danach aussieht, als würde Fluchtgefahr bestehen, wartet Lemke Sengers Rückkehr ab, statt in Bayern um Amtshilfe zu bitten.«

»Was denkst du über diesen Schritt? Ist das nicht leichtsinnig? Falls Zauner nicht dichthält?«

»Das ist ein kleines Risiko«, bestätigte ihr Vater. »Aber für mich wirkte es so, als sei Zauner zutiefst erschrocken – und als halte er es für möglich, dass Senger ein Mörder ist. Er hat also keinen Grund, sein Versprechen zu brechen.«

»Ja, du hast recht«, sagte sie leise. »Wird Senger gestehen?«

»Hoffentlich. Einen Mord nach achtzehn Jahren zu beweisen, ist verdammt schwierig. Und er könnte behaupten, ein Unbekannter habe ihm die Briefe zugespielt. Dann muss man ihm die Tat in mühevoller Puzzlearbeit nachweisen.«

»Ihn weiter auf freiem Fuß zu wissen, würde ich nicht aushalten. Nicht, wenn er schuldig ist.«

»Geht mir genauso«, bestätigte Johannes. »Na ja. Hoffen wir das Beste. Lemke ist raffiniert. Er wird einen Weg finden, ihn im Verhör zu knacken. Was ist mit dir? Du wirkst deprimiert.«

»Ich habe Kopfweh«, sagte Annika. »Sonst ist nichts.«

»Darfst du deinen Vater anlügen? Hast du dich mit Ruben gestritten? Ist etwas vorgefallen?«

Annika zögerte. Sollte sie ihrem Vater von der verschwundenen Unterwäsche erzählen? Er würde bestimmt nicht amüsiert reagieren. Es wäre besser, diesen Punkt unter den Tisch fallen zu lassen. Sie stöhnte. Johannes setzte sich zu ihr aufs Bett. Er berührte ihr Knie.

»Was ist passiert?«

»Wir wollten zum Lunch. Ich habe mich bloß eben frisch gemacht und bin dann zu ihm gegangen. Er telefonierte in dem Moment mit Kohr. Hat ihm von unseren Erkenntnissen erzählt. Du hättest ihn hören sollen. Er hat sich so angebiedert. Er sieht in Kohr einen Freund, aber wir beide wissen es besser. Ich kann mit keinem Mann zusammen sein, der sich so demütigen lässt und nichts kapiert. Vor meinem Partner muss ich Respekt empfinden.«

»Stellt Kohr eine Gefahr dar? Ein mögliches Leck?«

Annika riss die Augen auf. »Keine Ahnung. Daran habe ich nicht gedacht. Aber wieso sollte Kohr mit Senger telefonieren?«

»Ich will jedes Risiko ausschließen.« Er zog sein Handy aus der Tasche. Sie hatten bei der Verabschiedung in Kohrs Haus Nummern ausgetauscht. Johannes suchte den Kontakt und drückte die Verbindungstaste. »Hallo, Herr Kohr! Johannes Schneider. Ich habe gerade von meiner Tochter erfahren, dass Sie über die Entwicklung Bescheid wissen.« Er hörte kurz zu, was sein Gesprächspartner antwortete. »Genau. Ich wollte mich bloß vergewissern, dass Sie keinen Kontakt zu Senger aufnehmen. Der Agent darf nicht vorab mitbekommen, dass ihn morgen die Polizei zum Präsidium bitten wird.« Er lauschte und nickte. »Wunderbar. Dann wünsche ich Ihnen einen schönen Restsonntag. Bis bald!« Er beendete das Telefonat.

»Und?«, fragte Annika.

»Geht alles klar. Kohr hat keinen Kontakt zu Senger. Sollte ihn der Agent zufälligerweise heute oder morgen kontaktieren, würde er sich dumm stellen.«

»Wundervoll.«

»Was mache ich jetzt mit meiner traurig wirkenden Tochter?«

»Morgen früh geht's mir bestimmt wieder besser. Versprochen.«

»Sollen wir uns es im Restaurant gut gehen lassen? Wir könnten auf unseren Durchbruch anstoßen.«

Annika dachte kurz darüber nach. »Wenn es dir nichts ausmacht, dann lieber nicht. Entschuldige. Ich möchte mich wegen meines schrecklichen Männergeschmacks in Selbstmitleid suhlen, bestelle mir fettige Pommes und ein Sandwich vom Roomservice und klicke mich durch die Fernsehprogramme. Ist das okay für dich?«

»Natürlich. Aber nur, wenn wir morgen zusammen frühstücken.«

»Acht Uhr?«

»Einverstanden. Dann hab trotzdem einen schönen Abend, mein Schatz!« Er küsste sie auf die Stirn.

Annika schaute ihm hinterher, wie er zur Tür ging. »Bis morgen!«

»Bis morgen!«

Kapitel 26

Annika lag auf dem Bett. Über ihr Handy hörte sie leise Musik und ließ gedanklich die letzten Jahre Revue passieren. Die lange Zeit, die sie mit Torben verbracht hatte – und die sich als Verschwendung herausgestellt hatte. Die kurze Episode mit Ruben, den sie verachtungsvoll als Höschendieb titulierte. Wie erbärmlich sie es fand, die Unterwäsche einer Frau zu stehlen. Auch vor Torben hatte sie kein glückliches Händchen bei der Männerauswahl bewiesen.

Ob sie jemals einen Partner finden würde, mit dem sie sich eine Familiengründung zumindest vorstellen konnte? Langsam zweifelte sie daran. Zwar war sie erst dreißig Jahre alt, trotzdem kannte sie genug Freundinnen, die sich bereits ein Nest gebaut und Kinder geboren hatten.

In diesem Moment fehlte Annika ihre Mutter auf schmerzhafte Weise. Mit ihrem Vater konnte sie über solche Dinge nicht intensiv reden. Er würde sie trösten und sagen, wie viel Zeit sie noch hätte. Und dann stände das nächste Weihnachtsfest vor der Tür, der nächste Geburtstag, das nächste Irgendetwas. So vergingen die Jahre, bis Annika zu alt wäre, um eine Familiengründung verantwortungsvoll in Betracht zu ziehen. Ihre Mutter hingegen könnte als Frau solche Zweifel verstehen. Annika war als Einzelkind aufgewachsen – eine bewusste Entscheidung ihrer Eltern, die nicht zuletzt unter dem Einfluss des Jobs ihres Vaters getroffen worden war. Über ihnen hatte immer das Damoklesschwert geschwebt, dass ihm etwas passieren könnte. Ihre Eltern hatten geglaubt, dass ihre Mutter mit der Erziehung eines Kindes klarkommen würde – selbst wenn sie Witwe wäre. Und dann schlug das Schicksal auf besonders ironische Art zu, indem sie der Familie die Mutter statt des Vaters raubte.

Senger sollte für seine Tat bluten.

Annika übersprang einen Song in der vorgeschlagenen Playlist des Streaminganbieters. Als das nächste Lied mit ruhigen Tönen einsetzte, klopfte jemand an ihre Tür. Sie schaute auf die Uhranzeige des Handys. Siebzehn Uhr vierzig. War das ihr Vater oder Ruben?

Langsam erhob sie sich vom Bett. Sie trug eine sportlich Leggins und einen lässig geschnittenen Pullover. Barfuß ging sie zur Tür und blickte durch den Spion.

Ruben stand im Gang und schaute nach unten. Was wollte der von ihr? Sich verabschieden?

Annika überlegte, der Konfrontation aus dem Weg zu gehen. Andererseits ärgerte sie sich über sein unangekündigtes Auftauchen. Er hätte ihr wenigstens zuvor eine Handynachricht schicken können.

Annika atmete tief durch und öffnete die Tür. Sofort entdeckte sie den pfirsichfarbenen Slip in seiner Hand.

Ruben wirkte verängstigt.

»Es ist deswegen, oder?«, fragte er.

All die innerliche Wut verrauchte schlagartig. Ihr gegenüber stand ein schwacher Mensch, der sich zumindest zu einem Geständnis durchgerungen hatte.

»Ja«, sagte sie leise. »Wieso hast du ihn genommen?«

»Hat er nicht«, erklang eine Stimme.

Emil Kohr trat in ihr Blickfeld. Er hielt eine Pistole in der Hand.

»Rein mit euch!«

Sie ging zwei Schritte rückwärts. Emil gab Ruben einen Stoß, durch den er über die Schwelle stolperte.

»Es tut mir leid«, flüsterte Ruben. »Er hat in meinem Zimmer plötzlich die Waffe gezogen und mich bedroht.«

Emil schloss von innen die Tür. »Wo ist dein Handy?«, fragte er Annika.

»Auf dem Bett.«

»Wir gehen langsam dahin und du schaltest es aus. Ich will die ganze Zeit sehen, was du machst.«

Mit sich überschlagenden Gedanken ging sie zurück zum Bett. Konnte sie ihren Vater alarmieren? Wie sollte ihr das gelingen? Sie nahm das Telefon in die Hand, stoppte die Musik und schaltete es aus.

»Wunderbar«, lobte Emil.

»Du hast die Slips aus dem Koffer geklaut«, sagte sie. »Warum?«

Er lächelte kalt. »Ich konnte der Versuchung nicht widerstehen. Wollte wissen, ob dein getragener Slip wie der von deiner Mutter roch.«

»Oh Gott!« Schwindel erfasste sie.

Er grinste. »Erst die Mutter und achtzehn Jahre später die Tochter. Dafür hat sich das alles gelohnt.«

»Du mieses Schwein!«, zischte Ruben. »Annika, ich wusste das nicht.«

Emil schlug ihm von hinten hart gegen den Kopf. Ruben taumelte nach vorn. »Woher auch, du Schwachkopf? Niemand hat das gewusst. Ihr hört mir genau zu. Mein Wagen steht in der Tiefgarage. An Rubens Zimmertür hängt schon das *Nicht-stören*-Schild. Sein Handy ist ebenfalls ausgeschaltet. Wir verlassen jetzt zu dritt dein Zimmer und du hängst das Schild an den Türgriff. In meiner Pistole sind zehn Kugeln. Wenn ihr Dummheiten macht, richte ich euch beide hin. Dann bleiben acht Schüsse übrig, mit denen ich wahllos auf Hotelgäste oder Angestellte feuere. Falls ihr also nicht das Leben Unschuldiger auf dem Gewissen haben wollt, gehen wir nun brav zu dritt zum Fahrstuhl. Wir fahren in die Tiefgarage, wo ihr alle in meinen Wagen einsteigt. Verstanden?«

»Ja«, sagte Annika.

»Zieh dir Schuhe an«, befahl Emil.

Annika schlüpfte in ihre Ballerinas. Sollte sie Widerstand wagen? Leider zweifelte sie nicht an Emils Entschlossenheit, seine Drohung in die Tat umzusetzen. Er hatte vor achtzehn Jahren ihre Mutter brutal ermordet und nun ein Schauspiel aufgeführt, für das er wie ein Schachspieler Zug um Zug geplant hatte.

Emil nahm das Schild von der Innenseite der Tür, die er öffnete. Er schaute nach draußen.

»Kommt«, sagte er, während er das Schild an den Knauf hängte.

Ruben und Annika verließen das Zimmer. Emil versteckte die Pistole in seiner Jackentasche. Gemeinsam gingen sie zu den Fahrstühlen, die derzeit beide in unterschiedlichen Etagen standen. Er forderte einen von ihnen an.

Aus einem der Gänge, die zu den Aufzügen führten, erklangen Stimmen. Zuerst die helle Stimme eines Mädchens, die sich erkundigte, ob sie nach dem Essen einen Eisbecher haben könnte. Ihr Vater gab seine Zustimmung unter der Voraussetzung, dass sie brav am Tisch sitzen würde.

»Kommt nicht auf dumme Ideen!«, flüsterte Emil.

Einer der Fahrstühle erreichte ihre Etage. Sie stiegen ein. Emil hielt eine Zugangskarte, die vermutlich Ruben gehörte, vor das Kartenlesegerät und drückte danach den Knopf für die Tiefgarage. Die Aufzugtür schloss sich, als die Familie näher kam.

»Da hat das süße, kleine Mädchen Glück gehabt«, sagte Emil. »Ihr könnt stolz auf euch sein. Ohne es zu wissen, verdankt sie euch viel mehr als einen Eisbecher.«

Auf der Anzeigentafel erschien das »E«. Der Aufzug setzte seine Fahrt nach unten ohne Unterbrechung fort. Auch in der Tiefgarage wartete niemand auf den Fahrstuhl.

»Raus mit euch!«, brummte Emil. »Mein Wagen steht links. Der schwarze SUV. Ruben kennt ihn.« Aus einigen Metern Entfernung entriegelte er die Tür. »Annika und ich steigen ein. Ruben entwertet das Ticket.«

»Ich hab kein Geld dabei.«

»Was mich bei dir Pleitegeier nicht wundert.« An dem Fahrzeug angekommen, öffnete er die hintere Tür. »Rein mit dir!«

Annika setzte sich auf die Rückbank. Emil folgte ihr. Aus seiner Jackentasche zog er das Parkticket und einen Geldschein.

»Wenn du jetzt eine Dummheit begehst, verurteilst du Annika zum Tode. Überleg dir, ob du mit diesem Wissen weiterleben willst.«

Ruben nahm das Ticket und den Schein entgegen. Er drehte sich um und lief zum Parkautomaten.

»Wieso tust du das? Und warum meine Mutter?«

»Das wirst du alles erfahren. Aber jetzt ist nicht der richtige Zeitpunkt dafür.«

Sie beobachteten Ruben dabei, wie er bezahlte und zu ihnen zurückkehrte.

»Du fährst«, sagte Emil. »Kriegst du wenigstens das hin?«

»Arschloch!«, zischte Ruben.

Emil grinste amüsiert. »Der Kleine wird ja aufsässig. Kommt er endlich in die Pubertät?«

Nach einer knapp halbstündigen Fahrt erreichten sie Emils Haus.

»Im Seitenfach liegt eine Fernbedienung für das Garagentor«, informierte er Ruben. »Wir bringen den Wagen von der Straße.«

Ruben tastete danach und drückte den einzigen Knopf. Sofort öffnete sich die Zufahrt langsam.

»Das dauert immer ein bisschen«, sagte Emil. »Oh Gott, ihr könnt euch nicht vorstellen, wie sehr ich mich hierauf freue!«

Er legte seine Hand auf Annikas Oberschenkel. Sie zuckte wegen der unerwarteten Bewegung zusammen. Emil grinste.

»Lass mich los!«

»Kleine Wildkatze«, entgegnete er amüsiert. »Aber du hast hier gar nichts mehr zu melden.«

Schmerzhaft kniff er sie in den Oberschenkel. Annikas Gedanken rasten. Irgendwann würde ihr Vater ihr Verschwinden bemerken. Spätestens morgen früh, wenn sie nicht zu ihrer Frühstücksverabredung erschien. Im ganzen Hotel waren Kameras verteilt. Es ließe sich für ihn herausfinden, mit wem sie verschwunden war. Annika setzte all ihre Hoffnungen darauf.

Das Garagentor war mittlerweile vollständig geöffnet. Ruben fuhr an und parkte den SUV.

»Motor aus!«, befahl Emil.

Ruben drückte den Motorknopf.

»Nun machen wir es so: Ruben steigt zuerst aus und schließt die Haustür auf. Annika und ich warten hier im Auto. Wenn du eine Dummheit begehst, ist dein Mädchen tot. Ich schieße ihr einfach in die Fotze. Ob sie sofort stirbt oder elendig verblutet? Keine Ahnung. Falls du aber brav aufschließt und an der Türschwelle verweilst, wird alles gut.«

»Ja«, sagte Ruben. »Hör auf, Annika zu bedrohen. Das ist unnötig.«

»Hier ist der Schlüssel.« Emil reichte ihm einen Schlüsselbund nach vorne und hielt dabei ein bestimmtes Exemplar zwischen den Fingern. »Der ist es.«

Ruben nahm ihn entgegen und stieg aus dem Auto.

»Verstehst du jetzt, warum ich in ihm ein Schaf sehe?«, fragte Emil leise. »Das ist seine zweite Chance, einfach abzuhauen, aber ich wette, wir können uns auf ihn verlassen. Weil er so schrecklich verliebt in dich ist. Tick, tack, tick, tack, tick, tack. Er sollte langsam an der Tür angekommen sein. Raus mit dir!«

Sie verließen den Wagen und traten aus der Garage. Wie befohlen, wartete Ruben an der geöffneten Haustür.

»So war es auch vor achtzehn Jahren«, sagte Emil grinsend. »Ich bin genauso erregt. Du hast fast denselben Gesichtsausdruck wie deine Mutter, als sie diese Schwelle überschritten hat.«

Fassungslos sah sie ihn an. »Heißt das ...?«

»Oh ja! Sie hat mir in diesem Haus ihr Herz geschenkt. Nur eine Etage unter dem Zimmer, in dem du schon geschlafen hast.«

Als Letzter betrat er die Diele und schloss die Tür.

»Das kann nicht sein«, widersprach Annika. »Du hast dieses Haus mit deiner Ex-Frau gekauft.«

»Nachdem ich es sieben Jahre zuvor verkauft hatte. Es gehörte meinen Eltern, die es mir vermacht haben. Dann brauchte ich Geld und veräußerte es trotz der schönen Erinnerungen. Als meine Karriere in Gang kam und die damaligen Besitzer aus beruflichen Gründen wegzogen, kaufte ich es zurück. Und nach dem Scheitern meiner Ehe konnte ich mich nicht erneut davon trennen. Wir gehen jetzt zusammen in den Keller. Da wartet die größte Überraschung auf euch. Ruben geht vor.«

Emil schaltete die Flurbeleuchtung ein. Die Kellerzugangstür war verschlossen.

»Einfach nur aufdrücken«, sagte er. »Ich habe sie vor meiner Fahrt zum Hotel aufgeschlossen. Nachdem ich sie wochenlang verschlossen gehalten habe, damit niemand mitbekommt, was ich da unten veranstalte.«

Ruben öffnete den Zugang.

»Rechts neben der Tür ist der Lichtschalter.«

Sekunden später ging die Deckenlampe an.

»Oh mein Gott!«, stöhnte Ruben.

»Ist das nicht fantastisch?«, fragte Emil stolz.

Annika schaute an Ruben vorbei. In der Mitte des Raumes war ein großer Käfig aufgebaut.

»Darin habe ich deine Mutter schon bewundern dürfen. Es ist derselbe Käfig. Sie war mein kleines Zootierchen, das ich zwölf Tage studiert habe.«

»Das kann nicht sein«, widersprach Annika.

»Ich habe ihn damals hier unten im Keller aufgebaut und nach ihrem Ableben auseinandergenommen. Die einzelnen Streben habe ich jahrelang in einem angemieteten Lager zwischengelagert, bis ich sie vor Kurzem hierhergebracht habe. Das war so herrlich. All die Erinnerungen. Allerdings muss ich eine Sache bekennen. Deine Mutter hatte es deutlich bequemer. Sie hatte damals ein Bett, einen Stuhl, einen Tisch und sogar sanitäre Einrichtungen. Für euch konnte ich nur eine Decke auf den Boden legen und einen Eimer hinstellen. Machen wir uns nichts vor. Ich fürchte, die Kameraaufnahmen des Hotels werden mich verraten. Leider haben wir nicht so viel Zeit wie damals. Aber ich bin optimistisch, bis morgen werden wir unsere Zweisamkeit genießen können. Rein mit euch und dann in die Mitte stellen.«

Ruben zog die Tür des Käfigs auf. Wie von Emil befohlen, gingen sie in die Mitte. Emil schloss den Käfig ab. Er fasste sich obszön an den Schritt. »Ich bin so hart«, sagte er. »Annika, wenn du wüsstest, wie oft ich noch immer an deine

Mutter denken muss. Nach so vielen Jahren. Das hat mich für alle Zeiten geprägt. Vielleicht ist daran sogar meine Ehe gescheitert, denn Gabi konnte ihr nie das Wasser reichen. Isabel war eine faszinierende, wunderschöne Frau. Und du wirst jetzt bald so viel über ihr Leben erfahren. Ich berichte dir nicht nur von unserem ersten Wiedersehen, sondern auch, wo ich sie beerdigt habe. Wenn keine Fragen mehr offen sind, vereinigen wir uns. Allerdings gibt es einen Störfaktor, den wir zuvor beseitigen müssen.« Emil lächelte. Dabei zog er die Pistole aus der Jackentasche. »Ruben, mein Freund. Ich danke dir für unsere langjährige Zusammenarbeit. Du bist zwar bloß ein dummes Schaf, aber auf deine spezielle Weise fand ich dich amüsant.«

Ein lauter Knall peitschte durch den Raum. Annika schrie erschrocken auf. Ruben stöhnte. Annika drehte sich zu ihm um. Er fiel rücklings zu Boden und schaute sie mit glasigem Blick an. Aus einer Schussverletzung am Bauch floss Blut.

»Annika«, wisperte er kaum vernehmbar.

»Nein, nein, nein!«

»Ich liebe ...« Seine Augen fielen zu.

»Nein!«, schrie Annika entsetzt. Sie kniete sich neben ihm zu Boden. »Bleib wach!«, flehte sie. »Du darfst nicht sterben.«

Kapitel 27

»Warum?«, fragte Annika mit tränenerstickter Stimme.

»Du hast jetzt lange genug um ihn getrauert«, entgegnete Emil. »Zieh ihn bis zur Gittertür und stell dich dann ganz nach hinten, während ich ihn aus dem Käfig hole. Los!«

»Ich will erst wissen, wieso du deinen Freund erschossen hast.«

Emil lachte höhnisch. »Sei nicht so dumm. Wir waren nie befreundet. Er war mein Klient, mehr nicht. Ich habe ihn verachtet. Trotzdem habe ich ihm einen Gefallen getan.«

»Einen Gefallen?«, wiederholte sie fassungslos. »Du hast ihn getötet.«

»Ich habe ihm Kummer erspart. Du kanntest ihn nicht so gut wie ich. Mein Gott, war er in dich verliebt! So habe ich ihn nie zuvor erlebt. Er wäre bereit gewesen, für dich sein Leben zu verändern.« Emil kicherte spöttisch. »Aber du hättest dich niemals auf ihn einlassen können. Das habe ich sofort gemerkt. Du hättest ihm das Herz gebrochen – das wäre für ihn schlimmer gewesen als das hier. So ist es wenigstens schnell zu Ende gegangen.«

Am liebsten hätte sie ihm die Augen ausgekratzt, so sehr hasste sie Emil in diesem Moment. Er schaffte es mit seinen gehässigen Worten, ihren Schmerz wegen Rubens Tod zu vervielfachen. Ihr Schuldgefühle einzujagen, die sie lähmten. Weil sie glaubte, es nicht zu verdienen, dass sie weiterlebte, während Ruben gestorben war.

»Pack ihn an den Beinen und zieh ihn zur Tür!«, befahl Emil. »Sonst landet die nächste Kugel in dir.« Er zielte mit der Pistole auf ihren Unterleib.

»Du mieses Schwein!«

Emil grinste hämisch. »Deine Mutter hatte kreativere Schimpfwörter auf Lager. Sobald du deinen Job erledigt hast, erfährst du einige der Geheimnisse, die seit achtzehn Jahren ungelöst sind. Das sollte dir Ansporn genug sein.«

Annika wischte sich die Tränen aus dem Gesicht. Sie fasste Ruben an den Füßen. »Entschuldige«, flüsterte sie. »Es tut mir so unendlich leid.« Langsam zog sie ihn bis zur Käfigtür.

»Und jetzt gehst du nach ganz hinten. Komm ja nicht auf dumme Gedanken. Du würdest es schmerzhaft bereuen.«

Hatte es Sinn, sich ihm zu widersetzen? Oder wäre es besser, möglichst viel Zeit zu schinden und ihre Hoffnungen auf die Polizei zu setzen? Sie ging rückwärts bis ans andere Ende des Käfigs.

»Braves Mädchen«, lobte er überheblich.

Emil trat an die Tür und schloss sie auf. Den Blick richtete er unablässig auf sie, bis er Ruben aus dem Käfig gezogen hatte. Dann warf er die Tür zu.

»Der Verschlussmechanismus lässt sich nur von außen mit einem Schlüssel entsperren«, sagte er. »Müh dich also nicht, während ich mich um deinen Ex kümmere. Aber wäre es nicht witzig, wenn er jetzt quicklebendig aufspringen würde und wir lautstark ›Reingelegt!‹ rufen würden?« Emil lachte hämisch.

Für einen Moment schaute sie zu Rubens Leiche. Es gab kein Wunder und kein mieses, von den Männern arrangiertes Schauspiel. Ruben war tot. Nicht zuletzt deshalb, weil sie ihm misstraut hatte. Hätte sie ihn wenigstens nach den

Slips gefragt, dann wäre Emil als Verdächtiger auf ihrem Radar aufgetaucht. Vielleicht hätte sie rechtzeitig die richtigen Schlüsse gezogen.

Emil zog ihn aus dem großen Raum hinaus. Er ließ die Tür offen stehen. Falls sie die Geräusche nicht falsch interpretierte, schaffte er Ruben in einen Nebenraum. Als er zurückkam, trug er einen Stuhl. Er stellte ihn zwei Meter vom Käfig entfernt hin und setzte sich.

»Fast wie früher. Deine Mutter Isabel war mein Zootierchen. Ich habe es geliebt, sie zu studieren. Herrje, was waren das für herrliche Zeiten! Die beste Phase meines Lebens.« Er seufzte.

»Wo bist du meiner Mutter begegnet?«

»Die Bullen haben bestimmt viel Energie darauf verschwendet, das herauszufinden. Ehrlich gesagt hatten sie nie eine Chance.«

»War das gelogen? Du kanntest sie vorher gar nicht?«

»Nein!«, korrigierte er sie. »Wir haben uns einmal gesehen und ich habe mich sofort in deine Mutter verliebt. Das war nicht gelogen. Aber es war aussichtslos nachzuvollziehen, wann das gewesen sein könnte. Sie war Kundin bei mir.«

»Kundin?«, hakte Annika nach.

»Ich hatte vor zwanzig Jahren aushilfsweise in einem Elektronikmarkt gearbeitet und sie wegen einer Waschmaschine beraten. Sie ist meiner Empfehlung gefolgt, und da wir das schwere Gerät anliefern mussten, nannte sie mir ihre Adresse. Als sie zwei Jahre später hier landete, hatte sie das längst vergessen. Offenbar hatte ich keinen Eindruck hinterlassen. Aber sie? Meine Güte! Sie hat mich umgehauen. Es war wie eine göttliche Erscheinung. Ich wusste, ich muss diese Frau besitzen. Zwei Jahre habe ich in das Projekt investiert. Jeder Tag davon hat sich am Ende gelohnt.«

»Was hast du mit der Leiche gemacht?«

»Ich habe deiner Mutter ein Seebegräbnis zukommen lassen. In der Müritz. Ich habe sie in Folie eingeschlagen, alles mit Steinbrocken beschwert und bin mit einem Boot rausgefahren. An die genaue Stelle kann ich mich leider nicht mehr erinnern. Ob man sie nach achtzehn Jahren in ihrem nassen Grab noch findet? Keine Ahnung. Aber wenigstens konntet ihr Isabels Herz begraben, nicht wahr?« Er lächelte. »War das ein Gemetzel. Ich hatte wirklich geglaubt, es wäre einfacher, einem Menschen das Herz aus der Brust zu schneiden. Du hättest mich sehen müssen. Ich war blutbespritzt wie ein Metzger, der ein Schwein häutet und zerteilt.«

Er wollte sie provozieren und schreckliche Bilder in ihrem Kopf heraufbeschwören. Doch Annika ließ das nicht zu.

»Eine Sache kapiere ich nicht. Dir ist etwas gelungen, was die wenigsten Mörder schaffen. Du bist achtzehn Jahre davongekommen, ohne auf dem Radar der Polizei zu erscheinen. Die Mordermittlungen waren zwar nie offiziell beendet worden, aber die Kripo hat keine Kapazitäten mehr in die Ermittlungen gesteckt, weil es keine neuen Ansätze gab. Wieso bist du das Risiko eingegangen?«

Emil nickte. »Rational betrachtet, hast du vollkommen recht. Trotzdem beurteilst du es aus dem falschen Blickwinkel.«

»Wieso?«

»Keine Ahnung, wann ich den Trieb zu töten das erste Mal in mir gespürt habe. Mit vierzehn habe ich mit der Schrotflinte meines Opas Eichhörnchen von den Bäumen geschossen. Am besten gefiel es mir, wenn sie nicht sofort tot waren. Ihnen beim Sterben zuzusehen, war ein Hochgenuss. Mit sechzehn verlor ich meine Unschuld. In der Scheune meines Großvaters. Eine schnelle Nummer mit einem plumpen Mädchen, das mir nicht das geben konnte, was ich mir davon versprochen hatte. So kam eins zum anderen und ich befriedigte mich immer öfter, während ich mir vorstellte, Frauen unaussprechliche Dinge anzutun. Dann starben meine Eltern und ich besaß dieses Haus. Kurz darauf stand deine Mutter im Laden vor mir. Ein Rädchen griff ins andere. Ich baute den Keller um. Als Krönung der ganzen Arbeit erschuf ich den Käfig. Mir gelang es, Isabel hierher zu verschleppen, und wir hatten so unfassbar schöne zwölf Tage miteinander. Das war die beste Zeit meines Lebens. Aber ich wusste zweierlei: Eine Wiederholung wäre niemals so gut wie das erste Mal und eine Steigerung erschien mir unmöglich. Außerdem wäre die Gefahr, erwischt zu werden, bei einer zweiten Entführung sprunghaft angestiegen. Ich widerstand dem Impuls, baute den Käfig ab und verkaufte sogar dieses Haus. Mit dem Geld finanzierte ich die Grundsteine meiner Agententätigkeit. Dann lernte ich Gabi kennen. Wir hatten anfangs gute Tage, denen viele schlechte folgten.« Er winkte ab. »Sei's drum. Seit achtzehn Jahren denke ich jeden Tag an meine Isabel. Als ich es mir finanziell leisten konnte, erwarb ich das Haus zurück. Das verstärkte zwar die Erinnerungen, doch es waren trotzdem nur blasse Schatten der Vergangenheit. Ich probierte so viele Sachen aus, um meine Dämonen ruhigzustellen. Drogen, Sex, Reisen in gefährliche Gefilde: Aber nichts gab mir jemals wieder diese tiefe Befriedigung, die ich mit deiner Mutter erlebt habe. Wie oft ich mir die Briefe von ihr durchlas, während ich nackt auf einem bequemen Sessel saß und es mir besorgte. Florian Zauners literarischer Stern ging auf, ich kaufte mir sein Debüt und war fasziniert. Jemand, der in der Lage war, eine innere Gefangenschaft so detailliert zu beschreiben, musste selbst ein Gefangener sein. Zweieinhalb Jahre vergingen bis zu seiner zweiten Veröffentlichung. Ein ungewöhnlich langer Zeitraum, vor allem im Angesicht des hohen Garantiehonorars, über das die Fachwelt berichtete. Auch der Thriller sprach mich an. Zauner ist ein bemitleidenswerter, kranker Mensch. Das, was er schreibt, ist nicht bloß seiner Fantasie entsprungen. Ich wette, er plagt sich mit ähnlichen Begierden herum wie ich. Monate nach der Veröffentlichung traf ich ihn auf einer Party. Er war richtig schön betrunken und in redseliger Stimmung. Wahrscheinlich kann er sich gar nicht an unsere Begegnung erinnern. Ich würde mich nicht wundern, wenn er am nächsten Morgen einen Filmriss gehabt hat. Er verriet mir, wie sehr ihn der Vertrag unter Druck setzen würde. Ihn blockieren würde. Es war klar, was er mir durch die Blume mitteilte. Zauner hatte keine Ideen für einen dritten Roman. Ich fand eine Mitteilung des Verlags, die eine geplante Veröffentlichung um ein Jahr nach hinten schob. Und immer öfter fragte ich mich, ob er einfach bloß einen kleinen Schubs über die Klippen benötigte. Der Gedanke, die Worte deiner Mutter im Buch eines Bestsellerautors zu lesen, riss mich eines Morgens aus dem Schlaf. Ich malte mir das wochenlang aus und hoffte, dadurch etwas Nervenkitzel zurück in mein Leben zu bringen. Aber mich reizte die Vorstellung nur, falls jemand die Briefe deiner Mutter wortwörtlich veröffentlichen würde. Da mich die Idee nicht mehr losließ, kontaktierte ich Zauners Agenten anonym und machte ihm ein Angebot. Die kopierten Briefe deiner Mutter legte ich zu dem Schreiben. Er konnte mir nicht antworten, ich musste also warten. Als der Verlag ankündigte, dass Zauner mitten in der Arbeit zu seinem dritten Buch steckte, wusste ich Bescheid. Ich fragte mich, ob du zufällig über den Thriller stolpern würdest oder wie du davon erfahren könntest. Als ich in deinem sozialen Profil von der gebuchten Kreuzfahrt las, hatte ich den Hauptgewinn gezogen. Und jetzt bist du hier. Das ist so schön! Ich fühle mich an die Gespräche mit deiner Mutter Isabel zurückerinnert. Wahnsinn! Nach so vielen Jahren.«

»Woher wusstest du, dass ich zu Rubens Lesung gehe?«

»Ein Bücherwurm wie du? Das war für mich überhaupt keine Frage.«

Leider musste sie ihm recht geben. Zumindest dieser Teil seines Plans war nicht schwer zu verwirklichen gewesen. Annika erinnerte sich an das Gespräch zwischen Emil, ihrem Vater und ihr. »Diese ganzen Notizen über das Zustandekommen der Lesung. Waren die ...«

»Gefälscht«, bestätigte er. »An einem Nachmittag vor ein paar Wochen ausgedacht. Der Preis, den ich diesmal zahlen muss, ist natürlich unvergleichlich höher als beim letzten Mal. Ich bin nicht dumm. Die Bullen werden das Videomaterial des Hotels auswerten und mich ins Visier nehmen. Doch der Gewinn, den ich erziele, ist den Preis wert. Erst die Mutter und achtzehn Jahre später die Tochter. Wer kann das schon von sich behaupten? Mutter und Tochter das Herz zu rauben, ist eine ganz besondere Herausforderung.«

»Die Polizisten werden dich jagen.«

»Morgen früh um acht Uhr sitze ich in einem Flugzeug nach Kuba. Und von dort geht es weiter.« Er lächelte. »Du siehst, unsere Zeit ist begrenzt. Deswegen sollten wir sie nicht verschwenden.«

Annika kämpfte gegen das Gefühl der Verzweiflung. Würde ihr Vater rechtzeitig von ihrem Verschwinden erfahren und alles Nötige in die Wege leiten? Oder bemerkte er es erst morgen früh – wenn es für sie zu spät wäre?

»Du vergisst einen wichtigen Punkt«, sagte sie kampfeslustig.

»Jetzt bin ich gespannt.«

»Meine Mutter hat bis zum letzten Tag geglaubt oder zumindest gehofft, dass du ihr nur sexuelle Grausamkeiten antun wirst ...«

»Das stimmt so nicht«, widersprach er. »Ich habe ihr gesagt, dass ich mir elf Tage geben würde, ihr Herz zu gewinnen. Sie hatte von Anfang an gewusst, wann unsere gemeinsame Zeit beendet wäre und dass am Ende der Tod auf sie warten würde. Deswegen hat sie versucht, mir Liebe vorzugaukeln. Aber darin war sie ziemlich schlecht.«

»Warum stand das nicht in den Briefen?«, fragte Annika.

»Weil ich das nicht wollte. Hätte dein Vater meine Frist gekannt, hätte ihn das Paket nicht so unvorbereitet getroffen. Vorzeitiger Ruhestand. Oh ja! Auch das war mein Werk. Wie er wohl deinen Verlust verarbeiten wird? Ich könnte mir vorstellen, er nimmt sich das Leben.«

»Und was würde dir das bringen?«

Emil zuckte die Achseln. »Ehrlich gesagt: nichts. Es ist wie ein Bonbon nach einem guten Essen im Restaurant, wenn die Rechnung kommt. Niemand braucht dieses Zuckerstückchen und trotzdem verzehren es die meisten.«

»Du hast mich nicht zu Ende sprechen lassen. Ich *weiß*, du wirst mich töten.«

»Und dir das Herz herausschneiden, um es deinem Vater als Geschenk zu hinterlassen.«

»Aber du hast bei der Konstruktion des Käfigs eine Sache nicht bedacht. Der Käfig ist so groß, dass du mich von außen nicht einfach packen kannst.«

»Darauf setzt du deine Hoffnung? Wie erbärmlich. Ich könnte dir ins Bein schießen oder in den Fuß. Vielleicht auch in die Schulter. Ich bin ein exzellenter Schütze. Die Ferien auf dem Hof meines Großvaters in Meck-Pomm habe ich immer genutzt, um meine Fertigkeiten zu verbessern. Ich kann gut mit Messern umgehen, aber natürlich wäre es ziemlich dumm von mir, mit einem Messer nach dir zu werfen.«

»Mach ruhig.«

»Da nehme ich lieber einen Stromschocker.« Emil griff unter die Sitzfläche des Stuhls und fingerte daran herum. »Guck mal, was ich hier habe.« Er hielt eine gelbe Pistole in der Hand. »Wenn ich dich damit treffe, bist du eine Weile außer Gefecht gesetzt. Ich werde das nutzen, um dich auszuziehen und mit Fesseln zu fixieren. Danach beginnt der Spaß so richtig.«

Emil erhob sich vom Stuhl. Annika wich in die hinterste Ecke aus.

»Du willst also spielen«, sagte er halb genervt und halb amüsiert. »Ist das dein Ernst?«

»Du bekommst mich nicht kampflos.«

»Mein süßer Hase. Du kannst noch so viele Haken schlagen. Es wird dir nichts nützen. Warum gibst du nicht auf? Ich verspreche, dann bin ich etwas zärtlicher zu dir.«

»Und das soll ich dir glauben?«

Emil grinste. »Erwischt. Für Zärtlichkeit bleibt uns keine Zeit. Ich werde dich übel zurichten. Nicht nur deinen Brustkorb öffnen, sondern dir viele Wunden zufügen. Wenn du tot bist, mache ich Fotos von dir. Und sobald ich im Flieger sitze, schicke ich die besten Bilder deinem Vater. Stell dir das vor. Er geht ahnungslos an sein Telefon und sieht deine geschändete Leiche. Wie gern würde ich sein Gesicht dabei sehen!« Er trat nah an die Gitter und zielte auf sie.

Kapitel 28

Um Viertel nach sieben abends bekam Johannes Hunger. Doch er wollte sich nicht allein ins Restaurant setzen. Also würde er wie seine Tochter auf den Roomservice zurückgreifen. Ob sie sich schon etwas aus der Karte bestellt hatte? Vielleicht würde sie ihm in seinem Zimmer Gesellschaft leisten.

Er griff zum Handy und öffnete das Chatprogramm. Neben ihrem Profilbild stand die Informationen, dass sie zuletzt um siebzehn Uhr zweiundvierzig online gewesen war.

Hast du noch Hunger?

Zu seiner Überraschung lieferte das System die Nachricht nicht an ihr Telefon aus. Auch nach fünf Minuten nicht.

»Ungewöhnlich«, murmelte er.

Annika gehörte zu den Menschen, die sogar nachts ihr Handy nicht ausschalteten. Und nun hatte sie es wegen Liebeskummer heruntergefahren? Oder wollte sie bloß Ruhe vor Ruben haben, der sie möglicherweise telefonisch belästigte? Johannes scrollte in seinen Kontakten zu der erst am vorherigen Tag gespeicherten Telefonnummer des Künstlers. Ruben hatte sein Handy sogar noch eine Viertelstunde vor Annika ausgeschaltet.

Ob die beiden sich ausgesprochen und versöhnt hatten? Teilten sie sich gerade ein Hotelzimmer? Johannes hielt das nicht für völlig ausgeschlossen. Allerdings störte ihn die zeitliche Differenz, die zwischen dem Ausschalten der Telefone lag.

Sein niemals in den Ruhestand getretener Polizeiinstinkt warnte ihn eindringlich. Etwas stimmte an der Situation nicht. Unsicher fuhr er sich durch die Haare. Er beschloss, bei ihr anzuklopfen. Johannes zog Schuhe an und verließ das Zimmer. Schon aus einiger Meter Entfernung entdeckte er das *Nicht-stören*-Schild an ihrem Türknauf. Traf vielleicht seine erste Vermutung zu? Versöhnte sich Annika mit Ruben, während er fürchtete, dass ihr etwas passiert sein könnte?

Unsicher blieb er vor ihrem Zimmer stehen. Er brachte es nicht über sich, einfach den Rückzug anzutreten. Sacht klopfte er an die Tür. »Annika?«

Johannes wartete ein paar Sekunden, bis er fester anklopfte. Nichts passierte.

»Scheiße!«, murmelte er.

Hier stimmte etwas nicht. Aber bevor er Hotelangestellte aufscheuchen würde, müsste er Rubens Zimmer aufsuchen. Er lief bis zu den Fahrstühlen. Statt auf einen der Aufzüge zu warten, öffnete er die Tür zum Treppenhaus und eilte die Stufen zur nächsten Etage herunter.

Auch an Rubens Zimmer hing das Schild. Das ergab keinen Sinn. Wieso sollte sie in beiden Räumen den Wunsch nach Ruhe verspüren? Er klopfte fest an die Tür. »Herr Reus? Machen Sie bitte auf! Ich suche meine Tochter.«

Wie schon bei Annika reagierte auch jetzt niemand.

»Scheiße!«

Schwebte sie in Gefahr? Johannes rannte zurück zum Treppenhaus und lief nach unten. Von den drei Empfangsplätzen war ein Platz mit einer Mitarbeiterin besetzt.

»Wie kann ich Ihnen helfen?«

»Ich muss einen verantwortlichen Manager sprechen«, sagte Johannes. »Es ist dringend! Vielleicht geht es um Leben und Tod.«

Ohne Rückfragen zu stellen, griff die Mitarbeiterin zu dem auf ihrem Schreibtisch liegenden Funkgerät.

Fünf Minuten später saß Johannes der zuständigen Managerin in ihrem Büro gegenüber und erklärte die Situation.

»Ich war bis vor achtzehn Jahren Kriminalhauptkommissar hier in Berlin. Dann ist meine Frau entführt und ermordet worden. Seitdem bin ich im Ruhestand. Vor ein paar Tagen hat sich in diesem niemals aufgeklärten Verbrechen eine neue Spur ergeben, der meine inzwischen 30-jährige Tochter und ich gefolgt sind. Nach allem, was wir wissen, haben wir den Täter überführt. Aber nun ist Folgendes passiert: Ich kann weder meine Tochter noch einen Mann erreichen, der ebenfalls an den Fortschritten der vergangenen Tage beteiligt war. Ehrlich gesagt habe ich Angst, etwas übersehen zu haben. Ich will nicht verhehlen, dass meine Tochter und dieser Mann kurzzeitig eine Liebesbeziehung miteinander hatten. Die schnell wieder vorbei war. Ich würde Sie bitten, mir Zutritt zum Zimmer meiner Tochter und des Mannes zu verschaffen. Vor beiden Türen hängt das *Nicht-stören*-Schild.«

»Könnten sie sich nicht versöhnt haben und jetzt …« Die Managerin sprach den Satz nicht zu Ende.

»Das habe ich auch gedacht. Aber wieso sollte dann an beiden Türen das Schild hängen? Das ergibt keinen Sinn! Sie wechseln ja kaum mitten im Liebesspiel die Räume. Nein! Ich fürchte eher, einen Hinweis falsch interpretiert zu haben.«

»Inwiefern?«

»Vielleicht hat mich Ruben Reus zum Narren gehalten.«

»Wer?«

»Ruben Reus. So heißt der Mann, der uns geholfen hat. Der ganze Fall ist zu komplex, um Ihnen das in Kurzform zu erklären. Bitte werfen Sie gemeinsam mit mir einen Blick in die Zimmer. Abgerechnet werden die Übernachtungskosten über meine Kreditkarte. Das sollte reichen, um mir weiterzuhelfen, oder?«

»Wenn ich jetzt die Berliner Kriminalpolizei kontaktieren würde, könnten die mir Ihre Angaben bestätigen?«

»Hauptkommissar Martin Lemke ist der Verantwortliche. Wollen Sie seine Nummer haben?«

Sie überlegte nur kurz. »Nein, schon gut. Sie wirken so verzweifelt, dass ich Ihnen glauben muss. Aber wenn wir Ihre Tochter jetzt bei einem, na ja, Sie wissen, was ich meine …«

»Wenn wir sie stören, übernehme ich die Verantwortung.«

Die Managerin erhob sich hinter ihrem Schreibtisch. Aus einem Wandschrank holte sie eine Generalzugangskarte. »Gehen wir.«

Die Managerin öffnete zuerst Annikas Zimmer. »Hallo?«, rief sie. »Jemand da?«

Johannes drängte sich an ihr vorbei. »Leer«, sagte er, nachdem er einen Blick ins Badezimmer geworfen hatte.

»Auf dem Nachttisch liegt ein Handy«, informierte die Managerin ihn.

»Schon gesehen.« Er nahm es in die Hand. »Ausgeschaltet. Los, schnell! Zu seinem Zimmer. Was habe ich bloß übersehen?«

Wie von Johannes befürchtet, hielt sich auch in Rubens Hotelzimmer niemand auf. Sein Handy lag ebenfalls ausgeschaltet auf dem Nachttisch.

»Können Sie auf die Kameras in den Flurgängen und der Lobby zugreifen?«

»Selbstverständlich«, bestätigte sie. »Ich kann von meinem Computer die Aufnahmen der letzten vierundzwanzig Stunden prüfen. Kommen Sie! Aber wenn Sie auf dem Videomaterial etwas Ungewöhnliches entdecken, müssen wir die Polizei einschalten.«

»Das ist ganz in meinem Interesse.«

Die Hotelmanagerin stellte einen Stuhl neben ihren Schreibtischsessel. Sie entsperrte zunächst ihren Computer und öffnete dann die Software, mit der sie auf die Videoaufnahmen zugreifen konnte.

»Zuerst würde ich den Flur vor Annikas Zimmer überprüfen«, schlug Johannes vor. »Ungefähr ab siebzehn Uhr fünfzehn«, nannte er absichtlich einen längeren Zeitraum.

Die Hotelmanagerin wählte in einem Menü die richtige Kamera aus und startete ab siebzehn Uhr mit der Wiedergabe. »Sicher ist sicher«, sagte sie.

Sie ließ das Band in vierfacher Geschwindigkeit abspielen. Anfangs passierte nichts. Bis sich um zwanzig vor sechs das Bild änderte.

»Ich bin so unfassbar dumm«, flüsterte Johannes entsetzt.

»Wer von den beiden Männern ist dieser Reus?«

»Derjenige, der bedroht wird.«

»Kennen Sie den Mann mit der Waffe?«

»Er heißt Emil Kohr. Lassen Sie das Band bitte mit doppelter Geschwindigkeit ablaufen.«

Voller Angst um das Leben seiner Tochter sah er, wie Annika, Reus und Kohr das Zimmer nach wenigen Augenblicken verließen und zu den Aufzügen gingen.

»Schauen wir uns die Aufnahmen aus dem Fahrstuhl an«, schlug sie vor.

Die Managerin suchte das Material heraus. Sie verfolgten die Fahrt der drei Personen in die Tiefgarage. Erneut wechselte sie die Kameraperspektive. Sekunden später wussten sie, in welchem Wagen Kohr seine Gefangenen aus dem Hotel geschafft hatte.

»Die Polizei wird das Material sehen wollen«, teilte Johannes der Verantwortlichen mit.

»Das ist kein Problem. Ich ziehe es auf ein anderes Speichermedium, damit es nicht versehentlich überschrieben wird.«

»Ich rufe Hauptkommissar Lemke an.« Im Anrufprotokoll suchte er die Nummer heraus und baute die Verbindung auf.

»Johannes! Hast du etwa schon davon gehört?«, begrüßte Martin ihn überrascht.

»Wovon?«, fragte Johannes alarmiert.

»Weswegen rufst du an?«

»Was ist bei euch passiert?«, entgegnete Johannes. »Warte! Lass mich zuerst erzählen. Ich fürchte, wir liegen mit Senger als Tatverdächtigen daneben. Emil Kohr heißt der wahre Täter. Kohr hat Reus und meine Annika unter Waffengewalt aus dem Hotel entführt.«

»Bist du dir sicher?«

»Ja. Ich bin im Büro der Hotelmanagerin. Es gibt Beweismaterial auf Video.«

»Wie lang ist das her?«

Johannes schaute auf seine Armbanduhr. »Knapp zwei Stunden. Ich habe Kohrs Adresse für euch. Vielleicht hat er sie zu sich nach Hause verschleppt. Er lebt allein in einem großzügig bemessenen Einfamilienhaus.« Plötzlich schoss ihm ein Gedanke durch den Kopf. »Scheiße! Kannst du irgendwie rausbekommen, wer vor achtzehn Jahren ein Haus besessen hat?«

»Erst morgen, wenn das Grundbuchamt geöffnet hat. Gib

mir die Adresse von Kohr. Ich organisiere den Zugriff und dann melde ich mich wieder bei dir.«

Johannes nannte ihm Straße und Hausnummer. »Beeil dich bitte.«

»Du weißt, ein solcher Zugriff ist nicht im Handumdrehen organisiert. Schon gar nicht bei einem Entführungsszenario. Ich melde mich. Bis gleich!« Martin beendete das Gespräch.

»Alles in Ordnung?«, fragte die Hotelmanagerin.

»Keine Ahnung«, gestand er. Er schaute auf seine Uhr. Der Drang, zu Kohrs Haus zu fahren, wurde übermächtig. Allein konnte er allerdings nichts ausrichten. Sollte sich Martin jedoch nicht innerhalb von drei Minuten zurückmelden, würde er zu Kohr aufbrechen und sich irgendwie Zutritt zum Haus verschaffen.

»Tolle Idee, so ganz ohne Waffe«, murmelte er.

»Was haben Sie gesagt?«, fragte die Managerin.

»Nichts«, antwortete er. »Oh Gott! Wenn meiner Tochter etwas passiert, überlebe ich das nicht.«

»So dürfen Sie nicht denken! Alles wird gut.«

Johannes blickte der Frau kurz in die Augen. »Das habe ich mir vor achtzehn Jahren auch gesagt. Bis der Mörder uns das Herz meiner geliebten Isabel als Paket zugeschickt hat.«

Die Hotelmanagerin riss erschrocken den Mund auf. »Sie Ärmster!«, sagte sie leise. Die Frau fing sich rasch wieder. »Kann ich Ihnen etwas Gutes tun? Wollen Sie eine Kaffeespezialität? Oder einen Tee?«

Er schüttelte den Kopf und schaute auf seine Uhr. Half er Annika, wenn er im Hotel wartete? Bevor er eine Dummheit begehen konnte, klingelte sein Handy und übertrug Martins Rufnummer.

»Hast du alles organisiert?«, fragte Johannes.

»Ja. Du musst mir versprechen, im Hotel zu warten.«

Johannes brummte zustimmend, ohne etwas zuzusichern. »Jetzt erzähl du mir deine Neuigkeiten.«

»Ich hatte ein ungutes Gefühl wegen Senger und habe entgegen der ursprünglichen Planung Amtshilfe aus München angefordert. Die bayrischen Kollegen haben ihn in seinem Hotel aufgesucht und zu ihrer großen Freude mit einem Escortgirl angetroffen. Drogenkonsum inklusive. Aber dieser Zwischenfall hat ihn zumindest gesprächsbereit gemacht. Er gibt zu, die Passagen für Zauners Buch beigetragen zu haben. Allerdings hat er die in einem anonymen Brief in seinem Briefkasten zu Hause vorgefunden. Es lag ein Schreiben dabei, in dem jemand behauptete, ein riesiger Fan von Florian Zauner zu sein. Mit dem Hinweis, Zauner dürfe die Briefe für sein nächstes Buch verwenden – vorausgesetzt, sie würden wortwörtlich veröffentlicht. Sollte aber etwas verändert werden, würde die Presse anonyme Tipps über den Entstehungsprozess erhalten. Senger zeigte Zauner die Seiten und der war direkt Feuer und Flamme, nachdem er zuvor mit einer umfassenden Schreibblockade gekämpft hätte. Und dann bekam Senger vor rund drei Monaten den nächsten Brief. Der Verfasser forderte von Senger, dass Reus auf einer konkreten Kreuzfahrt aus dem Buch *Lange Tage in seiner Gewalt* lesen würde. Falls das nicht klappen würde, drohte der anonyme Briefeschreiber damit, alles auffliegen zu lassen.«

»Glauben die Münchener Kollegen Senger?«, fragte Johannes.

»Es passt zu dem, was du jetzt von Kohr berichtest«, erklärte Martin. »Außerdem ist Senger absolut kooperationsbereit. Die Münchener haben ihm einen Deal angeboten. Sie verzichten auf eine Untersuchung seines Drogenkonsums, sobald sie von uns die Rückmeldung erhalten, dass Senger freiwillig im Präsidium ausgesagt hat. Daraufhin wollte der sofort nach Berlin aufbrechen. Er sagt, er habe alle anonymen Briefe bei sich zu Hause im Safe eingeschlossen. Die könne er uns als Beweise übergeben. Die Münchener haben ihn überzeugt, dass es besser sei, erst einmal die Drogen aus dem Körper zu bekommen. Er wird morgen Nachmittag hier auftauchen.«

Was zu spät für Annika ist, dachte Johannes. »Wie lange braucht das Einsatzkommando?«

»Du kennst die Abläufe. Aber ich habe vorab zwei Streifenwagen in Kohrs Straße geschickt. Die Kollegen verhindern, dass er unbemerkt flüchtet.«

In Johannes' Kopf entstand ein Plan. Allein und unbewaffnet konnte er nichts gegen Kohr ausrichten. Ganz im Gegenteil, so würde er Annikas Gesundheit aufs Spiel setzen. Aber wenn er zu Kohr fahren würde, müssten ihn die Streifenbeamten unterstützen.

»Okay«, sagte er. »Danke dir. Lass uns am besten Schluss machen.«

»M-hm«, erwiderte Martin. »Johannes, denk erst gar nicht daran.«

»Woran?«

»Die Sache allein in die Hände zu nehmen. Das Einsatzkommando wird Annika retten.«

»Und wenn nicht? Ich habe schon meine Frau an diesen Mistkerl verloren.«

Es klopfte an der Bürotür.

»Herein!«, rief die Hotelmanagerin.

Ein kräftig wirkender Schutzpolizist trat ein. Johannes schaute ihn entgeistert an.

»Martin, das ist nicht dein Ernst!«, beschwerte er sich.

»Der Kollege ist zu deinem und Annikas Schutz gekommen. Er begleitet dich in dein Zimmer oder meinetwegen auch in die Hotelbar. Hauptsache, du bleibst im Hotel und funkst uns nicht dazwischen.«

»Martin!«

»Ich melde mich bei dir, wenn wir Kohr verhaftet und deine Tochter sowie diesen Reus gerettet haben.« Er trennte die Verbindung.

Kapitel 29

»Du willst also echt mit mir spielen?«, schrie Emil wütend.

Annikas Plan ging auf. Sie schaffte es, sich immer außerhalb der Reichweite der Stromschockwaffe aufzuhalten. Er hatte nicht einmal den Abzug gedrückt, sondern stattdessen versucht, sie mit plötzlichen Richtungswechseln zu überrumpeln. Doch ihre Instinkte waren hellwach. Die Drohung, auf sie mit der Pistole zu schießen, hatte er bislang nicht in die Tat umgesetzt. Vielleicht war er gar nicht der zielsichere Schütze – wie er es behauptet hatte. Immerhin hatte er Ruben in den Bauch geschossen. Hätte ein treffsicherer Mann nicht die Stirn anvisiert?

Emil starrte sie an. »Mir reicht's!«

»Verpiss dich!«, zischte sie. »An deiner Stelle würde ich abhauen.«

»Nicht ohne dein Herz zu rauben.« Er ging um den Käfig herum, bis er an der Tür stand. »Du hast es nicht anders gewollt. Gleich wirst du erfahren, wie viel Schmerzen du aushältst.«

»Fick dich!«

Emil lächelte kalt. »Ich ficke lieber dich!« Er griff in seine Hosentasche und zog den Schlüssel heraus.

Annika war bereit. Dies war ihre einzige Chance. Sie musste an ihm vorbeischlüpfen und aus dem Käfig stürmen.

Emil schloss die Tür auf und betrat ihr Gefängnis. »Weißt du, wie sich ein Stromschlag im Körper anfühlt?« Er hielt das Schockgerät auf sie gerichtet.

Annika stürmte nach vorn. Auf halbem Weg schlug sie einen Haken.

Johannes war in die schlimmste Zeit seines Lebens zurückkatapultiert. Nachdem Isabel entführt worden war und seine Kollegen die Ermittlungen aufgenommen hatten, war er zum Nichtstun verdammt gewesen. Im Haus auf Neuigkeiten zu warten und mit dem Unaussprechlichen zu rechnen, hatte ihn zermürbt.

Nun saß er in einem Hotelzimmer, bewacht von einem Streifenbeamten, der jeden Small-Talk-Versuch mittlerweile aufgegeben hatte.

Falls Lemke und das Einsatzkommando Annika nicht rechtzeitig retteten, würde er noch hier im Hotel sein Leben beenden. Im obersten Stock gab es eine Bar mit herrlicher Aussicht über die Stadt. Er würde dorthin gehen, sich einen letzten Drink gönnen und danach über die Brüstung klettern und in die Tiefe springen.

Zum wiederholten Mal schaute er auf seine Uhr. Wieso hatte Martin ihn durchschaut? Er wäre schon längst vor Ort und hätte sich Zugriff zu Kohrs Haus verschafft. Mit zwei Streifenwagenbesatzungen als Absicherung wären ihre Chancen blendend gewesen. Stattdessen verstrichen die Minuten ereignislos.

Johannes griff zu seinem Telefon und überprüfte die Netzqualität. Das Smartphone zeigte ihm in der Statusleiste den vollen Balkenausschlag an. Frustriert legte er das Handy wieder weg.

Schlimmer noch als das Warten peinigten ihn allerdings

die Zweifel. Vielleicht hatte der Mann Annika und Reus gar nicht in sein Haus verschleppt, sondern besaß ein anderes Versteck. Dann wäre Annika verloren und der Täter könnte erneut ein grausames Spiel beginnen. So wie damals, als er Isabel elf Tage lang gequält hatte.

In seiner Fantasie sah Johannes Emil Kohr auf der wehrlosen Isabel hocken.

»Bitte nicht!«, flüsterte er. »Das ertrage ich kein zweites Mal.«

Der Streifenbeamte blickte verstohlen zu ihm herüber. Johannes stand auf und stellte sich ans Fenster. Seine Kehle war wie zugeschnürt. Um überhaupt noch Luft zu bekommen, konzentrierte er sich auf seine Atmung.

Annika erwachte aus einer kurzen Bewusstlosigkeit. Ihr Körper schmerzte. Sie erinnerte sich an die Sekunde, in der sie der Stromschlag getroffen hatte. Danach war alles dunkel geworden.

Sie stöhnte.

»Hallo, Prinzessin!«, sagte Emil. »Wieder bei mir?«

Sie spürte Handschellen an ihren Handgelenken. Er hatte sie an den Gitterstäben fixiert, die Arme über den Kopf ausgebreitet. Ihre Fußgelenke hatte er mit deutlich längeren Ketten ebenfalls gefesselt.

»Ich habe extra gewartet, damit du nicht einen dieser süßen Momente verpasst.«

»Fick dich«, flüsterte sie kraftlos.

»Kapierst du es nicht? Warum sollte ich mich ficken, wenn ich dich dafür benutzen kann?«

Er setzte sich auf ihre Oberschenkel. Sie versuchte, ihn abzuwerfen, hatte aber nicht genügend Kraft. Es war hoffnungslos. In seiner Rechten hielt er eine Schere mit langen Klingen.

»Du solltest jetzt besser nicht herumzappeln«, warnte er. »Diese Schere ist verdammt scharf.«

Er setzte die Klingen am Saum ihres Pullovers an, den er mühelos zerschnitt. Danach griff er zum Bund ihrer Sportleggings, die er ihr ebenfalls vom Körper schnitt.

»Du gibst dir bei der Auswahl deiner Unterwäsche Mühe. Hervorragend!«, lobte er. »Es hat mir Spaß gemacht, mich mit deinem getragenen Slip zu berühren und mir dabei vorzustellen, was jetzt passiert.«

Sein Gesicht war nah genug. Annika hob leicht ihren Kopf und bespuckte ihn. Ihr Speichel landet auf seiner Oberlippe. Angewidert zuckte er zurück und wischte ihn sich weg. Zur Strafe versetzte er ihr eine heftige Ohrfeige. Sie wimmerte.

»Deine Mutter war braver. Dir fehlen die Manieren.«

Er legte seine Hand um ihre Kehle. Gleichzeitig zerschnitt er ihren BH.

»Ich verrate dir etwas über deine Mutter, was du garantiert nicht weißt. Isabel hatte wundervoll empfindliche Brustwarzen. Wenn ich das hier gemacht habe, hat sie herrlich geschrien.«

Grob kniff er ihr in die Brustwarze. Annika konnte den Schrei nicht unterdrücken.

»Du bist ja genauso«, sagte er amüsiert. »Wie die Mutter, so die Tochter. Ist das nicht schön? Weißt du, worauf ich gespannt bin? Deine Mutter war damals nicht rasiert. Wie siehst du untenrum aus? Ich hoffe, du hast andere Vorlieben.«

Er setzte die Schere an den Slip. Bevor er ihn zerschneiden konnte, ertönte plötzlich ein Alarmton. Sofort sprang er auf und rannte aus dem Käfig. Er warf die Tür von außen zu. Emil lief aus dem Kellerraum. Annika schaute ihm hinterher. Dabei versuchte sie, ihre Hände zu befreien. Es war hoffnungslos. Allein könnte sie sich nicht gegen ihn zur Wehr setzen.

Was hatte der Alarm zu bedeuten? Hatte ihr Vater rechtzeitig mitbekommen, was im Hotel passiert war?

Es dauerte nur Sekunden, bis Emil panisch zurückkehrte. Er rüttelte an der verschlossenen Käfigtür. Dann griff er in seine Hose und nahm den Schlüssel heraus. Um ihn ins Schloss einzuführen, benötigte er zwei Versuche. Emil fluchte. Zeitgleich hörte Annika schwere Schritte auf dem Weg nach unten.

»Ich bin hier unten!«, schrie sie. »Hilfe!«

Emil riss die Tür auf. Er zog die Schusswaffe aus dem hinteren Hosenbund.

In der Tür tauchten schwer bewaffnete Einsatzkräfte auf.

»Polizei! Stehen bleiben! Waffe fallen lassen!«

»Verschwinden Sie oder die Geisel stirbt!«

Emil stellte sich neben sie. Mit der Pistole zielte er auf ihren Körper.

»Waffe weg!«, brüllten zwei Polizisten durcheinander.

In Trippelschritten näherten sie sich und nahmen Emil von zwei Seiten ins Visier.

»Letzte Warnung!«

Annika blickte entsetzt auf Emils Finger am Abzug, der sich leicht krümmte.

Schüsse zerrissen die Stille.

»Warum dauert das so lange?«, wisperte Johannes.

Er lehnte seinen Kopf gegen die kalte Fensterscheibe. Mit jeder Minute, die verstrich, sah er die Überlebenschancen seiner Tochter schwinden.

Schließlich drehte er sich zu dem Polizisten um.

»Können Sie sich für mich informieren?«, bat er.

»Was soll das bringen?«, fragte der Mann. »Sobald der Einsatz beendet ist, gibt uns Hauptkommissar Lemke Bescheid.«

»Es geht um meine Tochter. Derselbe Täter, der vor achtzehn Jahren meine Frau entführt und getötet hat, hält nun Annika in seiner Gewalt.«

»Tut mir leid«, flüsterte der Mann. Er mied den Blickkontakt.

»Fragen Sie in der Zentrale nach. Ich kann Ihnen den Stadtteil oder die genaue Adresse geben. Die haben bestimmt Informationen. Ich halte die Warterei einfach nicht aus.«

Unschlüssig irrte der Blick des Polizisten im Raum umher. Bevor er eine Entscheidung treffen konnte, klingelte sein Telefon.

»Oh Gott!«, stöhnte Johannes.

Wenn sich Lemke nicht direkt bei ihm meldete, war das ein schlechtes Zeichen.

»Hallo, Herr Hauptkommissar!«, sagte der Polizist. »Ja, er ist bei mir. Warten Sie. Ich gebe ihm das Telefon.«

Mit wackligen Beinen ging Johannes zu dem Beamten. Sein Blick fiel auf den Pistolenhalfter an dessen Gürtel. Vielleicht wäre das ja auch der richtige Weg, sein Leben zu beenden. Wenn es ihm gelingen würde, den Mann zu überrumpeln und ihm die Waffe zu entreißen …

Der Polizist hielt ihm das Telefon hin. Johannes nahm es mit schweißnassen Fingern entgegen.

»Hallo?«, sagte er mit brechender Stimme.

»Papa! Mir geht's gut. Aber Ruben ist tot.«

Tränen der Erleichterung schossen ihm in die Augen. »Hauptsache, dir geht's gut«, schluchzte er. »Oh mein Gott! Ich komme zu euch.«

»Ja, bitte! Ich brauche dich.«

Der Beamte fuhr ihn mit Blaulicht und dem Straßenverkehr angepasster maximal möglicher Geschwindigkeit zum weiträumig abgesperrten Tatort. Vor dem Haus standen mehrere Polizeifahrzeuge, ein Ambulanzwagen und ein Bestattungswagen.

»Ich hatte übrigens Ihren Blick auf meinen Halfter registriert. An so etwas dürfen Sie nicht einmal denken. Egal, was passiert.«

Der Mann bremste das Auto an der Absperrung ab.

»Sie sind ein guter Polizist«, sagte Johannes. »Hoffentlich müssen Sie nie den Schmerz aushalten, den das Leben mir beschert hat.«

Gemeinsam stiegen sie aus. Ein Beamter stellte sich ihnen zunächst in den Weg, ließ aber Johannes nach einem Nicken seines Kollegen passieren.

»Annika?«, rief Johannes. Er rannte zum Ambulanzfahrzeug.

Sie saß in dem Rettungswagen, mit einer Goldfoliendecke um ihre Schulter.

»Papa!«

»Ich bin hier, mein Schatz.«

Er kletterte in den Wagen hinein. Der Arzt, der sich um Annika gekümmert hatte, nickte ihm zu und lächelte.

»Geht's dir gut?«, fragte er.

»Ja.«

»Hat er dir etwas angetan?«

»Nein. Deine Kollegen waren rechtzeitig da.« Sie brach in Tränen aus. »Ruben ist tot. Er hat ihn kaltblütig erschossen.«

Johannes nahm sie in den Arm. Ihre Tränen benetzten seinen Hals. Er streichelte ihren Kopf. »Es tut mir so leid Aber du lebst.«

»Er hat ihm einfach in den Bauch geschossen.«

»Mein Liebling.«

Annika würde lange daran zu knabbern haben, doch sie würde es irgendwann verarbeiten – davon war Johannes überzeugt. Er registrierte die Kleidung, die sie am Leib trug und die nicht ihr gehörte. Jetzt war es allerdings wichtiger, ihr tröstend beiseitezustehen, statt alle Einzelheiten der letzten Stunden abzufragen.

»Lemke hat mir ein paar Informationen gegeben«, sagte Annika schließlich. »Ich hab dir meine Rettung zu verdanken. Wie hast du es herausgefunden?«

»Dein alter Herr wollte nicht allein zu Abend essen. Dann habe ich gesehen, dass du nicht online bist, und wurde misstrauisch. So kam eins zum anderen. Demnächst erzähle ich dir alles in Ruhe. Jetzt ist nicht der richtige Moment dafür.«

»Mama ist in dem Haus gestorben.«

»Ich hab's befürchtet.«

Knapp fasste sie zusammen, was sie von dem Mörder erfahren hatte. Für ein ausführlicheres Gespräch blieb bald genug Zeit. »Glaubst du, nach so vielen Jahren wird noch etwas von ihr übrig sein, das wir beerdigen können?«

»Das ist der zweitgrößte See in Deutschland«, sagte Johannes zweifelnd. »Schon seinen Grund nach einer mit Steinbrocken beschwerten Folie abzusuchen, könnte sich als Fehlschlag erweisen. Ich weiß nicht, ob wir das wollen. Ich glaube, ich würde Mama lieber in Frieden ruhen lassen. Zumal wir nicht wissen, ob er gelogen hat.«

Annika nickte leicht. »Ist vielleicht besser.« Sie trat an den Rand des Krankenwagens und stützte sich dabei auf ihn ab. Ihr Blick ging zum Haus. »Wir haben das Monster besiegt. Nach all den Jahren.«

»Das haben wir, mein Schatz. Das haben wir.«

Epilog

Zwei Monate später

Die *Goldenflower* lag für vier Tage in Hamburg vor Anker. Die Reederei hatte einige Schönheitsreparaturen in Auftrag gegeben, bevor das Schiff zu seinen nächsten Reisen startete. Annika schaute sich in dem Theater um. Sie stand auf der Bühne. Alles war hergerichtet für eine Feier zu Rubens Ehren. In den letzten Wochen hatte sie zahlreiche Telefonate mit der Reederei geführt und viele Mails verschickt. Letztlich hatten sich Sophia und Andreas als größte Fürsprecher erwiesen und die Verantwortlichen von Annikas Idee überzeugt: eine Gedenkfeier für einen Künstler, der vielen Passagieren spannende oder auch humorvolle Stunden geboten hatte.

Auf jedem Tisch standen Kerzen. Kurz vor der Veranstaltung würde man sie entzünden. Auf der LED-Leinwand hinter ihr wäre die ganze Zeit Rubens Porträt zu sehen. Dies würde keine Trauerfeier im eigentlichen Sinne werden. Annika hatte Menschen aufgetrieben, die bereit waren, unterhaltsame Anekdoten über Ruben Reus zu erzählen. Sie war selbst gespannt, was der Abend bringen würde.

Der Programmverantwortliche des Schiffs trat zu ihr.

»Unten an der Gangway stehen die ersten Menschen und warten auf Einlass«, informierte Andreas sie.

»Sind es so viele wie erhofft?«, fragte sie unsicher.

»Eher mehr«, beruhigte er sie.

Sie lächelte. Annika hatte einige von Rubens Freunden und Weggefährten aufgetrieben. Viele von ihnen hatten zugesagt, die Fahrt nach Hamburg auf sich zu nehmen, um ihm zu gedenken. Auch seine Nachbarn würden kommen.

»Dann sollten wir die Kerzen anzünden«, schlug sie vor.

»Ich kümmere mich darum.«

Das Kerzenlicht hüllte das Theater in einen warmen Schein. Der ohnehin schon beeindruckende Raum gewann dadurch an zusätzlicher Atmosphäre.

»Du schaffst das«, flüsterte Sophia ihr zu.

Wie alle anderen aus der Schiffsbesatzung, die an dieser Feier teilnahmen, trug sie ihre beste Uniform. Annika hatte sich extra für die Veranstaltung ein dunkelblaues Kostüm gekauft. Sie ging auf die Bühne und spürte die Blicke der Anwesenden auf sich ruhen.

»Vielen Dank, dass Sie alle gekommen sind«, begrüßte sie die Gäste. »Wir haben uns hier heute versammelt, um an einen Menschen zu denken, den die meisten von Ihnen viel länger kannten, als ich es getan habe. Ruben Reus.« Hinter ihr erwachte die Leinwand zum Leben. Annika drehte sich kurz um und lächelte dem Porträt zu. »Ruben Reus«, wiederholte sie. »Er ist vierzehnmal auf diesem wundervollen Schiff gereist, um die Passagiere mit seiner Schauspielkunst und seiner beeindruckenden Stimme zu unterhalten. Auf der vierzehnten Reise passierte etwas, mit dem weder er noch ich gerechnet haben. Vielleicht kennen Sie die Einzelheiten zu den Ereignissen vor zwei Monaten. Es stand ja viel in der Presse und mit manchen von Ihnen habe ich schon ausführlich gesprochen. Aber für diejenigen, die das nur am Rande mitbekommen haben, möchte ich davon erzählen. Angefangen hat es nämlich nicht vor zwei Monaten, sondern vor achtzehn Jahren.«

Nach ihrem langen Auftritt setzte sich Annika auf den ihr zugewiesenen Platz. Sie wischte sich Tränen aus den Augen. Ihr Vater griff nach ihrer Hand und beugte sich an ihr Ohr.

»Das war wundervoll von dir«, flüsterte er. »Ruben hätte es sehr gefallen.«

Sie lächelte ihm dankbar zu.

Unterdessen trat Andreas auf die Bühne. »Ich kann nicht von vielen Künstlern, mit denen ich an Bord zusammengearbeitet habe, behaupten, mich an unsere erste Begegnung zu erinnern. Aber bei Ruben steht es mir deutlich vor Augen«, begann er. »Er hat mir nämlich beinahe ein gefülltes Tablett aus der Hand geschlagen. Wir haben noch Jahre später darüber gescherzt und gestritten, wer daran die Schuld trug. Das war natürlich Ruben.«

Die Anspannung der Gäste löste sich in lautes Gelächter. In den folgenden zwei Stunden erfuhr Annika Anekdoten über Ruben, die ihn manchmal in einem ihr unbekannten Licht erstrahlen ließen. Besonders die Geschichten, die seine Freunde aus gemeinsamen Schulzeiten von sich gaben, zeigten, wie sehr sich Ruben im Laufe der Jahre verändert hatte.

Nachdem der letzte Redner von der Bühne getreten war, stellten sich die Anwesenden in Gruppen zusammen. Kellner reichten auf Kosten der Reederei Getränke. Fast jeder der geladenen Gäste bedankte sich bei Annika für ihre Idee, Ruben auf diese Weise zu ehren.

Ein alter Schulfreund kam zu ihr und schüttelte ihr die Hand. »Wissen Sie, was ihm am besten hieran gefallen hätte?«

»Keine Ahnung«, gestand sie.

»Ruben und ich haben uns vor vier Jahren das letzte Mal persönlich gesehen und einen netten Kneipenabend miteinander verbracht. Er war damals nicht so gut gelaunt und zweifelte an vielen Entscheidungen, die er in seinem Leben getroffen hatte. Er sprach von finanziellen Engpässen und seine gescheiterten Beziehungen waren auch Gesprächsthema. Als er schon ziemlich betrunken war, bezeichnete er sich selbst als notorischen Versager. Ich habe versucht, ihm diesen Gedanken auszureden, und bei unserem nächsten Telefonat ein paar Wochen später ging es ihm besser. Da hatte er das Tief überwunden. Grundsätzlich war er ein positiver Mensch. Schlechte Laune hielt bei ihm nie lange an. Wenn er uns heute vom Himmel zugeschaut hat, dann weiß er, dass er niemals ein Versager war. Nicht einen Tag in seinem ganzen Leben. Er hat bei so vielen Menschen Eindruck hinterlassen. Das kann nicht jeder von uns behaupten.« Der Schulfreund hob sein Glas und schaute zur Decke des Theaters. »Ruben, ich hoffe, du hast das hier nicht verpasst! Es hätte dir gefallen.«

»Auf Ruben!«, sagte Johannes.

Annika wischte sich die Tränen der Rührung weg. »Auf Ruben!«, flüsterte sie.

»Ich mache mich auf den Heimweg«, verabschiedete sich der Schulfreund, nachdem sie noch ein bisschen miteinander geplaudert hatten. »Nicht wundern, wenn ich Ihnen in ein paar Wochen eine E-Mail schicke. Ich würde mich freuen, wenn wir in Kontakt bleiben könnten.«

»Das würde mich auch freuen«, erwiderte sie.

Sie umarmten sich, dann schüttelte der Schulfreund Johannes' Hand.

»Bis bald!«

Annika schaute dem Mann hinterher. »Ganz süß, oder?«, flüsterte sie ihrem Vater zu.

Der verdrehte die Augen, lachte aber gutmütig.

Kaum war der Schulfreund gegangen, traten Sophia und Andreas zu ihnen. Andreas hielt einen goldfarbenen Umschlag in der Hand.

»Das war wundervoll«, sagte Sophia. »Tausend Dank für all die Arbeit, die dahintersteckte.«

»Gern geschehen«, erwiderte sie.

»Das hätte Ruben gefallen«, versicherte Andreas. »Aber er wäre bei meiner Anekdote aufgesprungen und hätte behauptet, der Zusammenstoß sei eindeutig meine Schuld gewesen.«

Annika lächelte.

»Wir haben uns eine Kleinigkeit für dich überlegt«, sagte Andreas. Er gab ihr den Briefumschlag. »Deine erste Kreuzfahrt fand ja ein viel zu abruptes Ende. Als kleine Entschädigung lädt die Reederei dich und eine Person deiner Wahl zu einer siebentägigen Reise auf unsere Kosten ein.«

»Wow!«, sagte Annika beeindruckt. »Danke.«

»In dem Umschlag findest du eine Übersicht aller infrage kommenden Passagen, aus denen du auswählen kannst. Außerdem eine Telefonnummer, unter der du das Angebot buchen kannst. Wir freuen uns darauf, dich bald wieder an Bord begrüßen zu dürfen.«

»Ich bin echt sprachlos. Danke! Danke! Danke!«

»Weißt du schon, wen du mitnehmen willst?«, fragte Sophia.

»Bevor ich mich schlagen lasse, würde ich nicht Nein sagen«, sagte Johannes mit verschmitztem Lächeln. »Vorausgesetzt, du kannst dir vorstellen, für eine Woche eine Kabine mit deinem alten Herrn zu teilen.«

Sie zwinkerte ihm zu. »Keine dumme Idee. Entweder dich

oder … ach lassen wir das.« Annika kicherte. Sie umarmte Andreas und Sophia. »Wir sehen uns bald«, versprach sie. »Ich freue mich darauf.«

Die beiden gingen zum Ausgang des Theaters. Annika schaute zuerst ihnen hinterher, dann warf sie einen letzten Blick zu all den angezündeten Kerzen, die noch immer brannten.

»Sollen wir zum Hotel zurück?«, fragte sie ihren Vater. »Ich freue mich aufs Bett.«

»Hab nichts dagegen.«

Gemeinsam schlenderten sie zum Ausgang. Annika dachte an Ruben. Manche Menschen hinterließen einen bleibenden Eindruck – selbst wenn man sie nur kurz kannte.

»Mach's gut«, wisperte sie kaum hörbar. »Ich werde dich niemals vergessen.«

Über den Autor

Marcus Hünnebeck studierte an der Ruhr-Universität Bochum Wirtschaftswissenschaften. 2001 erschien sein erster Thriller noch klassisch bei einem kleinen Buchverlag, 2003 und 2004 folgten zwei weitere Bücher. Danach schrieb er einige Jahre Kinderbücher, ehe er die Möglichkeiten des Selfpublishings für sich entdeckte. Mittlerweile haben über eine Million Leser seine Bücher gekauft, womit er zu den erfolgreichsten deutschsprachigen Autoren gehört. Zudem wurden drei Bücher ins Englische übersetzt und eine Kurzgeschichte ins Japanische.

So tief der Schmerz

Eine traumatisierte Psychologin sinnt auf Rache. Jahre zuvor ist sie geschändet worden; nun bestraft sie nahestehende Personen ihrer Peiniger mit dem Tod. Als die Polizei durchschaut, nach welchem Muster die Opfer ausgewählt werden, verhindert sie im letzten Moment einen weiteren Mord. Doch der Täterin gelingt während des Zugriffs die Flucht, und sie taucht spurlos unter.

Hauptkommissar Krumm bittet den Personenfahnder Till Buchinger um Unterstützung. Buchinger kennt die Tricks, mit denen Menschen von der Bildfläche verschwinden. Obwohl er Krumm nicht vertraut, erklärt er sich mit der Zusammenarbeit einverstanden, denn die Mörderin hat auch einen seiner engsten Freunde brutal umgebracht. Aber seine Suche nach der skrupellosen Psychologin löst eine Kettenreaktion aus, die sein Leben und das vieler anderer Unschuldiger gefährdet.

Im Namen der Vergeltung

Erbarmungslos zwingt der Mörder sein Opfer, sich die Schlinge um den Hals zu legen. Minuten später ist der Mann tot.

Die Soko um den Fallanalytiker Hannes Stahl steht vor einem Rätsel. Rächt sich der Täter für erlittenes Leid, oder treibt ihn etwas anderes an? Die Polizisten handeln unter Zeitdruck. Der Mörder hat nicht zum ersten Mal zugeschlagen, und weitere Opfer drohen.

Zur gleichen Zeit versucht Gregor Brandt, den Unfalltod seiner Ehefrau zu verarbeiten. Der beurlaubte Staatsanwalt geht fieberhaft jedem Hinweis auf den Unfallverursacher nach, der die Schwangere sterbend zurückließ.

Schon bald finden Stahl und seine Kollegen eine Gemeinsamkeit der Mordopfer. Sie alle haben bei Gericht als Schöffen gedient - unter anderem bei einem Prozess, in dem Brandt die Anklage vertrat. Gibt es einen Zusammenhang zwischen den Morden und der Fahrerflucht? Während Brandt und Stahl Stück für Stück der Wahrheit näherkommen, hat der Mörder bereits das nächste Opfer ins Visier genommen.

»Im Namen der Vergeltung« ist der erste gemeinsame Thriller der Bestseller-Autoren Marcus Hünnebeck und Chris Karlden.